鲁迅作品单行本

两地书

鲁迅 著

人民文学出版社

图书在版编目(CIP)数据

两地书/鲁迅著. —北京:人民文学出版社,2022
ISBN 978-7-02-015275-9

Ⅰ.①两… Ⅱ.①鲁… Ⅲ.①鲁迅书简—书信集②许广平(1898—1968)—书信集 Ⅳ.①I210.7

中国版本图书馆 CIP 数据核字(2019)第096327号

责任编辑 刘 伟
装帧设计 陶 雷
责任印制 任 祎

出版发行 人民文学出版社
社 址 北京市朝内大街166号
邮政编码 100705

印 刷 三河市宏盛印务有限公司
经 销 全国新华书店等

字 数 196千字
开 本 880毫米×1230毫米 1/32
印 张 10.25 插页2
版 次 2006年12月北京第1版
印 次 2022年1月第1次印刷

书 号 978-7-02-015275-9
定 价 32.00元

本书系作者与景宋（许广平）在1925年3月至1929年6月间的通信结集，共收信一百三十五封（其中鲁迅信六十七封半），由鲁迅编辑修改而成，分为三集，1933年4月由上海青光书局初版。作者生前共印行四版次。

目　录

序　言[1]

这一本书,是这样地编起来的——

一九三二年八月五日,我得到霁野,静农,丛芜[2]三个人署名的信,说漱园[3]于八月一日晨五时半,病殁于北平同仁医院了,大家想搜集他的遗文,为他出一本纪念册,问我这里可还藏有他的信札没有。这真使我的心突然紧缩起来。因为,首先,我是希望着他能够全愈的,虽然明知道他大约未必会好;其次,是我虽然明知道他未必会好,却有时竟没有想到,也许将他的来信统统毁掉了,那些伏在枕上,一字字写出来的信。

我的习惯,对于平常的信,是随复随毁的,但其中如果有些议论,有些故事,也往往留起来。直到近三年,我才大烧毁了两次。

五年前,国民党清党的时候,我在广州,常听到因为捕甲,从甲这里看见乙的信,于是捕乙,又从乙家搜得丙的信,于是连丙也捕去了,都不知道下落。古时候有牵牵连连的"瓜蔓抄"[4],我是知道的,但总以为这是古时候的事,直到事实给了我教训,我才分明省悟了做今人也和做古人一样难。然而我还是漫不经心,随随便便。待到一九三〇年我签名于自由大同盟[5],浙江省党部呈请中央通缉"堕落文人鲁迅等"[6]

的时候，我在弃家出走之前，忽然心血来潮，将朋友给我的信都毁掉了。这并非为了消灭"谋为不轨"的痕迹，不过以为因通信而累及别人，是很无谓的，况且中国的衙门是谁都知道只要一碰着，就有多么的可怕。后来逃过了这一关，搬了寓，而信札又积起来，我又随随便便了，不料一九三一年一月，柔石〔7〕被捕，在他的衣袋里搜出有我名字的东西来，因此听说就在找我。自然罗，我只得又弃家出走，但这回是心血潮得更加明白，当然先将所有信札完全烧掉了。

因为有过这样的两回事，所以一得到北平的来信，我就担心，怕大约未必有，但还是翻箱倒箧的寻了一通，果然无踪无影。朋友的信一封也没有，我们自己的信倒寻出来了，这也并非对于自己的东西特别看作宝贝，倒是因为那时时间很有限，而自己的信至多也不过蔓在自身上，因此放下了的。此后这些信又在枪炮的交叉火线下〔8〕，躺了二三十天，也一点没有损失。其中虽然有些缺少，但恐怕是自己当时没有留心，早经遗失，并不是由于什么官灾兵燹的。

一个人如果一生没有遇到横祸，大家决不另眼相看，但若坐过牢监，到过战场，则即使他是一个万分平凡的人，人们也总看得特别一点。我们对于这些信，也正是这样。先前是一任他垫在箱子底下的，但现在一想起他曾经几乎要打官司，要遭炮火，就觉得他好像有些特别，有些可爱似的了。夏夜多蚊，不能静静的写字，我们便略照年月，将他编了起来，因地而分为三集，统名之曰《两地书》。

这是说：这一本书，在我们自己，一时是有意思的，但对于别人,却并不如此。其中既没有死呀活呀的热情,也没有花呀月呀的佳句;文辞呢,我们都未曾研究过"尺牍精华"或"书信作法",只是信笔写来,大背文律,活该进"文章病院"[9]的居多。所讲的又不外乎学校风潮,本身情况,饭菜好坏,天气阴晴,而最坏的是我们当日居漫天幕中,幽明莫辨,讲自己的事倒没有什么,但一遇到推测天下大事,就不免胡涂得很,所以凡有欢欣鼓舞之词,从现在看起来,大抵成了梦呓了。如果定要恭维这一本书的特色,那么,我想,恐怕是因为他的平凡罢。这样平凡的东西,别人大概是不会有,即有也未必存留的,而我们不然,这就只好谓之也是一种特色。

然而奇怪的是竟又会有一个书店愿意来印这一本书。要印,印去就是,这倒仍然可以随随便便,不过因此也就要和读者相见了,却使我又得加上两点声明在这里,以免误解。其一,是:我现在是左翼作家联盟[10]中之一人,看近来书籍的广告,大有凡作家一旦向左,则旧作也即飞升,连他孩子时代的啼哭也合于革命文学之概,不过我们的这书是不然的,其中并无革命气息。其二,常听得有人说,书信是最不掩饰,最显真面的文章,但我也并不,我无论给谁写信,最初,总是敷敷衍衍,口是心非的,即在这一本中,遇有较为紧要的地方,到后来也还是往往故意写得含胡些,因为我们所处,是在"当地长官",邮局,校长……,都可以随意检查信件的国度里。但自然,明白的话,是也不少的。

还有一点,是信中的人名,我将有几个改掉了,用意有好有坏,并不相同。此无他,或则怕别人见于我们的信里,于他有些不便，或则单为自己，省得又是什么“听候开审”〔11〕之类的麻烦而已。

回想六七年来，环绕我们的风波也可谓不少了，在不断的挣扎中，相助的也有，下石的也有，笑骂诬蔑的也有，但我们紧咬了牙关，却也已经挣扎着生活了六七年。其间，含沙射影者都逐渐自己没入更黑暗的处所去了，而好意的朋友也已有两个不在人间，就是漱园和柔石。我们以这一本书为自己记念，并以感谢好意的朋友，并且留赠我们的孩子，给将来知道我们所经历的真相，其实大致是如此的。

一九三二年十二月十六日，鲁迅。

*　　*　　*

〔1〕　本篇最初印入1933年4月上海青光书局出版的《两地书》，同年底又经作者收入《南腔北调集》。

〔2〕　霁野、静农、丛芜　即李霁野（1904—1997）、台静农（1902—1990）、韦丛芜（1905—1978）。他们都是安徽霍丘人，未名社成员。

〔3〕　漱园　即韦素园（1902—1932），安徽霍丘人，未名社主要成员，翻译家。曾任《莽原》半月刊编辑。译有果戈理的小说《外套》、俄国短篇小说集《最后的光芒》、北欧诗歌小品集《黄花集》等。

〔4〕　“瓜蔓抄”　《明史·景清传》：明代建文帝（朱允炆）的旧臣景清谋刺明成祖（朱棣）事败，“成祖怒，磔死，族之。籍其乡，转向攀染，谓之瓜蔓抄”。

〔5〕　自由大同盟　中国自由运动大同盟的简称，中国共产党支持和领导下的群众团体，1930年2月在上海成立。它的宗旨是争取新闻、出版、结社、集会、教育读书、政治运动等自由，反对国民党的专制统

治。在《中国自由运动大同盟宣言》中,鲁迅列为发起人之一。

〔6〕 通缉"堕落文人鲁迅等" 鲁迅签名发起"中国自由运动大同盟"后,1930年3月,据传国民党浙江省党部曾呈请南京政府通缉"堕落文人鲁迅等",鲁迅于3月19日离寓暂避,至4月19日回寓。

〔7〕 柔石(1902—1931) 原名赵平復,笔名柔石,浙江宁海人,作家。著有中篇小说《二月》,短篇小说《为奴隶的母亲》等。1931年1月17日在上海被捕,2月7日被国民党当局秘密杀害于龙华。下文"有我名字的东西",指鲁迅与北新书局签订合同的抄件。柔石被捕后,鲁迅于1月20日携眷避居黄陆路花园庄旅馆,2月28日回寓。

〔8〕 枪炮的交叉火线下 1932年上海"一·二八"战争发生时,鲁迅的住所在临近战区的北四川路底,受到炮火的威胁。

〔9〕 "文章病院" 当时上海开明书店出版的《中学生》杂志的一个专栏。它从书刊中选取在语法上有错误或文义上不合逻辑的文章,加以批改。后来编辑成册,以《文章病院》为书名,由开明书店出版。

〔10〕 左翼作家联盟 即中国左翼作家联盟(简称"左联"),中国共产党领导下的革命文学团体。领导成员有鲁迅、茅盾、夏衍、冯雪峰、冯乃超、周扬等。1930年3月在上海成立,1935年底自行解散。

〔11〕 "听候开审" 1927年7月24日,顾颉刚自杭州发信给即将离广州去上海的鲁迅,说鲁迅在文字上侵犯了他,将到广东"提起诉讼,听候法律解决",要鲁迅"暂勿离粤,以俟开审"。参看《三闲集·辞顾颉刚教授令"候审"》。

第　一　集

北　　京

一九二五年三月至七月

一

鲁迅先生：

现在写信给你的，是一个受了你快要两年的教训，是每星期翘盼着听讲《小说史略》的，是当你授课时每每忘形地直率地凭其相同的刚决的言语，好发言的一个小学生。他有许多怀疑而愤懑不平的久蓄于中的话，这时许是按抑不住了罢，所以向先生陈诉：

有人以为学校的校址，能愈隔离城市的尘嚣，政潮的影响，愈是效果佳一些。这是否有一部分的理由呢？记得在中学时代，那时也未尝不发生攻击教员，反对校长的事，然而无论反与正的那一方面，总是偏重在“人”的方面的权衡，从没有遇见过以“利”的方面为取舍。先生，这是受了都市或政潮的影响，还是年龄的增长戕害了他呢？先生，你看看罢。现在北京学界上一有驱逐校长的事，同时反对的，赞成的，立刻就各标旗帜，校长以“留学”，“留堂”——毕业后在本校任职——谋优良位置为钓饵，学生以权利得失为取舍，今日收买一个，明日收买一个……今日被买一个，……明日被买一个……而尤可愤恨的，是这种含有许多毒菌的空气，也弥漫于名为受高等教育之女学界了。[1]做女校长的，如果确有干才，有卓见，有成绩，原不妨公开的布告的，然而是“昏夜乞怜”，丑态百出，啧啧在人耳口。但也许这是因为环境的种种关系，支配了她不得不如此罢？而何以校内学生，对于此事亦日见其软化：明明今日好好的出席，提出反对条件的，转眼就掉过头去，噤若寒蝉，或则明示其变态行动？情形是一天天的恶化了，五四以后的青年是很可悲观痛哭的了！在无可救药的赫赫的气焰之下，先生，你自然是只要放下书包，洁身远引，就可以“立地成佛”的。然而，你在仰首吸那醉人的一丝丝的烟叶的时候，可也想到有在蛮盆〔2〕中展转待拔的人们么？他自信是一个刚率的人，他也更相信先生是比他更刚率十二万分的人，因为有这点点小同，他对于先生是尽量地直言的，是希望先生不以时地为限，加以指示教导的。先生，你可允许他么？

苦闷之果是最难尝的，虽然嚼过苦果之后有一点回甘，然而苦的成分太重了，也容易抹煞甘的部分。譬如饮了苦茶——药，再来细细的玩味，虽然有些儿甘香，然而总不能引起人好饮苦茶的兴味。除了病的逼迫，人是绝对不肯无故去寻苦茶喝的。苦闷之不能免掉，或者就如疾病之不能免掉一样，但疾病是不会时时刻刻在身边的——除非毕生抱病。——而苦闷则总比爱人还来得亲密，总是时刻地不招即来，挥之不去。先生，可有甚么法子能在苦药中加点糖分，令人不觉得苦辛的苦辛？而且有了糖分是否即绝对的不苦？先生，你能否不像章锡琛先生在《妇女杂志》〔3〕中答话的那样模胡，而给我一个真切的明白的指引？专此布达，敬候

撰安！

受教的一个小学生许广平〔4〕。十一，三，十四年。

他虽则被人视为学生二字上应加一“女”字，但是他之不敢以小姐自居，也如先生之不以老爷自命，因为他实在不配居小姐的身分地位，请先生不要怀疑，一笑。

*　　*　　*

〔1〕 这是对当时北京女子师范大学校长杨荫榆行为的揭露。据该校学生自治会出版的《驱杨运动特刊》记述，杨荫榆除迫害反对她的学生外，又对某些学生进行利诱，如声称“某校欲聘〇〇教员，同学中有欲担任者，请至校长办公室接洽”；“北京某大学欲聘助教，月薪十五元，倘能继续任职者，每年可加至七百元”等等。

〔2〕 虿盆　虿，蝎子类毒虫。《左传》僖公二十二年：“君其无谓邾小，蜂虿有毒，而况国乎？”唐代孔颖达疏：“虿，毒虫也。……长尾谓之蝎。”虿盆，盛毒虫的盆。

〔3〕 章锡琛(1889—1969)　字雪村，浙江绍兴人。当时任商务印书馆《妇女杂志》主编，经常在该刊“通讯”栏内，解答读者提出的各种问题。《妇女杂志》，月刊，1915年1月在上海出版，1931年12月停刊。

〔4〕 许广平(1898—1968)　笔名景宋，广东番禺人，当时是北京女子师范大学学生。后为鲁迅夫人。

二

广平兄：

今天收到来信，有些问题恐怕我答不出，姑且写下去看——

学风如何，我以为是和政治状态及社会情形相关的，倘在山林中，该可以比城市好一点，只要办事人员好。但若政治昏暗，好的人也不能做办事人员，学生在学校中，只是少听到一些可厌的新闻，待到出了校门，和社会相接触，仍然要苦痛，仍然要堕落，无非略有迟早之分。所以我的意思，以为倒不如在都市中，要堕落的从速堕落罢，要苦痛的速速苦痛罢，否则从较为宁静的地方突到闹处，也须意外地吃惊受苦，而其苦痛之总量，与本在都市者略同。

学校的情形，也向来如此，但一二十年前，看去仿佛较好者，乃是因为足够办学资格的人们不很多，因而竞争也不猛烈的缘故。现在可多了，竞争也猛烈了，于是坏脾气也就彻底显出。教育界的称为清高，本是粉饰之谈，其实和别的什么界都一样，人的气质不大容易改变，进几年大学是无甚效力的。况且又有这样的环境，正如人身的血液一坏，体中的一部分决不能独保健康一样，教育界也不会在这样的民国里特别清高的。

所以，学校之不甚高明，其实由来已久，加以金钱的魔力，本是非常之大，而中国又是向来善于运用金钱诱惑法术的地方，于是自然就成了这现象。听说现在是中学校也有这样的了。间有例外，大约即因年龄太小，还未感到经济困难或花费的必要之故罢。至于传入女校，当是近来的事，大概其起因，当在女性已经自觉到经济独立的必要，而借以获得这独立的方法，则不外两途，一是力争，一是巧取。前一法很费力，于是就堕入后一手段去，就是略一清醒，又复昏睡了。可是这情形不独女界为然，男人也多如此，所不同者巧取之外，还有豪夺而已。

我其实那里会“立地成佛”，许多烟卷，不过是麻醉药，烟雾中也没有见过极乐世界。假使我真有指导青年的本领——无论指导得错不错——我决不藏匿起来，但可惜我连自己也没有指南针，到现在还是乱闯。倘若闯入深渊，自己有自己负责，领着别人又怎么好呢？我之怕上讲台讲空话者就为此。记得有一种小说里攻击牧师，说有一个乡下女人，向牧师沥诉困苦的半生，请他救助，牧师听毕答道：“忍着罢，上帝使你在生前受苦，死后定当赐福的。”[1]其实古今的圣贤以及哲人学者之所说，何尝能比这高明些。他们之所谓“将来”，不就是牧师之所谓“死后”么。我所知道的话就全是这样，我不相信，但自己也并无更好的解释。章锡琛先生的答话是一定要模胡的，听说他自己在书铺子里做伙计，就时常叫苦连天。

我想，苦痛是总与人生联带的，但也有离开的时候，就是当熟睡之际。醒的时候要免去若干苦痛，中国的老法子是“骄傲”与“玩世不恭”，我觉得我自己就有这毛病，不大好。苦茶加糖，其苦之量如故，只是聊胜于无糖，但这糖就不容易找到，我不知道在那里，这一节只好交白卷了。

以上许多话，仍等于章锡琛，我再说我自己如何在世上混过去的方法，以供参考罢——

一，走“人生”的长途，最易遇到的有两大难关。其一是“歧路”，倘是墨翟[2]先生，相传是恸哭而返的。但我不哭也不返，先在歧路头坐下，歇一会，或者睡一觉，于是选一条似乎可走的路再走，倘遇见老实人，也许夺他食物来充饥，但是不问路,因为我料定他并不知道的。如果遇见老虎,我就爬上树去,等它饿得走去了再下来,倘它竟不走,我就自己饿死在树上,而且先用带子缚住,连死尸也决不给它吃。但倘若没有树呢?那么,没有法子,只好请它吃了,但也不妨也咬它一口。其二便是"穷途"了,听说阮籍[3]先生也大哭而回,我却也像在歧路上的办法一样,还是跨进去,在刺丛里姑且走走。但我也并未遇到全是荆棘毫无可走的地方过,不知道是否世上本无所谓穷途,还是我幸而没有遇着。

二,对于社会的战斗,我是并不挺身而出的,我不劝别人牺牲什么之类者就为此。欧战的时候,最重"壕堑战",战士伏在壕中,有时吸烟,也唱歌,打纸牌,喝酒,也在壕内开美术展览会,但有时忽向敌人开他几枪。中国多暗箭,挺身而出的勇士容易丧命,这种战法是必要的罢。但恐怕也有时会逼到非短兵相接不可的,这时候,没有法子,就短兵相接。

总结起来,我自己对于苦闷的办法,是专与袭来的苦痛捣乱,将无赖手段当作胜利,硬唱凯歌,算是乐趣,这或者就是糖罢。但临末也还是归结到"没有法子",这真是没有法子!

以上,我自己的办法说完了,就不过如此,而且近于游戏,不像步步走在人生的正轨上(人生或者有正轨罢,但我不知道)。我相信写了出来,未必于你有用,但我也只能写出这些罢了。

鲁迅。三月十一日。

*　*　*

〔1〕 见波兰作家显克微支的中篇小说《炭画》第六章。

〔2〕 墨翟（约前468—前376） 春秋战国时鲁国人，思想家、墨家学派创始人。《吕氏春秋·慎行论·疑似》说："墨子见歧道而哭之。"

〔3〕 阮籍（210—263） 字嗣宗，陈留尉氏（今属河南）人，三国魏诗人。《晋书·阮籍传》曾说他"时率意独驾，不由径路，车迹所穷，辄恸哭而返"。

三

鲁迅先生吾师左右：

十三日早晨得到先生的一封信，我不解何以同在京城中，而寄递要至三天之久？但当我拆开信封，看见笺面第一行上，贱名之下竟紧接着一个"兄"字，先生，请原谅我太愚小了，我值得而且敢当为"兄"么？不，不，决无此勇气和斗胆的。先生之意何居？弟子真是无从知道。不曰"同学"，不曰"弟"而曰"兄"，莫非也就是游戏么？

我总不解教育对于人是有多大效果？世界上各处的教育，他的造就人才的目标在那里？讲国家主义，社会主义……的人们，受环境的支配，还弄出甚么甚么化的教育来，但究竟教育是怎么一回事？是否要许多适应环境的人，可不惜贬损个性以迁就这环境，还是不如设法保全每人的个性呢？这都是很值得注意，而为今日教育者与被教育者所忽略的。或者目前教育界现象之不堪，即与此点不无关系罢。

尤可痛心的，是因为“人的气质不大容易改变”，所以许多人们至今还是除了一日日豫备做舞台上的化装以博观众之一捧——也许博不到一捧——外，就什么也不管。怕考试时候得不到好分数，因此对于学问就不忠实了。希望功课可以省点准备，希望题目出得容易，尤其希望从教师方面得到许多暗示，归根结底，就是要文凭好看。要文凭好看，即为了自己的活动……她们在学校里，除了“利害”二字外，其余是痛痒不相关的。其所以出死力以力争的，不是事之“是非”，而是事之“利害”，不是为群，乃是为己的。这也许是我所遇见的她们，一部份的她们罢？并不然。还有的是死捧着线装本子，终日作缮写员，愈读愈是弯腰曲背，老气横秋，而于现在的书报，绝不一顾，她们是并不打算做现社会的一员的。还有一些例外的，是她们太汲汲于想做现社会的主角了。所以奇形怪状，层见迭出，这教人如何忍耐得下去，真无怪先生宁可当“土匪”去了。

那“一个乡下女人向牧师沥诉困苦的半生，请他救助”的故事，许是她所求的是物质上的资助罢，所以牧师就只得这样设法应付，如果所求的是精神方面，那么我想，牧师对于这种问题是素有研究的，必定会给以圆满的答复。先生，我所猜想的许是错的么？贤哲之所谓“将来”，固然无异于牧师所说的“死后”，但“过客”说过：“老丈，你大约是久住在这里的，你可知道前面是怎么一个所在么？”虽然老人告诉他是“坟”，女孩告诉他是“许多野百合，野蔷薇”，两者并不一样，而“过客”到了那里，也许并不见所谓坟和花，所见的倒是另一种事物，——

但“过客”也还是不妨一问,而且也似乎值得一问的。[1]

醒时要免去若干苦痛,“骄傲”与“玩世不恭”固然是一种方法,但我自小学时候至今,正是无日不被人斥为“骄傲”与“不恭”的,有时也觉悟到这非“处世之道”(而且实也自知没有足以自骄的),然而不能同流合污,总是吃眼前亏。不过子路[2]的为人,教他豫备给人斫为肉糜则可,教他去作“壕堑战”是按捺不住的。没有法子,还是站出去,“不大好”有什么法呢,先生。

草草的写了这些,质直未加修饰,又是用钢笔所写,以较先生的清清楚楚,用毛笔写下去的详细恳切的指引,真是不胜其感谢,惭愧了!

敬祝著安。

小学生许广平谨上。三月十五日。

*　　*　　*

〔1〕 参看《野草·过客》。

〔2〕 子路 仲由(前542—前480),字子路,春秋时鲁国卞(今山东泗水)人,孔子的学生。曾为卫国大夫孔悝的家臣。据《孔子家语·子贡问》,他被卫国大臣蒯聩的党羽石乞、盂黡砍成肉酱。

四

广平兄:

这回要先讲“兄”字的讲义了。这是我自己制定,沿用下来的例子,就是:旧日或近来所识的朋友,旧同学而至今还在来往的,直接听讲的学生,写信的时候我都称“兄”;此外如原是前辈,或较为生疏,较需客气的,就称先生,老爷,太太,少爷,小姐,大人……之类。总之,我这“兄”字的意思,不过比直呼其名略胜一筹,并不如许叔重[1]先生所说,真含有“老哥”的意义。但这些理由,只有我自己知道,则你一见而大惊力争,盖无足怪也。然而现已说明,则亦毫不为奇焉矣。

现在的所谓教育,世界上无论那一国,其实都不过是制造许多适应环境的机器的方法罢了。要适如其分,发展各各的个性,这时候还未到来,也料不定将来究竟可有这样的时候。我疑心将来的黄金世界里,也会有将叛徒处死刑,而大家尚以为是黄金世界的事,其大病根就在人们各各不同,不能像印版书似的每本一律。要彻底地毁坏这种大势的,就容易变成“个人的无政府主义者”,如《工人绥惠略夫》[2]里所描写的绥惠略夫就是。这一类人物的运命,在现在——也许虽在将来——是要救群众,而反被群众所迫害,终至于成了单身,忿激之余,一转而仇视一切,无论对谁都开枪,自己也归于毁灭。

社会上千奇百怪,无所不有;在学校里,只有捧线装书和希望得到文凭者,虽然根柢上不离“利害”二字,但是还要算好的。中国大约太老了,社会上事无大小,都恶劣不堪,像一只黑色的染缸,无论加进什么新东西去,都变成漆黑。可是除了再想法子来改革之外,也再没有别的路。我看一切理想家,不是怀念“过去”,就是希望“将来”,而对于“现在”这一个题目,都缴了白卷,因为谁也开不出药方。所有最好的药方,即所谓“希望将来”的就是。

“将来”这回事，虽然不能知道情形怎样，但有是一定会有的，就是一定会到来的，所虑者到了那时，就成了那时的“现在”。然而人们也不必这样悲观，只要“那时的现在”比“现在的现在”好一点，就很好了，这就是进步。

这些空想，也无法证明一定是空想，所以也可以算是人生的一种慰安，正如信徒的上帝。你好像常在看我的作品，但我的作品，太黑暗了，因为我常觉得惟“黑暗与虚无”乃是“实有”，却偏要向这些作绝望的抗战，所以很多着偏激的声音。其实这或者是年龄和经历的关系，也许未必一定的确的，因为我终于不能证实：惟黑暗与虚无乃是实有。所以我想，在青年，须是有不平而不悲观，常抗战而亦自卫，倘荆棘非践不可，固然不得不践，但若无须必践，即不必随便去践，这就是我之所以主张“壕堑战”的原因，其实也无非想多留下几个战士，以得更多的战绩。

子路先生确是勇士，但他因为“吾闻君子死冠不免”，于是“结缨而死”〔3〕，我总觉得有点迂。掉了一顶帽子，又有何妨呢，却看得这么郑重，实在是上了仲尼先生的当了。仲尼先生自己“厄于陈蔡”，却并不饿死，真是滑得可观。〔4〕子路先生倘若不信他的胡说，披头散发的战起来，也许不至于死的罢。但这种散发的战法，也就是属于我所谓“壕堑战”的。

时候不早了，就此结束了。

鲁迅。三月十八日。

*　　*　　*

〔1〕 许叔重(约58—约147)　名慎,字叔重,东汉时汝南召陵(今河南郾城)人,文字学家,著有《说文解字》十五卷。“兄”字的解释,见该书卷八:“兄,长也。”

〔2〕《工人绥惠略夫》　中篇小说,俄国阿尔志跋绥夫著。鲁迅于1920年10月译成中文,曾连载于《小说月报》第十二卷第七、八、九、十一、十二期,1922年5月上海商务印书馆出版单行本。

〔3〕“结缨而死”　《左传》哀公十五年:卫国蒯聩的党羽“石乞、盂黡敌子路,以戈击之,断缨。子路曰:‘君子死,冠不免’。结缨而死。”

〔4〕仲尼　即孔子(前551—前479),名丘,字仲尼,春秋末期鲁国陬邑(今山东曲阜南)人,儒家学派创始人。他“厄于陈蔡”的事,并见《论语·卫灵公》、《荀子·宥坐》等。又据《墨子·非儒》载:“孔某穷于陈蔡之间,藜羹不糂(糂,以米和羹),十日,子路为享豚,孔某不问肉之所由来而食;褫人衣以沽酒,孔某不问酒之所由来而饮。哀公迎孔某,席不端弗坐,割不正弗食,子路进请曰:‘何其与陈蔡反也’?”

五

鲁迅先生吾师左右:

今日接读先生十九日发的那信,关于“兄”字的解释,敬闻命矣。二年受教,确不算“生疏”,师生之间,更无须乎“客气”,而仍取其“略胜一筹”者,岂先生之虚己以待人,抑社会上之一种形式,固尚有存在之价值欤?敬博一笑。但既是先生“自己制定的,沿用下来的例子”,那就不必他人多话的了。现在且说别的罢。

如果现世界的教育“是制造许多适应环境的机器的方法”,那么,性非如栝棬[1]的我,生来崛强,难与人同的我,待到“将来”走到面前变成“现在”时,在这之间——我便是一个时代的落伍者。虽然将来的状态,现在尚不可知,但倘若老是这样“品性难移”,则经验先生告诉我们,事实一定如此的,末了还是离不了愤激和仇视,以至“无论对谁都开枪,自己也归于毁灭”。所以我绝不怀念过去,也不希望将来,对于现在的处方,就是:有船坐船,有车坐车,有飞机也不妨坐飞机,倘到山东,我也坐坐独轮车,在西湖,则坐坐瓜皮艇。但我绝不希望在乡村中坐电车,也不想在地球上跑到火星里去。简单一句,就是以现在治现在,以现在的我,治我的现在。一步步的现在过去,也一步步的换一个现在的我。但这个“我”里还是含有原先的“我”的成分,有似细胞在人体中之逐渐变换代谢一样。这也许太不打算,过于颓废,染有青年人一般的普通病罢,其实我上面所说“对于‘现在’这一个题目”,仍然脱不了“缴白卷”的例子。这有什么法子呢。随它去罢。

现在固然讲不到黄金世界,却也已经有许多人们以为是好世界了。但孙中山[2]一死,教育次长立刻下台,[3]《民国日报》立刻关门(或者以为与中山之死无关),[4]以后的把戏,恐怕正要五花八门,层出不穷呢。姑无论“叛徒”所“叛”的对不对,而这种对待“叛徒”的方法,却实在太不高明,然而大家正深以为这是“好世界”里所应有的事。像这样“黑色的染缸”,如何能容忍得下去,听它点点滴滴的泼出乌黑的漆来。我想,对于这个缸,不如索性拿块大砖头来打破它,或者用铁钉钢片密封起来的好。但是相当的东西，这时还没有豫备好，可奈何！？

虽则先生自己所感觉的是黑暗居多，而对于青年，却处处给与一种不退走，不悲观，不绝望的诱导，自己也仍以悲观作不悲观，以无可为作可为，向前的走去，这种精神，学生是应当效法的，此后自当避免些无须必践的荆棘，养精蓄锐，以待及锋而试。

我所看见的子路是勇而无谋，不能待三鼓而进的一方面，假使他生于欧洲，教他在壕堑里等待敌人，他也必定不耐久候，要挺身而出的。关公止是关公，孔明止是孔明，曹操止是曹操，三人个性不同，行径亦异。我同情子路之“率尔而对”〔5〕，而不表赞同于避名求实的伪君子“方……如五六十……以待君子”之冉求，虽则圣门中许之。但子路虽在圣门中，而仍不能改其素性，这是无可奈何的一件事。至于他“结缨而死”，自然与“割不正不食”〔6〕一样的“迂”得有趣，但这似乎是另一问题，我们只要明白，当然不会上当的。

在信札上得先生的指教，比读书听讲好得多了，可惜我自己太浅薄，不能将许多要说的话充分的吐露出来，贡献于先生之前求教。但我相信倘有请益的时候，先生是一定不吝赐教的，只是在最有用最经济的时间中，夹入我一个小鬼从中捣乱，虽烧符念咒也没有效，先生还是没奈何的破费一点光阴罢。小子惭愧则个。

你的学生许广平上。三月二十日。

*　　*　　*

〔1〕 性非如桮棬　语出《孟子·告子(上)》:“告子曰:性,犹杞柳也;义,犹桮棬也。以人性为仁义,犹以杞柳为桮棬。”宋代朱熹注:“桮棬,屈木所为,若卮匜之属。”

〔2〕 孙中山(1866—1925)　名文,字德明,号逸仙,广东香山(今中山县)人,民主革命家。

〔3〕 教育次长　指马叙伦(1884—1970),字夷初,浙江杭县(今余杭)人。1924 年 11 月任北洋政府教育部次长,曾代理部务。1925 年 3 月 15 日,段祺瑞任命王九龄为教育总长,引起北京各学校师生的强烈反对。16 日,警察总监朱深率武装护王到任,并要马向各校代表进行解释。马不从,并提出辞职。同年 3 月 21 日上海《民国日报》报道:“段执政方面指叙伦纵容,因此下令将马免职。”

〔4〕 《民国日报》　国民党在北京发行的机关报,1925 年 3 月 5 日创刊,17 日被禁停刊。孙中山逝世后,该报因转载《上海国民会议策进会宣言》,被北京警察厅查封,并捕去编辑邹明初。

〔5〕 “率尔而对”　语出《论语·先进》。指子路直率地回答孔子关于“志”的询问。

〔6〕 “割不正不食”　语出《论语·乡党》:孔子“食不厌精,脍不厌细。……割不正,不食。”

六

广平兄:

仿佛记得收到来信有好几天了,但因为偶然没有工夫,一直到今天才能写回信。

“一步步的现在过去”，自然可以比较的不为环境所苦，但“现在的我”中，既然“含有原先的我”，而这“我”又有不满于时代环境之心，则苦痛也依然相续。不过能够随遇而安——即有船坐船云云——则比起幻想太多的人们来，可以稍为安稳，能够敷衍下去而已。总之，人若一经走出麻木境界，便即增加苦痛，而且无法可想，所谓“希望将来”，不过是自慰——或者简直是自欺——之法，即所谓“随顺现在”者也一样。必须麻木到不想“将来”也不知“现在”，这才和中国的时代环境相合，但一有知识，就不能再回到这地步去了。也只好如我前信所说，“有不平而不悲观”，也即来信之所谓“养精蓄锐以待及锋而试”罢。

来信所说“时代的落伍者”的定义，是不对的。时代环境全部迁流，并且进步，而个人始终如故，毫无长进，这才谓之“落伍者”。倘若对于时代环境，怀着不满，要它更好，待较好时，又要它更更好，即不当有“落伍者”之称。因为世界上改革者的动机，大抵就是这对于时代环境的不满的缘故。

这回的教育次长的下台，我以为似乎是他自己的失策，否则，不至于此的。至于妨碍《民国日报》，乃是北京官场的老手段，实在可笑。停止一种报章，他们的天下便即太平么？这种漆黑的染缸不打破，中国即无希望，但正在准备毁坏者，目下也仿佛有人，只可惜数目太少。然而既然已有，即可望多起来，一多，可就好玩了——但是这自然还在将来，现在呢，只是准备。

我如果有所知道，当然不至于不说的，但这种满纸是“将来”和“准备”的指教，其实不过是空言，恐怕于“小鬼”也无甚益处。至于时间，那倒不要紧的，因为我即使不写信，也并不做着什么了不得的事。

鲁迅。三月二十三日。

七

鲁迅师：

昨二十五日上午接到先生的一封信，下午帮哲教系游艺会一点忙，直到现在才能拿起笔来谈述所想说的一些话。

听说昨夕未演《爱情与世仇》[1]之前，先生在九点多钟就去了，——想又是被人唆使的罢？先去也好，其实演得确不高明，排演者常不一律出席，有的只练习过一二次，有的或多些，但是批评者对于剧本简直没有豫先的研究——临时也未十分了解——同学们也不见有多大研究，对于剧情，当时的风俗习尚衣饰……等，一概是门外汉。更加演员多从各班邀请充数，共同练习的时间更多牵掣，所以终归失败，实是豫料所及。简单一句，就是一群小孩子在空地上要要玩意骗几个钱，——人不多，恐怕这目的也难达。——真是不怕当场出丑，好笑极了。

近来满肚子的不平——多半是因着校事。年假中及以前，我以为对于校长主张去留的人，俱不免各有其复杂的背景，所以我是袖手作壁上观[2]的。到开学以后，目睹拥杨的和杨[3]的本身的行径，实更不得不教人怒发冲冠，施以总攻击。虽则我一方面也不敢否认反杨的绝对没有色采在内。但是我不妨单独的进行我个人的驱羊运动〔4〕。因此除于前期《妇女周刊》〔5〕上以“持平”之名,投了《北京女界一部分的问题》一文外,后在十五期《现代评论》见有“一个女读者”的一篇《女师大的风潮》〔6〕,她也许是本校的牧羊者,但她既然自说是“局外人”,我就“以子之矛攻子之盾”的放肆的驳斥她一番〔7〕,用的是“正言”的名字(我向来投稿,恒不喜专用一名,自知文甚卑浅,裁夺之权,一听之编辑者,我绝不以甚么女士……等,妄冀主笔者垂青,所以我的稿子,常常也白费心血,付之虚掷,但是总改不了我不好用一定的署名的毛病)。下笔以后,也自觉此文或不合于“壕堑战”,然勃勃之气,不能自已,拟先呈先生批阅,则恐久稽时日,将成明日黄花〔8〕,因此急急付邮,觉骨鲠略吐,稍为舒快,其实于实际何尝有丝毫裨补。

学生历世不久,但所遇南北人士,亦不乏人,而头脑清晰,明白大势者却少,数人聚首,非谈衣饰,即论宴会,谈出入剧场。热心做事的人,多半学力太差,而学粹功深的人,就形如槁木,心似死灰,连踢也踢不动,每一问题发生,聚众讨论时,或托故远去,或看人多举手,则亦从而举手,赞成反对,定见毫无也。或功则归诸己,过则诿诸人,真是心死莫大之哀,对于此辈,尚复何望!? 学生肄业小学时,适当光复,长兄负笈南京,为鼓吹种族思想最力之人,故对年幼的我辈,也常常演讲大义,甚恨幼小未能尽力国事,失一良机。及略能识字,即沉浸于民党所办之《平民报》〔9〕中,因为渴慕新书,往往与小妹同走十余里至城外购取,以不得为憾。加以先人禀性豪直,故学生亦不免粗犷。又好读飞檐走壁,朱家郭解〔10〕,扶弱锄强等故事,遂更幻想学得剑术,以除尽天下不平事。及洪宪盗国〔11〕,复以为时机不可失,正为国效命之时,乃窃发书于女革命者庄君〔12〕,卒以不密,为家人所阻,蹉跎至今,颓唐已甚矣。近来年齿加长,于社会内幕,亦较有所知,觉同侪大抵相处以虚伪,相接以机械,实不易得可与共事,畅论一切者。吾师来书云"正在准备破坏者目下也仿佛有人",先生,这是真的么?不知他们何人,如何结合,是否就是先生所常说的"做土匪去"呢?我不自量度,才浅力薄,不足与言大事,但愿作一个誓死不二的"马前卒",小喽罗虽然并无大用,但也不妨令他摇几下旗子,而建设与努力,则是学生所十分仰望于先生的。不知先生能鉴谅他么。

承先生每封都给我回信,于"小鬼"实在是好像在盂兰节〔13〕,食饱袋足,得未曾有了。谨谢"循循善诱"。

学生许广平。三月二十六晚。

* * *

〔1〕 《爱情与世仇》 1925年3月25日,北京女子师范大学哲教系在新民剧场演出的剧目。疑为莎士比亚《罗密欧与朱丽叶》的另一译名。

〔2〕 壁上观 《史记·项羽本纪》:"及楚击秦,诸将皆从壁上观"。后作为坐观双方成败,不助任何一方的意思。

〔3〕 杨 指杨荫榆(1884—1938),江苏无锡人。曾留学美国,

1924年任北京女子师范大学校长。

〔4〕　驱羊运动　指驱逐杨荫榆的学潮。据《女师大学生自治会第二次驱杨宣言》(《驱杨运动特刊》)载,1924年秋,女师大国文系预科二年级三名学生暑假回家,因江浙军阀混战,交通受阻,未能如期返校,杨荫榆于11月勒令她们退学,并辱骂向她交涉的学生自治会代表。学生自治会遂于次年1月18日召开全校学生紧急会议,议决从当天起不承认杨为校长。学生称这场斗争为"驱羊运动"。

〔5〕《妇女周刊》《京报》附刊之一,北京女子师范大学蔷薇社编辑。1924年12月10日创刊,次年12月20日出版周年纪念特号后停刊,共出五十期。《北京女界一部分的问题》,载该刊第十四期(1925年2月29日)。

〔6〕《现代评论》　综合性周刊。胡适、陈源、王世杰、徐志摩、唐有壬等人所办的同人杂志。1924年12月创刊于北京,1927年移至上海出版,1928年底出至第九卷第二〇九期停刊。署名为"一个女读者"的《女师大的学潮》,载该刊第一卷第十五期(1925年3月21日)。

〔7〕　指《评现代评论〈女师大的风潮〉》一文。载1925年3月24日《京报副刊》。

〔8〕　明日黄花　语出苏轼诗《九日次韵王巩》:"相逢不用忙归去,明日黄花蝶也愁。"黄花,即菊花。

〔9〕《平民报》　当时在广州出版的报纸。陈树人、邓慕韩、潘达微等人编辑。

〔10〕　朱家、郭解　西汉时游侠,见《史记·游侠列传》。

〔11〕　洪宪盗国　指袁世凯复辟帝制。他任中华民国大总统职位后,于1916年1月实行帝制,改元洪宪,同年3月被迫取消。

〔12〕　庄君　当指庄汉翘,广东花县人,同盟会会员,当时在广州一带从事革命活动。

〔13〕 盂兰节 即盂兰盆节。原为佛教徒在夏历七月十五日追荐祖先的仪式,后来旧俗还在这一天夜里,增加放焰口等法事,即请和尚诵经施食,以飨饿鬼。盂兰盆:梵语 Ullambana 的音译,意为“解倒悬”。

八

广平兄:

现在才有写回信的工夫,所以我就写回信。

那一回演剧时候,我之所以先去者,实与剧的好坏无关,我在群集里面,是向来坐不久的。那天观众似乎不少,筹款的目的,该可以达到一点了罢。好在中国现在也没有什么批评家,鉴赏家,给看那样的戏剧,已经尽够了。严格的说起来,则那天的看客,什么也不懂而胡闹的很多,都应该用大批的蚊烟,将它们熏出去的。

近来的事件,内容大抵复杂,实不但学校为然。据我看来,女学生还要算好的,大约因为和外面的社会不大接触之故罢,所以还不过谈谈衣饰宴会之类。至于别的地方,怪状更是层出不穷,东南大学事件[1]就是其一,倘细细剖析,真要为中国前途万分悲哀。虽至小事,亦复如是,即如《现代评论》上的“一个女读者”的文章,我看那行文造语,总疑心是男人做的,所以你的推想,也许不确。世上的鬼蜮是多极了。

说起民元的事来,那时确是光明得多,当时我也在南京教育部,觉得中国将来很有希望。自然,那时恶劣分子固然也有的,然而他总失败。一到二年二次革命[2]失败之后,即渐渐坏下去，坏而又坏，遂成了现在的情形。其实这也不是新添的坏，乃是涂饰的新漆剥落已尽，于是旧相又显了出来。使奴才主持家政，那里会有好样子。最初的革命是排满，容易做到的，其次的改革是要国民改革自己的坏根性，于是就不肯了。所以此后最要紧的是改革国民性，否则，无论是专制，是共和，是什么什么，招牌虽换，货色照旧，全不行的。

但说到这类的改革，便是真叫作“无从措手”。不但此也，现在虽只想将“政象”稍稍改善，尚且非常之难。在中国活动的现有两种“主义者”，外表都很新的，但我研究他们的精神，还是旧货，所以我现在无所属，但希望他们自己觉悟，自动的改良而已。例如世界主义者而同志自己先打架，无政府主义者的报馆而用护兵守门，真不知是怎么一回事。土匪也不行，河南的单知道烧抢，东三省的渐趋于保护雅片，总之是抱“发财主义”的居多，梁山泊劫富济贫的事，已成为书本子上的故事了。军队里也不好，排挤之风甚盛，勇敢无私的一定孤立，为敌所乘，同人不救，终至阵亡，而巧滑骑墙，专图地盘者反很得意。我有几个学生在军中，倘不同化，怕终不能占得势力，但若同化，则占得势力又于将来何益。一个就在攻惠州〔3〕，虽闻已胜，而终于没有信来，使我常常苦痛。

我又无拳无勇，真没有法，在手头的只有笔墨，能写这封信一类的不得要领的东西而已。但我总还想对于根深蒂固的所谓旧文明，施行袭击，令其动摇，冀于将来有万一之希望。而且留心看看，居然也有几个不问成败而要战斗的人，虽然意见和我并不尽同，但这是前几年所没有遇到的。我所谓“正在准备破坏者目下也仿佛有人"的人，不过这么一回事。要成联合战线，还在将来。

希望我做一点什么事的人，也颇有几个了，但我自己知道，是不行的。凡做领导的人，一须勇猛，而我看事情太仔细，一仔细，即多疑虑，不易勇往直前，二须不惜用牺牲，而我最不愿使别人做牺牲（这其实还是革命以前的种种事情的刺激的结果），也就不能有大局面。所以，其结果，终于不外乎用空论来发牢骚，印一通书籍杂志。你如果也要发牢骚，请来帮我们，倘曰"马前卒"，则吾岂敢，因为我实无马，坐在人力车上，已经是阔气的时候了。

投稿到报馆里，是碰运气的，一者编辑先生总有些胡涂，二者投稿一多，确也使人头昏眼花。我近来常看稿子，不但没有空闲，而且人也疲乏了，此后想不再给人看，但除了几个熟识的人们。你投稿虽不写什么"女士"，我写信也改称为"兄"，但看那文章，总带些女性。我虽然没有细研究过，但大略看来，似乎"女士"的说话的句子排列法，就与"男士"不同，所以写在纸上，一见可辨。

北京的印刷品现在虽然比先前多，但好的却少。《猛进》〔4〕很勇，而论一时的政象的文字太多。《现代评论》的作者固然多是名人，看去却很显得灰色，《语丝》〔5〕虽总想有反抗精神，而时时有疲劳的颜色，大约因为看得中国的内情太清楚，所以不免有些失望之故罢。由此可知见事太明，做事即失其勇，庄子所谓"察见渊鱼者不祥"〔6〕，盖不独谓将为众所忌，且于自己的前进亦复大有妨碍也。我现在还要找寻生力军，加多破坏论者。

鲁迅。三月三十一日。

*　　*　　*

〔1〕　东南大学事件　1925 年 1 月初,北洋政府教育部将当时东南大学校长郭秉文免职,命胡敦复继任,该校即出现拥郭和拥胡两派,3 月 9 日胡到校就职,有学生数十人拥至校长办公室,以墨水瓶掷伤胡头部,胁迫他发表永不就东大校长的书面声明,并自后门将他送出学校,由此酿成风潮。

〔2〕　二次革命　指 1913 年 7 月孙中山领导的反对袁世凯独裁统治的战争。因对 1911 年辛亥革命而言,故称“二次革命”。

〔3〕　当时广东军阀陈炯明盘踞惠州和潮、汕一带,与广东革命政府相对抗。1925 年 2 月初,广东政府革命军第一次东征,3 月中旬击溃陈炯明部主力。这里所说“一个就在攻惠州”,指李秉中(1905—1940),字庸倩,四川彭县人。他原为北京大学学生,1924 年冬入黄埔军校,曾参加攻惠州的战役。

〔4〕　《猛进》　政论性周刊,徐炳昶主编,1925 年 3 月 6 日在北京创刊,次年 3 月 19 日出至第五十三期停刊。

〔5〕　《语丝》　文艺性周刊,最初由孙伏园等编辑,1924 年 11 月 17 日在北京创刊。1927 年 10 月被奉系军阀张作霖查禁,同年 12 月自第四卷起在上海复刊,1930 年 3 月 10 日出至第五卷第五十二期停刊,共出二百六十期。鲁迅是它的主要撰稿人和支持者之一,并于 1927 年 12 月至次年 11 月编辑该刊。

〔6〕　“察见渊鱼者不祥”　语出《列子·说符》:“周谚有言,察见渊鱼者不祥,智料隐匿者有殃。”按《庄子》中未见此语。

九

鲁迅师：

收到一日发的信，直至今天才拿起笔来，写那些久蓄于中所欲说的话。

日来学校演了一幕活剧，引火线是教育部来人，薛先生[1]那种傻瓜的幼稚行径。末了他自觉情理上说不通，便反咬一口，想拿几个学生和他一同玉石俱焚，好笑极了！这种卑下的心地，复杂的问题，我们简单的学生心理，如何敌得过他们狐鼠成群，狠毒成性的恶辣手段。两方面的信[2]，想先生必已看见，我们学生五人信中的话，的确一点也没有虚伪，不知对方又将如何设法对付。先生，现在已到"短兵相接"的时候了！老实人是一定吃亏的。临阵退缩，勇者不为，无益牺牲，智者不可，中庸之法，其道为何？先生世故较后生小子为熟悉，其将何以教之？

那回演剧的结果，听说每人只平均分得廿余元，往日本旅行，固然不济，就是作参观南方各处之用，也还是未必够，闹了一通，几乎等于零，真是没有法子。看客的胡闹，殆已是中国剧场里一种积习，尤其是女性出台表演的时候，他们真只为看演剧而来的，实在很少很少。惟其如此，所以"应该用大批的蚊烟，将它们熏出"，然而它们如果真是早早的被人"熏出"，那么，把戏就也演不成了。这就是目前社会上相牵连的怪现状，可叹！

学校的事情愈来愈复杂了。步东大后尘的，恐怕就是女师大。在这种空气里，是要染成肺病的。看不下去的人就出来反抗，反抗就当场吃亏；不反抗，不反抗就永远沉坠下去，校事，国事……都是如此。人生，人生是多么可厌的一种如垂死的人服了参汤，死不能，活不可的半麻木疯狂状态呀！“一个女读者”的文章，先生疑是男人所作，这自然有一种见解，我也听见过《现代评论》执笔的人物，多与校长一派，很替她出力的话。但校中一部分的人，确也有“一个女读者”的那种不通之论，所以我的推想，错中也不全是无的放矢的。

民元的时候，顽固的尽管顽固，改革的尽管改革，这两派相反，只要一派占优势，自然就成功起来。而当时改革的人，个个似乎有匈奴未灭何以家为〔3〕的一种国尔忘家，公尔忘私的气概，身家且不要，遑说权利思想。所以那时人心容易号召，旗帜比较的鲜明。现在呢，革命分子与顽固派打成一起，处处不离“作用”，损人利己之风一起，恶劣分子也就多起来了。目前中国人为家庭经济所迫压，不得不谋升官发财，而卖国贼以出。卖国贼是不忠于社会，不忠于国，而忠于家的。国与家的利害，互相矛盾，所以人们不是牺牲了国，就是牺牲了家。然而国的关系，总不如家之直接，于是国民性的堕落，就愈甚而愈难处理了。这种人物，如何能有存在的价值，亡国就是最终的一步。虽然有些人们，正在大唱最新的无国界主义，然而欧美先进之国，是否能以大同的眼光来待遇这种人民呢，这是没有了国界也还是不能解决的问题。

先生信中言：“在中国活动的有两种‘主义者’……我现

在无所属，”学生以为即使“无所属”，也不妨有所建。那些不纯粹不彻底的团体，我们绝不能有所希望于他们，即看女性所组织的什么“参政”，“国民促进”，“女权运动”等等的人才的行径，我也实在不敢加入以为她们的团体之一。团体根本上的事业一点没有建设，而结果多半成了“英雄与美人”的养成所；说起来真教人倒咽一口冷气。其差强人意的，只有一位秋瑾[4]，其余什么唐□□，沈□□，石□□，万□[5]……哟，都是应当用蚊烟熏出去的。眼看那些人不能与之合作，而自己单人只手，又如何能卖得出大气力来，所以终有望于我师了。土匪虽然仍是“发财主义”，然而能够“大斗分金银”，只要分的公平，也比做变相的丘八好得远。丘八何尝不是“发财主义”，所以定要占地盘，只是嘴里说得好听，倒不如土匪还能算是能够贯彻他的目的的人，不是名不副实的。

我每日自上午至下午三四时上课，一下课便跑到哈德门之东去作“人之患”[6]，直至晚九时返校，再在小饭厅自习，至午夜始睡。这种刻版的日常行动，我以为身心很觉舒适。这就是《语丝》所说的，应当觉悟现时“只有自己可靠”，而我们作事的起点，也在乎每个“只有自己可靠”的人联合起来，成一个无边的“联合战线”。先生果真自以为“无拳无勇”而不思“知其不可为而为”乎？孙中山虽则未必是一个如何神圣者，但他的确也纯粹“无拳无勇”的干了几十年，成败得失，虽然另是一个问题。

做事的人自然是“勇猛”分子居多，但这种分子，每容易只凭血气之勇，所谓勇而无谋，易招失败，必须领导的人用

“仔细”的观察，处置调剂之，始免轻举妄动之弊，其于“勇往直前”，实是助其成功的。那么，第一种的“不行”可以不必过虑了。至于第二种“牺牲”，在一面虽说牺牲，在一面又何尝不是“建设”，在“我”这方面固然“不愿使别人牺牲”而在“彼”一方面或且正以牺牲为值得。况且采用“壕堑战”之后，也许所得的代价会超过牺牲的总量，用不着忧虑的。“发牢骚”诚然也不可少，然而纸上谈兵，终不免书生之见，加以像现在的昏天黑地，你若打开窗子说亮话，还是免不了做牺牲。关起门来长吁短叹，也实在令人气短。先生虽则答应我有“发牢骚”之机会，使我不至于闷死，然而如何的能把牢骚发泄得净尽，又恐怕自己无那么大的一口气，能够照心愿的吐出来。粗人是干不了细活计的，所以前函有“马前卒”之请也。现在先生既不马而车，那么我就做那十二三岁的小孩子跟在车后推着走，尽我一点小气力罢。

言语是表示内心的符号，一个人写出来，说出来的，总带着这人的个性，但因环境的熏染，耳目所接触，于是“说话的句子排列法”，就自然“女士”与“男士”有多少不同。我以为词句末节，倒似乎并无多大关系，只很愿意放大眼光，开拓心胸，免掉“女士式”的说话法，还乞吾师教之。又，“女士”式的文章的异点，是在好用唉，呀，哟……的字眼，还是太带诗词的句法而无清晰的主脑命意呢？并希先生指示出来，以便改善。

《猛进》在图书馆里没有，本身也不知道有这份报。不知何处出版，敢请示知。其余各种书籍之可以针治麻痹的，还乞先生随时见告！

学生许广平。四月六日。

＊　　＊　　＊

〔1〕　薛先生　即当时女师大教务长薛燮元。女师大驱杨运动发生后，薛即出面加以阻挠，1925年4月3日，他在陪同北洋政府教育部派员在该校视察时，看到学生张贴的驱杨标语即上前撕毁，捧满双手。

〔2〕　两方面的信　指薛燮元于4月3日发表的《致女师大学生函》和刘和珍、姜伯谛、许广平、孙觉民、金涵清五人于4月4日发表的公开信。薛燮元撕毁标语的行为受到学生诘难后，他即发表上述函件进行辩解并提出辞职；学生的公开信列举事实，驳斥并揭露了薛的诡辩。

〔3〕　匈奴未灭何以家为　语出《汉书·霍去病传》。何，原作无。

〔4〕　秋瑾(1877—1907)　字璿卿，号竞雄，别署鉴湖女侠，浙江绍兴人。1904年留学日本，先后加入光复会、同盟会。1907年在绍兴主持大通师范学堂，组织光复军，准备与徐锡麟在浙、皖同时起义。徐锡麟起事失败后，她于7月14日被清政府逮捕，次日晨遇害。

〔5〕　原信分别作唐群英、沈佩贞、石淑卿、万璞。唐群英(1871—1938)，湖南衡山人，同盟会员，辛亥革命时担任女子北伐队队长。沈佩贞，浙江绍兴人，辛亥革命时参加女子北伐队，民国初年充当袁世凯总统府顾问。石淑卿，北京法政专门学校学生。万璞，北京中国大学学生。石、万都是当时女子参政协进会成员。

〔6〕　哈德门　即今崇文门。"人之患"，语出《孟子·离娄(上)》："人之患在好为人师"。这里用作教师的代称。当时许广平兼作家庭教师。

一〇

广平兄：

我先前收到五个人署名的印刷品，知道学校里又有些事情，但并未收到薛先生的宣言，只能从学生方面的信中，猜测一点。我的习性不大好，每不肯相信表面上的事情，所以我疑心薛先生辞职的意思，恐怕还在先，现在不过借题发挥，自以为去得格外好看。其实“声势汹汹”的罪状，未免太不切实，即使如此，也没有辞职的必要的。如果自己要辞职而必须牵连几个学生，我觉得办法有些恶劣。但我究竟不明白内中的情形，要之，那普通所想得到的，总无非是“用阴谋”与“装死”，学生都不易应付的。现在已没有中庸之法，如果他的所谓罪状，不过是“声势汹汹”，则殊不足以制人死命，有那一回反驳的信，已经可以了。此后只能平心静气，再看后来，随时用质直的方法对付。

这回演剧，每人分到二十余元，我以为结果并不算坏，前年世界语学校[1]演剧筹款，却赔了几十元。但这几个钱，自然不够旅行，要旅行只好到天津。其实现在也何必旅行，江浙的教育，表面上虽说发达，内情何尝佳，只要看母校，即可以推知其他一切。不如买点心，一日吃一元，反有实益。

大同的世界，怕一时未必到来，即使到来，像中国现在似的民族，也一定在大同的门外。所以我想，无论如何，总要改革才好。但改革最快的还是火与剑，孙中山奔波一世，而中国还是如此者，最大原因还在他没有党军，因此不能不迁就有武力的别人。近几年似乎他们也觉悟了，开起军官学校[2]来，惜已太晚。中国国民性的堕落，我觉得并不是因为顾家，他们也未尝为“家”设想。最大的病根，是眼光不远，加以“卑怯”与“贪婪”，但这是历久养成的，一时不容易去掉。我对于攻打这些病根的工作，倘有可为，现在还不想放手，但即使有效，也恐很迟，我自己看不见了。由我想来——这只是如此感到，说不出理由——目下的压制和黑暗还要增加，但因此也许可以发生较激烈的反抗与不平的新分子，为将来的新的变动的萌蘖。

“关起门来长吁短叹”，自然是太气闷了，现在我想先对于思想习惯加以明白的攻击，先前我只攻击旧党，现在我还要攻击青年。但政府似乎已在张起压制言论的网来，那么，又须准备“钻网”的法子——这是各国鼓吹改革的人们照例要遇到的。我现在还在寻有反抗和攻击的笔的人们，再多几个，就来“试他一试”[3]，但那效果，仍然还在不可知之数，恐怕也不过聊以自慰而已。所以一面又觉得无聊，又疑心自己有些暮气，“小鬼”年青，当然是有锐气的，可有更好，更有聊的法子么？

我所谓“女性”的文章，倒不专在“唉，呀，哟……”之多，就是在抒情文，则多用好看字样，多讲风景，多怀家庭，见秋花而心伤，对明月而泪下之类。一到辩论之文，尤易看出特别。即历举对手之语，从头至尾，逐一驳去，虽然犀利，而不沉重，且罕有正对“论敌”之要害，仅以一击给与致命的重伤者。总之是只有小毒而无剧毒，好作长文而不善于短文。

《猛进》昨已送上五期，想已收到，此后如不被禁止，我当寄上，因为我这里有好几份。

鲁迅。四月八日。

□□女士[4]的举动似乎不很好：听说她办报章时，到加拉罕[5]那里去募捐，说如果不给，她就要对于俄国说坏话云云。

* * *

〔1〕 世界语学校 即北京世界语专门学校，1923 年创办。鲁迅曾在该校讲授小说史并任校董。

〔2〕 军官学校 指黄埔军官学校。是孙中山在国民党改组后创立的陆军军官学校，校址在广州黄埔。1924 年 6 月正式开学，1927 年国民党发动“四一二”反共政变前，它是国共合作的学校，周恩来、叶剑英、恽代英、萧楚女等许多共产党人曾在该校担任负责工作或任教。

〔3〕 “试他一试” 原为胡适的话。1925 年 1 月，段祺瑞召开所谓善后会议前，胡适在复该会筹备主任许世英信中说：“我这回对于善后会议虽然有许多怀疑之点，却也愿意试他一试。”

〔4〕 □□女士 原信作万璞女士。

〔5〕 加拉罕（Л. М. Карахан，1889—1937） 苏联外交官，曾任苏俄副外交人民委员，1923 年来华，任驻华使团团长，次年为苏联首任驻华大使，1926 年回国。后被控从事间谍和暗杀活动遭处决。

一一

鲁迅师：

昨夕收到先生的一封信。前天已得寄来的一束《猛进》

共五份，打开一看，原来出版处就是北大，当时不觉失笑其孤陋寡闻一至于此，因即至号房令订购一份备阅。及见来函，谓“此后如不被禁止，我当寄上”，虽甚感诱掖之殷，然师殊大忙，何可以此琐屑相劳，重抱不安，既已自订，还乞吾师勿多费一番精神为幸。

薛先生当日撕下一大束纸条，满捧在双手中，前有学生，后有教育部员，他则介乎两者之间，那种进退维谷的狼狈形状，实在好看煞人。而对于学生的质问，他又苦于置对，退而不甘吃亏，则又呼我至教务处讯问，恫吓，经我强硬的答复，没法对付，便用最终的毒计，就是以退为进，先发制人，亦即所谓“恶人先告状”也。其意盖在责备学生，引起一部分人的反感。当他辞职的信分送至各班时，我们以为他在教员面前一定另有表示，今乃是专对学生辞职，真不知是何居心。但若终竟走出，则虽然走得滑稽，而较之不走者算是稍为痛快，如此，则此次些少牺牲，也很值得的。贴在教务处骂他的纸条，确有点过火，但也是他形迹可疑所致，写的人固然太欠幽默，然而是群众的事，一时不及豫防，总不免闹出缺少慎重的事件。其实平心论之，骂他一句“滚蛋”，也不算甚么希奇，横竖堂堂“国民之母之母”〔1〕尚可以任意骂人“岂有此理”，上有好，下必甚，又何必大惊小怪呢。先生，你说对么？

现在所最愁不过的，就是风潮闹了数月，不死不活，又遇着仍抱以女子作女校长为宜的冬烘头脑，闭着眼问学生“你们是大多数反对么？”的人长教育。从此君〔2〕手里，能够得个好校长么？一蟹不如一蟹，则岂徒无益，而又害之；迁延不决，则恋栈者的手段愈完全，而学生之软化消极者也愈多，终至事情无形打消，只落得一场瞎闹，真是何苦如此，既有今日，何必当初呢！无处不是苦闷，苦闷，苦闷，苦闷，苦闷，苦闷……

攻打现时“病根的工作”，欲“最快”，“有效”而不“很迟”的唯一捷径，自然还是吾师所说的“火与剑”。自二次革命，孙中山逃亡于外时，即已觉悟此层，所以竭力设法组织党军，然而至今也还没有多大建设。况且现时所急待解决的问题，正是刻不容缓，倘必俟若干时筹备，若干时进行，若干时收效，恐将索国魂于枯鱼之肆矣。此杞人之忧也。所以小鬼之意，以为对于违反民意的乱臣贼子，实不如仗三寸剑，与以一击，然后仰天长啸，伏剑而死，则以三数人之牺牲，即足以寒贼胆而使不敢妄动。为牺牲者固当有胆有勇，但不必使学识优越者为之，盖此等人不宜大材小用也。至于青年之急待攻击，实较老年为尤甚，因为他们是承前启后的桥梁，国家的绝续，全在他们肩上的。而他们的确能有几分觉悟呢？不要多提起来了！想“鼓吹改革”他们，固然为国家人材根本计，然而假使缓不济急，则皮之不存，毛将焉附？此亦杞人之忧也。所以小鬼以为此种办法，可列于次要，或者与上述之法，双管并下的。

“柴愚参鲁”〔3〕，早在教者的目中，倘必曰“盍各言尔志”〔4〕以下问者，小鬼亦只得放肆，“率尔而对”也。

讲风景是骚人雅士的特长，悲花月是儿女子的病态，四海为家，何必多怀，今之怀者，甚么“母亲怀中……摇篮里”，想是言在此而意在彼耳。满篇“好看字样”的抒情文，确是今日所谓女文学家的特征，好在我并无文学家的资格和梦想，对于这类文章，一个字也哼不出来，而于作辩论之文的“特别”，我却真的不知不觉全行犯着了！自己不提防，经吾师觑破，惭愧心折之至。但所以“从头至尾，逐一驳去”者，盖以为不如此，殊不足以令敌人体无完肤，而自己也总觉有些遗憾，此殆受孟子与东坡的余毒，服久遂不觉时发其病。至于“罕有正对论敌的要害”及“好作长文而不善于短文”等，则或因女性于理智判断及论理学，均未能十分训练，加以历久遗传，积重难反之故，此后当设法改之。“不善短文”，除上述之病源外，也许是程度使然。大概学作文时，总患辞不达意，能达意矣，则失之冗赘，再进，则简练矣，此殆与年龄及学力有关，此后亦甚愿加以洗刷。但非镜无以鉴形，自勉之外，正待匡纠，先生倘进而时教之，幸甚！

这封信非驴非马不文不白的乱扯一通，该值一把火，但反过来说是现在最新的一派文字，也可以的，我无乃画狗不成耳。请先生的朱笔大加圈点罢！——也许先生的朱笔老早掷到纸篓里去了。奈何!?

(鲁迅先生所承认之名)小鬼许广平。四月十日晚。

*　　*　　*

〔1〕 “国民之母之母” 杨荫榆所作《本校十六周年纪念对于各方面之希望》中的话：“窃念女子教育为国民之母，久成定论，本校且为国民之母之母，其关系顾不重哉。”

〔2〕 指王九龄(1882—?)，字梦菊，云南云龙人。曾留学日本，1924年11月被段祺瑞临时执政府任命为教育总长，因他1916年为云南军阀唐继尧私运鸦片在上海坐过西牢，遭到教育界的反对。1925年3月到任，4月13日即托辞离职，改由章士钊暂兼。

〔3〕 “柴愚参鲁” 语出《论语·先进》：“柴也愚，参也鲁。”柴指

高柴，参指曾参，都是孔子的学生。

〔4〕“盍各言尔志” 孔子对弟子说的话，见《论语·公冶长》。

一二

广平兄：

有许多话，那天本可以口头答复，但我这里从早到夜，总有几个各样的客在坐，所以只能论到天气之好坏，风之大小。因为虽是平常的话，但偶然听了一段，也容易莫名其妙，由此造出谣言，所以还不如仍旧写回信。

学校的事，也许暂时要不死不活罢。昨天听人说，章太太[1]不来，另荐了两个人。一个也不来，一个是不去请。还有□太太却很想做，而当局似乎不敢请教，听说评议会[2]的挽留倒不算什么，而问题却在不能得人。当局定要在“太太类”中选择，固然也过于拘执，但别的一时可也没有，此实不死不活之大原因也。后事如何，且听下回分解可耳。

来信所说的意见，我实在也无法说一定是错的，但是不赞成，一是由于全局的估计，二是由于自己的偏见。第一，这不是少数人所能做，而这类人现在很不多，即或有之，更不该轻易用去；还有，是纵使有一两回类此的事件，实不足以震动国民，他们还很麻木，至于坏种，则警备极严，也未必就肯洗心革面。还有，是此事容易引起坏影响，例如民二，袁世凯也用这方法了，革命者所用的多青年，而他的乃是用钱雇来的奴子，试一衡量，还是这一面吃亏。但这时革命者们之间，也曾用过雇工以自相残杀，于是此道乃更堕落，现在即使复活，我以为虽然可以快一时之意，而与大局是无关的。第二，我的脾气是如此的，自己没有做的事，就不大赞成。我有时也能辣手评文，也尝煽动青年冒险，但有相识的人，我就不能评他的文章，怕见他的冒险，明知道这是自相矛盾的，也就是做不出什么事情来的死症，然而终于无法改良，奈何不得——姑且由他去罢。

"无处不是苦闷，苦闷（此下还有四个和……）"，我觉得"小鬼"的"苦闷"的原因是在"性急"。在进取的国民中，性急是好的，但生在麻木如中国的地方，却容易吃亏，纵使如何牺牲，也无非毁灭自己，于国度没有影响。我记得先前在学校演说〔3〕时候也曾说过，要治这麻木状态的国度，只有一法，就是"韧"，也就是"锲而不舍"〔4〕。逐渐的做一点，总不肯休，不至于比"踔厉风发"〔5〕无效的。但其间自然免不了"苦闷，苦闷（此下还有四个并……）"，可是只好便与这"苦闷……"反抗。这虽然近于劝人耐心做奴隶，而其实很不同，甘心乐意的奴隶是无望的，但若怀着不平，总可以逐渐做些有效的事。

我有时以为"宣传"是无效的，但细想起来，也不尽然。革命之前，第一个牺牲者，我记得是史坚如〔6〕，现在人们都不大知道了，在广东一定是记得的人较多罢，此后接连的有好几人，而爆发却在湖北，还是宣传的功劳。当时和袁世凯妥协，种下病根，其实却还是党人实力没有充实之故。所以鉴于前车，则此后的第一要图，还在充足实力，此外各种言动，只能稍作辅佐而已。

文章的看法，也是因人不同的，我因为自己好作短文，好用反语，每遇辩论，辄不管三七二十一，就迎头一击，所以每见和我的办法不同者便以为缺点。其实畅达也自有畅达的好处，正不必故意减缩（但繁冗则自应删削），例如玄同〔7〕之文，即颇汪洋，而少含蓄，使读者览之了然，无所疑惑，故于表白意见，反为相宜，效力亦复很大，我的东西却常招误解，有时竟大出于意料之外，可见意在简练，稍一不慎，即易流于晦涩，而其弊有不可究诘者焉（不可究诘四字颇有语病，但一时想不出适当之字，姑仍之，意但云“其弊颇大”耳）。

前天仿佛听说《猛进》终于没有定妥，后来因为别的话岔开，不说下去了。如未定，便中可见告，当寄上。我虽说忙，其实也不过“口头禅”，每日常有闲坐及讲空话的时候，写一个信面，尚非大难事也。

鲁迅。四月十四日。

* * *

〔1〕 章太太 指章士钊妻吴弱男。曾是同盟会会员。

〔2〕 评议会 指女师大评议会，是该校的立法机构。据《国立北京女子师范大学组织大纲》规定，该会由校长、教务主任、总务主任及教授代表十人组成，由校长担任议长。当时由杨荫榆主持，其后逐渐分化。

〔3〕 在学校演说 指1923年12月26日在北京女子高等师范学校文艺会上的讲演，题为《娜拉走后怎样》，后收入《坟》。

〔4〕 “锲而不舍” 语出《荀子·劝学》：“锲而不舍，金石可镂。”

〔5〕 “踔厉风发” 语出韩愈《柳子厚墓志铭》：“踔厉风发，率常屈其座人。”

〔6〕 史坚如（1879—1900） 广东番禺人，清光绪二十六年（1900）孙中山领导的惠州起义军向汕头方面移动时，中途被清军击败。

史坚如谋牵制对方的活动，乃潜入广州炸总督衙门，毙官吏二十余人，旋即被捕遇害。

〔7〕 玄同 钱夏(1887—1939)，字德潜，号中季，后改名玄同，浙江吴兴人，语言文字学家。曾留学日本，后历任北京大学、北京师范大学等校教授；“五四”时期参加新文化运动，为《新青年》编委之一。

一三

鲁迅师：

“尊府”居然探检过了！归来后的印象，是觉得熄灭了通红的灯光，坐在那间一面满镶玻璃的室中时，是时而听雨声的淅沥，时而窥月光的清幽，当枣树发叶结实的时候，则领略它微风振枝，熟果坠地，还有鸡声喔喔，四时不绝。晨夕之间，时或负手在这小天地中徘徊俯仰，盖必大有一种趣味，其味如何，乃一一从缕缕的烟草烟中曲折的传入无穷的空际，升腾，分散……。是消灭！？是存在！？（小鬼向来不善于推想和描写，幸恕唐突！）

《京报副刊》上前天有王铸君的一篇《鲁迅先生……》〔1〕和《现代评论》前几期的那篇〔2〕，我觉得读后还合意。我总喜欢听那在教室里所讲一类的话，虽则未必能有多少领略，体会，或者也许不免于“误解”，但总觉意味深长，有引人入胜之妙。在还未听惯的人们，固然容易错过，找不出头绪来，然而也不要紧，到那时自然会有善法来调和它，总比冗长好，学者非患不知，患不能法也。

现时的“太太类”的确敢说没有一个配到这里来的——

小姐类同此不另——而老爷类的王九龄也下台了。但不知法学博士[3]能打破这种成见否？总之，现在风潮闹了数月，呈文递了无数，部里也来查过两次，经过三个总长[4]而校事毫无着落，这“若大旱之望云霓”[5]的换人，不知何年何月始有归宿。薛已经依然回校任事了。用一张纸，贴在公布处，大意说：薛辞，经再三挽留，薛以校务为重，已允任事，云云。自治会当即会议是否仍认他为教务长，而四年级毕业在即，表示承认之意，其余的人是少数，便不能通过异说，这是内部的麻木，“装死”的复活。而新任的教育总长，虽在他对于我校未有表示之前，也不能不令人先怀几分失望，虽然太太类长女校的成见，在他脑里也许可望较轻。然而此外呢！？这种种内外的黑幕，总想在文字上发泄发泄，但因各方的牵掣和投稿的困难，直逼得人叫苦连天，暗地咽气，“由他去罢”，“欲罢不能”！不罢不可！总没得个干脆！

对于《猛进》，既在《语丝》上忽略了目录，又不在门房处看看卖报条子，事虽小，足见粗疏。但今既知道，如何再放过，当日已仍令门房订来了。既承锦注，便以奉闻。

小鬼许广平。四月十六晚。

＊　　＊　　＊

〔1〕《京报副刊》《京报》，邵飘萍创办的报纸，1918年10月5日创刊于北京，1926年4月24日被奉系军阀张作霖查封。它的副刊创刊于1924年12月5日，孙伏园主编。1925年4月8日该刊曾发表王铸(王淑明)所写《鲁迅先生被人误解的原因》。

〔2〕指张定璜在《现代评论》第一卷第七、八两期(1925年1月

24 日、31 日)连载的《鲁迅先生》。

〔3〕 法学博士 指章士钊(1881—1973),字行严,笔名孤桐,湖南善化(今属长沙)人。辛亥革命前参加反清活动,五四运动后,主张复古,提倡尊孔读经,1924 年至 1926 年任北洋政府司法总长兼教育总长,曾参与镇压学生运动和人民群众的爱国斗争。后来同情和支持革命。章早年曾在英国艾丁堡大学习读法律。他于 1925 年 4 月 14 日,以司法总长暂时兼署教育总长。下文所说“新任的教育总长”,也指章士钊。

〔4〕 三个总长 指黄郛、易培基、王九龄。从 1924 年秋女师大风潮发生到这时,他们曾先后任北洋政府教育总长。

〔5〕 “若大旱之望云霓” 语出《孟子·梁惠王(下)》:“民望之,若大旱之望云霓。”原指百姓盼望商汤来解救苦难。

一四

鲁迅师:

前几天寄上一信,料想收到了罢?

“□□周刊”〔1〕是否即日来所打算组织的那种材料?我希望缩短光阴,早到星期五,以便先睹为快。

今天在讲堂上勒令带上博物馆〔2〕去的举动,委实太不合于 Gentleman〔3〕的态度了。然而大众的动机,的确与“逃学”和“难为先生”不同,凭着小学生的天真,野蛮和出轨是有一点。回想起来,大家总不免好笑,觉得除了先生以外,我们是绝对不干的。

近来忽然出了一个想“目空一切,横扫千人”的琴心女士〔4〕,在学校中的人固然疑惑,即外面的人,来打听这闷葫芦的也很多。现在居然打破了：原来她躯壳是S妹，魂灵是司空蕙。哈哈，无怪她屡次替司空辩护，原来是一鼻孔出气。我想她起这“三位一体”——琴心——雪纹——司空蕙——的名字的最大目的，即在所谓“用琴心的名字将近日文坛新发表的许多文艺作品，下一个严格的批评，使一班自命不凡的蛇似的艺术家不至于太过目中无人了”。原来如此，无怪她（？）与培良〔5〕君如此的不共戴天，而其为《玉君》捧场，则恐怕也就是替自己说话。这些都是小玩意，本无多大关系，现在说及，不过以供一笑，且知文坛上有这种新奇法术而已。

今日《京报》上登有《民国公报》〔6〕招考编辑的广告，仿佛听得这种报也是《民国日报》一流，不知确否？它的宗旨是偏重那一派的政见？报名地点在那里？一切章程如何？先生是知道外面事情比我多许多的，能够示知一二以定进止否？小鬼学识甚浅，自然不配想当编辑，尤其是对于新闻学未有研究，现在所以愿意投考者，实在因为觉得这比做“人之患”该可以多得点进步，于学识上较有帮助。先生以为何如？

小鬼许广平。四月二十晚。

＊　　＊　　＊

〔1〕　□□周刊　指《莽原》周刊，文艺刊物，鲁迅编辑。1925年4月24日在北京创刊，附《京报》发行。同年11月27日出至三十二期休刊。1926年1月10日改为半月刊，由未名社发行。同年8月鲁迅去厦门后由韦素园接编，1927年12月25日停刊，共出四十八期。

〔2〕　博物馆　指当时教育部筹建的历史博物馆，设在故宫午门楼上。筹建事由社会教育司第一科负责，鲁迅时任该科科长。

〔3〕 Gentleman 英语:绅士。

〔4〕 琴心女士 1925年1月,北京女师大新年同乐会演出北大学生欧阳兰所作独幕剧《父亲的归来》,内容几乎完全抄袭日本菊池宽所著的《父归》,经人在《京报副刊》指出后,除欧阳兰作文答辩外,还出现了署名"琴心"的女师大学生,也作文为他辩护。不久,又有人揭发欧阳兰所作"寄S妹"的《有翅的情爱》系抄袭郭沫若译的雪莱诗,"琴心"和另一"雪纹女士"又接连写文替他分辩。"琴心"实为欧阳兰的女友夏雪纹(即文中的"S妹",当时女师大学生)的别号,而署名"琴心"和"雪纹女士"的文字,都是欧阳兰自己作的。本文提到的司空蕙,原信均作欧阳兰。欧阳兰作有诗集《夜莺》,1924年5月蔷薇社出版,内有《寄S妹》一诗。

〔5〕 培良 向培良(1905—1959),湖南黔阳人,狂飙社主要成员之一。他在1925年4月5日《京报副刊》上发表了《评〈玉君〉》一文,认为它是一本"浅薄无聊的东西";9日《京报副刊》发表署名琴心的《明知是得罪人的话》一文,为《玉君》辩护,说向培良的文章是"闭目漫骂","目的'是在出风头'"。《玉君》,杨振声作中篇小说,1925年2月出版。

〔6〕 《民国公报》 1918年12月8日在北京创刊,1925年4月20日《京报》曾刊登《民国公报刷新预告》,说该报将"刷新政治,增添版面","考聘男女编辑"。

一五

广平兄:

十六和廿日的信都收到了,实在对不起,到现在才一并回答。几天以来,真所谓忙得不堪,除些琐事以外,就是那可笑的"□□周刊"。这一件事,本来还不过一种计划,不料有一个学生对邵飘萍[1]一说,他就登出广告来,并且写得那么夸大可笑。第二天我就代拟了一个别的广告[2]，硬令登载，又不许改动，不料他却又加上了几句无聊的案语。做事遇着隔膜者，真是连小事情也碰头。至于我这一面，则除百来行稿子以外，什么也没有，但既然受了广告的鞭子的强迫，也不能不跑了，于是催人去做，自己也做，直到此刻，这才勉强凑成，而今天就是交稿的日子。统看全稿，实在不见得高明，你不要那么热望，过于热望，要更失望的。但我还希望将来能够比较的好一点。如有稿子，也望寄来，所论的问题也不拘大小。你不知定有《京报》否？如无，我可以嘱他们将《莽原》——即所谓"□□周刊"——寄上。

但星期五，你一定在学校先看见《京报》罢。那"莽原"二字，是一个八岁的孩子写的，名目也并无意义，与《语丝》相同，可是又仿佛近于"旷野"。投稿的人名都是真的，只有末尾的四个都由我代表，然而将来从文章上恐怕也仍然看得出来，改变文体，实在是不容易的事。这些人里面，做小说的和能翻译的居多，而做评论的没有几个：这实在是一个大缺点。

薛先生已经复职，自然极好，但来来去去，似乎未免太劳苦一点了。至于今之教育当局，则我不知其人。但看他挽孙中山对联[3]中之自夸，与对于完全"道不同"[4]之段祺瑞[5]之密切，为人亦可想而知。所闻的历来的言行，盖是一大言无实，欺善怕恶之流而已。要之，能在这昏浊的政局中，居然出为高官，清流大约无这种手段。由我看来，王九龄要好得多罢。校长之事，部中毫无所闻，此人之来，以整顿教育[6]自命，或当别有一反从前一切之新法（他是大不满于今之学风的），但是否又是大言，则不得而知，现在鬼鬼祟祟之人太多，实在无从说起。

我以前做些小说，短评之类，难免描写，或批评别人，现在不知道怎么，似乎报应已至，自己忽而变了别人的文章的题目了。张王两篇〔7〕，也已看过，未免说得我太好些。我自己觉得并无如此"冷静"，如此能干，即如"小鬼"们之光降，在未得十六来信以前，我还未悟到已被"探检"而去，倘如张君所言，从第一至第三，全是"冷静"，则该早已看破了。但你们的研究，似亦不甚精细，现在试出一题，加以考试：我所坐的有玻璃窗的房子的屋顶，是什么样子的？后园已经到过，应该可以看见这个，仰即答复可也！

星期一的比赛"韧性"，我确又失败了，但究竟抵抗了一点钟，成绩还可以在六十分以上。可惜众寡不敌，终被逼上午门，此后则遁入公园，避去近于"带队"之厄。我常想带兵抢劫，固然无可讳言，但若一变而为带女学生游历，则未免变得离题太远，先前之逃来逃去者，非怕"难为"，"出轨"等等，其实不过是逃脱领队而已。

琴心问题，现在总算明白了。先前，有人说是司空蕙，有人说是陆晶清〔8〕，而孙伏园〔9〕坚谓俱不然，乃是一个新出台的女作者。盖投稿非其自写，所以是另一样笔迹，伏园以善认笔迹自负，岂料反而上当。二则所用的红信封绿信纸，早将伏园善识笔迹之眼睛吓昏，遂愈加疑不到司空蕙身上去了。加以所作诗文，也太近于女性，今看他署着真名之文，也是一样色彩，本该容易识破，但他人谁会想到他为了争一点无聊的名声，竟肯如此钩心斗角，无所不至呢。他的“横扫千人”的大作，今天在《京报副刊》上似乎也露一点端倪了；[10]所扫的一个是批评廖仲潜小说的芳子，但我现在疑心芳子就是廖仲潜，实无其人，和琴心一样的。第二个是向培良，则识力比他坚实得多，琴心的扫帚，未免太软弱一点。但培良已往河南去办报，不会有答复的了，这实在可惜，使我们少看见许多痛快的议论。

《民国公报》的实情，我不知道，待探听了再回答罢。普通所谓考试编辑，多是一种手段，大抵因为荐条太多，无法应付，便来装作这一种门面，故作秉公选用之状，以免荐送者见怪，其实却是早已暗暗定好，别的应试者不过陪他变一场戏法罢了。但《民国公报》是否也这样，却尚难决（我看十之九也这样）。总之，先去打听一回罢。我的意见，以为做编辑是不会有什么进步的，我近来常与周刊之类相关，弄得看书和休息的工夫也没有了，因为选用的稿子，也常须动笔改削，倘若任其自然，又怕闹出笑话来。还是“人之患”较为从容，即使有时逼上午门，也不过费两三个钟头而已。

鲁迅。四月二十二日夜。

*　　*　　*

〔1〕 邵飘萍（1886—1926） 原名振青，浙江东阳人。早年留学日本，曾任《申报》、《时事新报》、《时报》主笔，1918年10月5日在北京创办《京报》。1926年三一八惨案后因支持群众的反帝反军阀斗争，4月26日被奉系军阀以“宣传赤化”的罪名杀害。他曾在1925年4月20日《京报》刊登广告说：“思想界的一个重要消息：如何改造青年的思想？请自

本星期五起快读鲁迅先生主撰的《□□》周刊,详情明日宣布。本社特白。”

〔2〕 指《〈莽原〉出版预告》,载1925年4月21日《京报》,现编入《集外集拾遗补编》。邵飘萍在文末加的案语说:“上广告中有一二语带滑稽,因系原样,本报记者不便僭易,读者勿以辞害志可也。”

〔3〕 挽孙中山对联 指章士钊挽孙中山的对联:“景行有二十余年,著录纪兴中,掩迹郑洪题字大;立义以三五为号,生平无党籍,追怀蜀洛泪痕多。”按郑、洪指郑成功和洪秀全;三五,指三民主义和五权宪法;蜀、洛,指北宋时期以苏轼为首的蜀党和以程颐为首的洛党。

〔4〕 “道不同” 语出《论语·卫灵公》:“道不同,不相为谋。”

〔5〕 段祺瑞(1865—1936) 字芝泉,安徽合肥人,北洋军阀皖系首领。袁世凯死后,他在日本帝国主义支持下几次把持北洋政府。1924年至1926年任临时执政府执政,1926年屠杀北京爱国群众,造成三一八惨案。

〔6〕 整顿教育 1925年4月25日《京报》以“章教长整顿教育”为题,报道章士钊兼署教育总长后,拟有“整顿教育”办法三条:(一)对学生严格考试;(二)对教员限制授课钟点;(三)组织统一清理积欠委员会管理经费。

〔7〕 张王两篇 张定璜在连载于《现代评论》第一卷第七、八两期(1925年1月24、31日)的《鲁迅先生》一文中,说鲁迅有“三个特色……第一个,冷静,第二个,还是冷静,第三个,还是冷静”。王铸在1925年4月8日《京报副刊》《鲁迅先生被人误解的原因》一文中,引用了张定璜的观点。

〔8〕 陆晶清(1907—1993) 原名陆秀珍,云南昆明人。当时为女师大学生、《京报》附刊《妇女周刊》编辑。

〔9〕 孙伏园(1894—1966) 原名福源,浙江绍兴人。鲁迅任绍兴师范学校校长时的学生,后在北京大学毕业,曾参加新潮社和语丝社,先后任《国民公报副刊》、《晨报副刊》、《京报副刊》编辑。著有《伏园游记》、《鲁迅先生二三事》等。

〔10〕　指1925年4月22日《京报副刊》上托名琴心发表的《批评界的“全捧”与“全骂”》一文。该文把芳子的《廖仲潜先生的〈春心的美伴〉》(载1925年2月18日《京报副刊》)作为全捧的代表,把向培良的《评〈玉君〉》(载1925年4月5日《京报副刊》)作为全骂的代表。

一六

鲁迅师:

先后的收到信和《莽原》,使我在寂寞的空气中,不知不觉的发生微笑。此外还有《猛进》,《孤军》〔1〕,《语丝》,《现代评论》等,源源而来,关心大局的人居然多起来了! 每周得着这些师资,多么快活呀。

这种小周刊,多半总是每版分为三层,第一版上层之首印着刊名,同版下层的末尾印着目录。《莽原》的形式也如此。这不知是否有特别意义,较别的方法佳? 但我的意见,以为倘将目录和刊名放在一起,则成为:

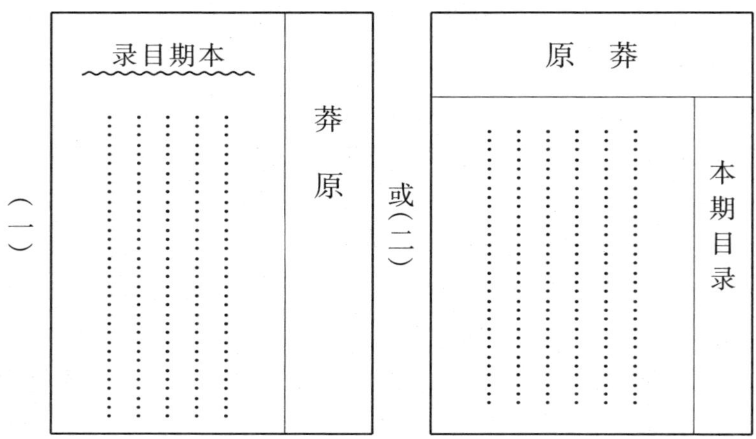

这样的一个方块，而将这放在第一版的上层的前头，就免得读者看到第三层，忽然见有一段目录出来，分散了对于该处作品的注意力。否则，将这方块设在中层的中央，倒也颇觉特别。再不然，则刊名仍旧（第一版上层之最前），而目录则请它去坐“交椅”（第八版之末）。这只是我的心理作用觉得这样好，但说不出正当理由来，请参考可也。

《莽原》之文仍多不满于现代，但是范围较《猛进》，《孤军》等之偏重政治者为宽，故甚似《语丝》，其委曲宛转，饶有弦外之音的态度，也较其他周刊为特别，这是先生的特色，无可讳言的。看了第一期，觉得“冥昭”〔2〕就是先生，此外《棉袍里的世界》颇有些先生的作风在内，但不能决定。余如《槟榔集》的作者想是姓向的那位，也有几分相肖于先生。而全期之中，则先生只有两篇作品。

在《棉袍里的世界》文中，作者揪住了朋友来开始审判，以为取了他“思想”，“友谊”……甚至于“想把我当做一件机器来供你们使用”。我当时十分惭愧，反省，我是否也是“多方面掠夺者”之一？唉，虽则我不敢当是朋友，然而学生“掠夺”先生，那还了得！明目张胆的“掠夺”先生，那还了……得！！！此人心之所以不古也。有志之士，盍起而防御之！？

第二期也许学学做文章，但是仍本粗人做不了细活计的面目，恐怕还是做出来不中用，那时，只请破除情面，向字纸篓里一塞。然而能否做出，也还是一个问题。

“报应”之来，似有甚于做“别人的文章的题目”的。先生，你看第八期的《猛进》上，不是有人说先生“真该割去舌头”[3]么？——虽然是反话。我闻阎王十殿中，有一殿是割舌头的，罪名就是生前说谎，这是假话的处罚。而现在却因为“把国民的丑德都暴露出来”，既承认是“丑德”，则其非假也可知，而仍有“割舌”之罪，这真是人间地狱，这真是人间有甚于地狱了！

考试尚未届期呢，本可抗不交卷的，但考师既要提前，那么现在做了答案，暑假时就可要求免试了——倘不及格，自然甘心补考——答曰：

那房子的屋顶，大体是平平的，暗黑色的，这是和保存国粹一样，带有旧式的建筑法。至于内部，则也可以说是神秘的苦闷的象征。靠南有门，但因隔了一间过道的房子，所以显得暗，左右也不十分光亮，独在前面——北——有一大片玻璃，就好像号筒口。这是什么解释呢？我摆开八卦[4]，熏沐斋戒的占算一下罢。卦曰：世运凌夷，君子道消，逢凶化吉，发言有瘳。解曰：号筒之口，声带之门，因势利导，时然后言。夫人不言，言必有中，此南无阿弥陀佛救苦救难观世音菩萨亲降灵签也。余文尚多，以不在本答案范围之内，均从略。

此外小鬼也有一点“敢问”求答的——但是绝非报复的考试，虽然“复仇乃春秋大义”[5]，然而学生岂敢与先生为仇，而且想复，更兼要考呢，罪过罪过，其实不过聊博一笑耳。问曰：我们教室天花版的中央有点什么？倘答电灯，就连六分也不给，倘俟星期一临时预备夹带然后交卷，那就更该处罚(？)了。其实这题目原甚平常而且熟习，不如探检那么生疏，该不费力的罢。敢请明教可也！

午门之游，归来总带着得胜的微笑，从车上直到校中，以至良久良久；更回想及在下楼和内操场时的泼皮，真是得意极了！人们总是求自我的满足的，何尝计及被困者的为难。其实被困者那天心理测验也施行得够了：命大家起立以占是否多数，再下楼迟延以察是否诚意。然而终竟被"煽动"了。据最新的分数计算法，全对就满分，一半对一半错就相抵消，一分也没有，倘若完全失败，更不待言是等于零。"六十分？"太宽了罢！其实那天何尝是"被逼"而"失败"，归结也还是因为"摇身一变"的法术未臻上乘，否则，变成女先生，就不妨"带队"（我的这话也"岂有此理"，男先生"带队"有什么出奇），或者变成女……，就不妨冲锋突围而出。可是终于"被逼"，这是界限分得太清的缘故罢，还是世俗积习之终于不易破除呢？！

现社会也实在黑暗，女子出来做事，实是处处遇到困难。我不是胆怯，只为想避免些麻烦，所以往往先托人打听。不料知识界的报界也是鬼蜮——它未写明报名地点，即是可疑处——也是如此。这真教猛进的人处处感着多少阻碍和踌躇。"谁叫你生着是女人呢？"这句话，我着实没法解答于老爷们，太太们之前。

小鬼许广平。四月二十五晚。

*　　*　　*

〔1〕《孤军》 即《孤军周报》。1924年12月创刊，北京法政大学孤军周报社发行。

〔2〕"冥昭" 鲁迅在《莽原》周刊第一期（1925年4月24日）发

表《春末闲谈》(后收入《坟》)的笔名。同期所刊《棉袍里的世界》和《槟榔集》二文,分别为高长虹、向培良作。

〔3〕 “割去舌头” 见于徐炳昶在《猛进》第八期(1925年4月24日)发表的《通讯》:“鲁迅的嘴真该割去舌头,因为他爱张起嘴乱说,把我们国民的丑德都暴露出来了。”

〔4〕 八卦 《周易》中的八种基本图形:乾(☰)、坤(☷)、震(☳)、巽(☴)、坎(☵)、离(☲)、艮(☶)、兑(☱)。象征天、地、雷、风、水、火、山、泽八种自然现象。古时用以占卜。

〔5〕 “复仇乃春秋大义” 《春秋》各传中多次提到复仇的事,如《春秋公羊传》庄公四年:“九世犹可以复仇乎?虽百世可也。”

一七

广平兄:

来信收到了。今天又收到一封文稿,拜读过了,后三段是好的,首一段累坠一点,所以看纸面如何,也许将这一段删去。但第二期上已经来不及登,因为不知“小鬼”何意,竟不署作者名字。所以请你捏造一个,并且通知我,并且必须于下星期三上午以前通知,并且回信中不准说“请先生随便写上一个可也”之类的油滑话。

现在的小周刊,目录必在角上者,是为订成本子之后,读者容易翻检起见,倘要检查什么,就不必全本翻开,才能够看见每天的细目。但也确有隔断读者注意的弊病,我想了另一格式,是专用第一版上层的,如下:

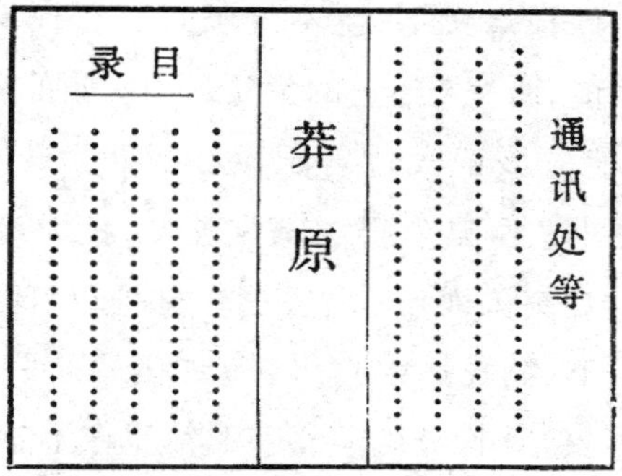

则目录既在边上，容易检查，又无隔断本文之弊，可惜《莽原》第一期已经印出，不能便即变换了，但到二十期以后，我想来“试他一试”。至于印在末尾，书籍尚可，定期刊却不合宜，放在第一版中央，尤为不便，擅起此种“心理作用”，应该记大过二次。

《莽原》第一期的作者和性质，诚如来信所言；长虹〔1〕确不是我，乃是我今年新认识的，意见也有一部分和我相合，而似是安那其主义者。他很能做文章，但大约因为受了尼采〔2〕的作品的影响之故罢，常有太晦涩难解处，第二期登出的署着CH的，也是他的作品。至于《棉袍里的世界》所说的“掠夺”问题，则敢请少爷不必多心，我辈赴贵校教书，每月明明写定“致送脩金十三元五角正”，夫既有“十三元五角”而且“正”，则又何“掠夺”之有也欤哉！

割舌之罪，早在我的意中，然而倒不以为意。近来整天的和人谈话，颇觉得有点苦了，割去舌头，则一者免得教书，二者免得陪客，三者免得做官，四者免得讲应酬话，五者免得演说，从此可以专心做报章文字，岂不舒服。所以你们应该趁我还未割去舌头之前，听完《苦闷的象征》[3]，前回的不肯听讲而逼上午门，也就应该记大过若干次。而我六十分，则必有无疑。因为这并非“界限分得太清”之故，我无论对于什么学生，都不用“冲锋突围而出”之法也。况且，窃闻小姐之类，大抵容易潸然泪下，倘我挥拳打出，诸君在后面哭而送之，则这一篇文章的分数，岂非当在零分以下？现在不然，可知定为六十分者，还是自己客气的。

但是这次考试，我却可以自认失败，因为我过于大意，以为广平少爷未必如此“细心”，题目出得太容易了。现在也只好任凭排卦拈签，不再辩论，装作舌头已经割去之状。惟报仇题目，却也不再交卷，因为时间太严。那信是星期一上午收到的，午后即须上课，其间更无作答的工夫，而一经上课，则无论答得如何正确，也必被冤为“临时预备夹带然后交卷”，倒不如拚出，交了白卷便宜。

中国现今文坛（？）的状况，实在不佳，但究竟做诗及小说者尚有人。最缺少的是“文明批评”和“社会批评”，我之以《莽原》起哄，大半也就为了想由此引些新的这一种批评者来，虽在割去敝舌之后，也还有人说话，继续撕去旧社会的假面。可惜所收的至今为止的稿子，也还是小说多。

鲁迅。四月二十八日。

＊　　＊　　＊

〔1〕　长虹　高长虹（1898—约1956），山西盂县人，狂飙社主要成

员。他于1924年12月认识鲁迅后,得到鲁迅的很多指导和帮助,1925年鲁迅编辑《莽原》时,他是撰稿者之一。1926年下半年,他借口《莽原》编者韦素园压下向培良的稿子,对韦素园进行人身攻击,并对鲁迅表示不满;其后因鲁迅揭穿他假鲁迅之名自我宣传,他即转而对鲁迅进行诽谤和嘲骂。

〔2〕 尼采(F. Nietzsche,1844—1900) 德国哲学家,唯意志论者,宣扬“超人哲学”。曾任瑞士巴塞尔大学教授。著有《悲剧的诞生》、《札拉图斯特拉如是说》等。

〔3〕 《苦闷的象征》 文艺论文集,日本厨川白村(1880—1923)著。鲁迅曾译作教材,1924年12月(实际为1925年3月)出版,为《未名丛刊》之一,北京新潮社代售,后由北新书局再版。

一八

鲁迅师:

因为忙中未及在投稿上写一个“捏造”的名字,就引出三个“并且”,而且在末个“并且”中还添上“不准”,这真算应着“师严然后道尊”〔1〕那句话了。

先前《晨报副刊》讨论“爱情定则”时,〔2〕我曾用了“非心”的名,而编辑先生偏改作“维心”登出,我就知道这些先生们之“细心”,真真非同小可,现在先生又因这点点忘记署名而如是之“细心”了,可见编辑先生是大抵了不得的。此外还用过“归真”,“寒潭”,“君平”……等名字,用了之后,辄多弃置,这也许是鉴于以投稿沽名的人们的心理状态之可笑,遂至迂腐到不免矫枉过正了罢。本星期二朱希祖〔3〕先生讲文学史，说到人们用假名是不负责任的推诿的表示。这也有一部分精义，敢作敢当，也是不可不有的精神。那么，发表出来的就写许广平三字罢。但不知何故，我总不喜欢这三个字。我确有好“捏造”许多名儿的脾气（也许以后要改良这恶习），这回呢，用“西瓜皮”（同学们互相起的诨名，差不多每人都有一个）三字则颇有滑稽之趣，用“小鬼”也甚新颖，这现时的我都喜欢它。鱼与熊掌〔4〕，自己实难于取舍，还是“请先生随便写上一个可也”罢。要知道“油滑”的用处甚大，尤其是在“钻网”之时，先生似乎无须加以限制的。

前一段的确无意思，现在正式的要求“将这一段删去”。其余的呢，如果另外有好的稿子，千万就将拙作“带住”，因为使读者少看若干佳作，在良心上总觉得是遗憾的一件事。

现在确乎到了“力争”的时期了！被尊为“兄”，年将耳顺〔5〕，这“的确老大了罢，无论如何奇怪的逻辑”，怎么竟“谓偷闲学少年”〔6〕，而遽加“少爷”二字于我的身上呢！？要知道硬指为“小姐”，固然辱没清白，而尊之曰“少爷”，亦殊不觉得其光荣，总不如一撇一捺这一个字来得正当。至于红鞋绿袜，满脸油粉气的时装“少爷”，我更希望“避之则吉”，请先生再不要强人所难，硬派他归入这些族类里去了！

司空蕙已把《妇女周刊》的权利放弃，写信给陆晶清请交代清楚了。但晶清前日已得自滇来电，说是“父逝速回”。她家中只有十三龄的弱弟和一个继母，她是一定要回去料理生和死的，多么不幸呀！在这时期，遇这变故，我们都希望而且劝她速去速回。但“来日之事，不可预知”，因此《妇周》本身恐怕也不免多少受点困难。晶清虽则自己未能有等身的著作[7],除新诗外,学理之文和写情的小说,似乎俱非性之所近,但她交游广,四处供献材料者多,所以《妇周》居然支持了这些期。现在呢,她去了,恐怕纯阳性的作品,要占据《妇周》了(除波微[8]一人)。这是北京女界的一件可感慨的,——其实也无须感慨。

缝纫先生要来当校长[9],我们可以专攻女红了!!! 从此描龙绣凤,又是另一番美育,德育。但不知道这梦做得成否?然而无论如何,女人长女校的观念的成见,是应该飨以毛瑟的[10]。可恶之极!"何物老妪,生此……"[11]?

考试的题目出错了。如果出的是"书架上面一盒盒的是什么",也许要交白卷,幸而考期已过,就不妨"不打自招"的直白的供出来。假如要做答案,我没有刘伯温卜烧饼[12]的聪明,只好认是书籍。这可给他零分么?

小鬼许广平。四月三十晚。

* * *

〔1〕 "师严然后道尊" 语出《礼记·学记》。

〔2〕 讨论"爱情定则" 1923年4月29日《晨报副刊》刊载张竞生所作《爱情的定则与陈淑君女士事的研究》一文,在读者间引起争论,为此该刊特辟"爱情定则讨论"专栏。从5月18日至6月13日共发表有关文章二十四篇,6月20日刊登了结束语。许广平署名维心的文章,载该刊第一三七期(1923年5月25日)。

〔3〕 朱希祖(1879—1944) 字逷先,浙江海盐人,历史学家。留学日本时曾与鲁迅同就章太炎学习《说文解字》。归国后在杭州浙江两

级师范学堂任教，与鲁迅同事。当时任北京大学教授。

〔4〕　鱼与熊掌　《孟子·告子（上）》："鱼，我所欲也，熊掌，亦我所欲也，二者不可得兼，舍鱼而取熊掌者也。"

〔5〕　耳顺　语出《论语·为政》："六十而耳顺"。后来常用作六十岁的代称。

〔6〕　"谓偷闲学少年"　语出宋代程颢诗《春日偶成》："时人不识余心乐，将谓偷闲学少年。"

〔7〕　等身的著作　据《宋史·贾黄中传》："黄中幼聪悟，方五岁，玭（贾黄中之父）每旦令正立，展书卷比之，谓之'等身书'，课其诵读。"后人常以"等身著作"形容著述之多。

〔8〕　波微　即石评梅（1902—1928），原名汝璧，山西平定人，北京女子高等师范学校毕业，《妇女周刊》编辑。

〔9〕　缝纫先生要来当校长　据1925年4月29、30日《京报》：章士钊16日电湖南省长赵恒惕，请其代聘湖南衡粹女子职业学校校长黄国厚任女师大校长。消息传出后，女师大师生拟推代表质问章士钊，黄未敢就任。另据4月29日《京报》报道："闻黄女士二十年前在日本某职业学校毕业，回国后在湘省各女校教授缝纫等课。"

〔10〕　毛瑟　指毛瑟枪，十九世纪七十年代德国机械设计师毛瑟（Mauser）弟兄设计制造的一种单发步枪。

〔11〕　"何物老妪"二句，见《晋书·王衍传》："何物老妪，生此宁馨儿。"

〔12〕　刘伯温卜烧饼　刘伯温（1311—1375），名基，浙江青田人，明初大臣。据假托其名的《烧饼歌》说："明太祖一日身居内殿食烧饼，方啖一口，忽报国师刘基进见，太祖以碗覆之，始召基入。礼毕，帝问曰：'先生深明数理，可知碗中是何物件？'基乃掐指轮算，对曰：'半似日兮半似月，曾被金龙咬一缺，此食物也，'开视果然。"

一九

广平兄：

四月卅的信收到了。闲话休提，先来攻击朱老夫子的“假名论”罢。

夫朱老夫子者，是我的老同学，我对于他的在窗下孜孜研究，久而不懈，是十分佩服的，然此亦惟于古学一端而已，若夫评论世事，乃颇觉其迂远之至者也。他对于假名之非难，实不过其最偏的一部分。如以此诬陷毁谤个人之类，才可谓之“不负责任的推诿的表示”，倘在人权尚无确实保障的时候，两面的众寡强弱，又极悬殊，则须又作别论才是。例如子房为韩报仇〔1〕，从君子看来，盖是应该写信给秦始皇，要求两人赤膊决斗，才算合理的。然而博浪一击，大索十日而终不可得，后世亦不以为“不负责任”者，知公私不同，而强弱之势亦异，一匹夫不得不然之故也。况且，现在的有权者，是什么东西呢？他知道什么责任呢？《民国日报》案〔2〕故意拖延月余，才来裁判，又决罚至如此之重，而叫喊几声的人独要硬负片面的责任，如孩子脱衣以入虎穴，岂非大愚么？朱老夫子生活于平安中，所做的是《萧梁旧史考》〔3〕，负责与否，没有大关系，也并没有什么意外的危险，所以他的侃侃而谈之谈，仅可供他日共和实现之后的参考，若今日者，则我以为只要目的是正的——这所谓正不正，又只专凭自己判断——即可用无论什么手段，而况区区假名真名之小事也哉。此我所以指窗下为活人之坟墓,而劝人们不必多读中国之书者也!

本来还要更长更明白的骂几句,但因为有所顾忌,又哀其胡子之长,就此收束罢。那么,话题一转,而论"小鬼"之假名问题。那两个"鱼与熊掌",虽并为足下所喜,但我以为用于论文,却不相宜,因为以真名招一种无聊的麻烦,固然不值得,但若假名太近于滑稽,则足以减少论文的重量,所以也不很好。你这许多名字中,既然"非心"总算还未用过,我就以"编辑"兼"先生"之威权,给你写上这一个罢。假如于心不甘,赶紧发信抗议,还来得及,但如到星期二夜为止并无痛哭流涕之抗议,即以默认论,虽驷马也难于追回了。而且此后的文章,也应细心署名,不得以"因为忙中"推诿!

试验题目出得太容易了,自然也算得我的失策,然而也未始没有补救之法的。其法即称之为"少爷",刺之以"细心",则效力之大,也抵得记大过二次。现在果然慷慨激昂的来"力争"了,而且写至七行之多,可见费力不少。我的报复计划,总算已经达到了一部分,"少爷"之称,姑且准其取消罢。

历来的《妇周》,几乎还是一种文艺杂志,议论很少,即偶有之,也不很好,前回的那一篇〔4〕,则简直是笑话。请他们诸公来"试他一试",也不坏罢。然而咱们的《莽原》也很窘,寄来的多是小说与诗,评论很少,倘不小心,也容易变成文艺杂志的。我虽然被称为"编辑先生",非常骄气,但每星期被逼作文,却很感痛苦,因为这就像先前学校中的星期考试。你如有议论,敢乞源源寄来,不胜荣幸感激涕零之至!

缝纫先生听说又不来了,要寻善于缝纫的,北京很多,本不必发电号召，奔波而至，她这回总算聪明。继其后者，据现状以观，总还是太太类罢。其实这倒不成为什么问题，不必定用毛瑟，因为“女人长女校”，还是社会的公意，想章士钊和社会奋斗，是不会的，否则，也不成其为章士钊了。老爷类中也没有什么相宜的人，名人不来，来也未必一定能办好。我想：校长之类，最好是请无大名而真肯做事的人做，然而目下无之。

我也可以“不打自招”：东边架上一盒盒的确是书籍。但我已将废去考试法不用，倘有必须报复之处，则尊称之曰“少爷”，就尽够了。

鲁迅。五月三日。

（其间缺鲁迅五月八日信一封。）

*　　*　　*

〔1〕 *子房为韩报仇*　张良（？—前186），字子房，汉初大臣。据《史记·留侯世家》：“留侯张良者，其先韩人也。……韩破，良家僮三百人，弟死不葬，悉以家财求客刺秦王，为韩报仇，……良尝学礼淮阳，东见沧海君，得力士，为铁椎重百二十斤。秦皇帝东游，良与客狙击秦皇帝博浪沙中（在今河南原阳县），误中副车。秦皇帝大怒，大索天下，求贼甚急，为张良故也。”又，《史记·秦始皇本纪》叙及此事时也有始皇“令天下大索十日”的话。

〔2〕 *《民国日报》案*　参看本书第23页注〔4〕。另据1925年5月3日《京报》报道：“《民国日报》案已判决”，该报编辑邹明初以“侮辱官员”罪罚金三百元。

〔3〕 *《萧梁旧史考》*　朱希祖考订有关《梁书》三十种史料的论文。连载于1923年出版的北京大学《国学季刊》第一卷第一、二号。

〔4〕 指林独清的《我读符致逵君的〈蓄妾问题〉后的意见》一文，载《妇女周刊》第二十期(1925 年 4 月 29 日)，其中说，“‘妾’字从‘立’从‘女’，即表明此女无与夫同坐之资格，只能立而侍其夫与某大妇也。”

二〇

鲁迅师：

收到五三，五八的信和第三期《莽原》，现在才作复，然而这几日中，已发生了多少大大小小的事，在寂闷的空气中，添一点火花的声响。

在积薪之下抛一根洋火，自然免不了燃烧。五七那天，章宅的事情[1]，和我校的可算是遥遥相对[2]。同在这种“整顿学风”之下，生命的牺牲，学业的抛荒，诚然是无可再小的小事。这算什么呢！这总是高压时代所必有的结果。

教育当局也太可笑了。种种新奇的部令，激出章宅的一打，死的死了，被捕的捕去了，失踪的失踪了，怕事的赶快躲掉了，迎合意旨以压迫学生为然的欢欣鼓舞起来了！今日(五九)学校牌示开除六人，我自然是早在意中的。当五七那天，在礼堂上，杨氏呼唤警察的时候，我心里想，如果捕了去，那是为大众请命而被罪，而个人始终未尝为威屈，利诱，我的血性还能保持刚生下来的态度，这是我有面目见师长亲友，而师长亲友所当为我欣喜的。这种一纸空文的牌示，一校的学籍开除，愈使我领悟到遍地都是漆黑的染缸，打破的运动之愈不可缓了。现在教育部重要人员处和本校都接连开了火，也许从此焚烧起来，也许消防队的力量大，能够扑灭。但是把戏总是有的，无论成与败。

《莽原》上，非心出来了。这个假名，在先前似乎还以为有点意思，[3]然而现在时代已经不同，在“心”字排行的文学家[4]旗帜之下，我配不上滥竽，而且着实有冒充或时髦之惧。前回既说任凭先生“随便写下一个”，那当然是默认的，以后呢，也许又要改换。这种意志薄弱，易于动摇的态度，真也可笑罢。

《莽原》虽则颇有勃勃的生气，但仍然不十分激烈深透——尤其是第二期，似更稳重。浅显则味道不觉得隽永，含蓄则观众不易于了解领略。一种刊物要能够适合各种人物的口味，真真是不容易。

因征稿而“感激涕零”，更加上“不胜……之至”，哈哈，原来老爷们的涕泗滂沱较小姐们的“潸然泪下”更甚万倍的。既承认“即有此泪，也就是不进化”，“……哭……则一切无用”了，为什么又要“涕零”呢？难道“涕零”是伤风之一种，与“泪”，“哭”无关的么？先生，我真不解。

“胡子之长”即应该“哀之”么？这与杀人不眨眼的精神相背谬。是敬老，抑怜老呢？我有一点毛病，就是最怕听半截话，怪闷气的。所以仍希望听听“更长更明白的骂几句”，请不要“顾忌”，给我喝一杯冰结凌罢！

小鬼许广平。五，九，晚。

*　*　*

〔1〕 章宅的事情　指北京学生到章士钊住宅示威事。1925 年 5

月7日北京各校学生为纪念国耻和追悼孙中山，拟在天安门举行集会。但事前北洋政府教育部已训令各校不得放假，当日上午警察厅又派遣巡警分赴各校前后门戒备，禁止学生外出。因此各校学生或行至校门即为巡警拦阻，或在天安门一带被武装警察与保安队马队殴打，多人受伤。午后被迫改在神武门开会，会后结队赴魏家胡同教育总长章士钊住宅，质问压迫学生爱国运动的理由，又与巡警冲突，被捕十八人。

〔2〕　指1925年5月7日的女师大事件。5月7日，杨荫榆布置了一个讲演会，请校外名人讲演，以利于巩固她的校长地位。当日上午讲演会举行时，杨登台为主席，遭到学生反对。学生自治会职员劝其退席，杨拍案大怒，连呼“叫警察来”。学生坚持甚久，杨乃退席。下午，她便在西安饭店召集若干教员宴饮，密谋迫害学生。5月9日，即假借女师大评议会名义，开除学生自治会成员蒲振声、张平江、郑德音、刘和珍、许广平、姜伯谛六人。

〔3〕　关于“非心”的意思，据原信：非心二字，“合起来成一个悲字。分开来成‘是非之心，人皆有之’的一句成语。”许广平曾以此笔名，在《莽原》周刊第三期（1925年5月8日）发表杂感《乱七八糟》（三则）。

〔4〕　“心”字排行的文学家　指托名琴心的欧阳兰等人。

二一

鲁迅师：

满腹的怀疑，早已无从诉起：读了《编完写起》〔1〕，不觉引起了要说的几句话，在忙里偷闲中写出来。不知吾师将“感激涕零”而阅之否？

群众是浮躁，急不及待的。忍耐不过，众寡不敌，自难免日久变生,越发不可收拾。而且孤立无助,简单头脑的学生,的确敌不过金钱运动,背有靠山的"凶兽样的羊"〔2〕。六人的出校是不足惜的,其如学校前途何?!

这一回给我的教训,就是群众之不足恃,聪明人之太多,而公理之终不敌强权,"锲而不舍"的秘诀却为"凶兽样的羊"所宝用。

牺牲不是任何人所能劝的。放着"凶兽样的羊"而不驱逐,血气之伦,谁能堪此。

然而果真驱逐了么?恐还只有无益的牺牲罢!

可诅咒的自身!

可诅咒的万恶的环境!

小鬼许广平。十七,五。

*　　　*　　　*

〔1〕《编完写起》 原载《莽原》周刊第四期(1925年5月15日)。后来鲁迅将第一、二部分改题《导师》,第四部分改题《长城》,收入《华盖集》;第三部分仍以原题收入《集外集》。下文所说的由此引起的"几句话",指许广平(署名景宋)的《怀疑》一文,刊载于《莽原》周刊第五期。

〔2〕"凶兽样的羊" 《华盖集·忽然想到(七)》中的话。

二二

广平兄:

两信均收到,一信中并有稿子,自然照例"感激涕零"而阅之。小鬼"最怕听半截话",而我偏有爱说半截话的毛病,真是无可奈何。本来想做一篇详明的“朱老夫子论”呈政，而心绪太乱，又没有工夫。简捷地说一句罢，就是：他历来所走的都是最稳的路，不做一点小小冒险事，所以他偶然的话倒是不负责任的，待到别人因此而被祸，他不作声了。

群众不过如此，由来久矣，将来恐怕也不过如此。公理也和事之成败无关。但是，女师大的教员也太可怜了，只见暗中活动之鬼，而竟没有站出来说话的人。我近来对于□先生之赴西山，[1]也有些怀疑了，但也许真真恰巧，疑之者倒是我自己的神经过敏。

我现在愈加相信说话和弄笔的都是不中用的人，无论你说话如何有理，文章如何动人，都是空的。他们即使怎样无理，事实上却着着得胜。然而，世界岂真不过如此而已么？我要反抗，试他一试。

提起牺牲，就使我记起前两三年被北大开除的冯省三[2]。他是闹讲义风潮之一人，后来讲义费撤消了，却没有一个同学再提起他。我那时曾在《晨报副刊》上做过一则杂感[3]，意思是：牺牲为群众祈福，祀了神道之后，群众就分了他的肉，散胙。

听说学校当局有打电报给学生家属之类的举动，我以为这些手段太毒了。教员之类该有一番宣言，说明事件的真相，几个人也可以的。如果没有一个人肯负这一点责任（署名），那么，即使校长竟去，学籍也恢复了，也不如走罢。全校没有人了，还有什么可学？

鲁迅。五月十八日。

＊　　＊　　＊

〔1〕　□先生　原信作黎先生，指黎锦熙（1889—1978），湖南湘潭人，语言学家。当时任北京女子师范大学国文系代理主任。该系原定5月13日开课程会议，届时又发通知："黎先生因失眠赴西山休养，不克到会主席，本日会议，即行停止。"

〔2〕　冯省三（1902？—1924）　山东平原人，北京大学预科法文班学生。1922年10月北京大学部分学生反对学校征收讲义费风潮中被开除学籍。

〔3〕　一则杂感　指《即小见大》，后收入《热风》。

二三

鲁迅师：

五月十九日发的信早已读过，因为遇见时已经知道收到，所以一直搁到如今，才又整理起这枝笔来说几句话。

今日（廿七）见报上发表的宣言〔1〕，知道已有"站出来说话的人"了，而且是七个之多。在力竭声嘶时，可以算是添了军火，加增气力。但是战线愈加扩充了——《晨报》是这样观察的——来日方长，诚恐热心的师长，又多一件麻烦，思之一喜一惧。

今日第七时上形义学〔2〕，在沈兼士〔3〕先生的点名册上发见我已被墨刑〔4〕（姓名上涂了墨），当时同学多抱不平，但不少杨党的小姐，见之似乎十分惬意。三年间的同学感情，是可以一笔勾消的，翻脸便不相识，何堪提起！有值周生二人往诘薛，薛答以奉校长办公室交来条子。办公室久已封锁，此纸何来，不问而知是偏安的谕旨，从太平湖饭店颁下的。盖以婆婆自居之杨氏，总不甘心几个学生尚居校中，必欲使两败俱伤而后快，恐怕日内因此或有一种波动也。

读吾师“世界岂真不过如此而已么？……”的几句，使血性易于起伏的青年如小鬼者，顿时在冰冷的煤炉里加上煤炭，红红的燃烧起来。然而这句话是为对小鬼而说的么？恐怕自身也当同样的设想罢。但从别方面，则总接触些什么恐怕“我自己看不见了”，“寿终正寝”等等怀念走到尽头的话。小鬼实在不高兴听这类话。据自己的经验说起来，当我幼小时，我的三十岁的哥哥死去的时候，凡在街上见了同等年龄的人们，我就憎恨他，为什么他不死去，偏偏死了我的哥哥。及至将近六旬的慈父见背的时候，我在街上又加添了我的阿父偏偏死去，而白须白发的人们却只管活在街头乞食的憎恨。此外，则凡有死的与我有关的，同时我就憎恨所有与我无关的活着的人。我因他们的死去，深感到死了的寂寞，一切一切，俱付之无何有之乡[5]。进女师大的第一年，我也曾因猩红热几乎死去。但这自身的危险，和死的空虚，却驱策形成了一部分的意见，就是：无论老幼，几时都可以遇到可死的机会，但在尚未遇到之时，不管三七二十一，还是将我自身当作一件废物，可以利用时尽管利用它一下子。这何必计及看见看不见，正寝非正寝呢？如其计及之，则治本之法，我以为当照医生所说：1，戒多饮酒；2，请少吸烟。

我希望《莽原》多出点慷慨激昂，阅之令人浮一大白[6]的文字，近来似乎有点穿棉鞋戴厚眼镜了。这也是因为我希望之切，遂不觉责备之深罢。可是我也没有交出什么痛哭流涕的文字，虽则本期想凑篇稿子，省得我师忙到连饭也没工夫吃。但是，自私是总脱不掉的，同时因为他项事故，终于搁起笔来了。你说该打不该打？

小鬼许广平。五月廿七晚。

（其间缺广平留字一纸。）

*　　*　　*

〔1〕 报上发表的宣言　指发表于1925年5月27日《京报》的《对于北京女子师范大学风潮宣言》，鲁迅与马裕藻、沈尹默、李泰棻、钱玄同、沈兼士、周作人等联合署名。鲁迅拟稿。现编入《集外集拾遗补编》。

〔2〕 形义学　讲解汉字字形和字义的课程。

〔3〕 沈兼士（1885—1947）　浙江吴兴人，文字学家。曾留学日本，当时任北京大学和北京女子师范大学教授。

〔4〕 墨刑　我国古代的五刑之一，刺刻面颊，染以黑色。

〔5〕 无何有之乡　《庄子·逍遥游》："今子有大树，患其无用，何不树之于无何有之乡，广莫之野。"

〔6〕 浮一大白　汉代刘向《说苑·善说》："饮（而）不釂者，浮以大白。"本谓罚酒。后称满饮一大杯酒为浮一大白。

二四

广平兄：

午回来，看见留字。现在的现象是各方面都黑暗，所以有这情形，不但治本无从说起，便是治标也无法，只好跟着时局推移而已。至于《京报》事，据我所闻却不止秦小姐一人，还有许多人去运动，结果是说定两面的新闻都不载，但久而久之，也许会反而帮牠们（男女一群，所以只好用“牠”）的。办报的人们，就是这样的东西。——其实报章的宣传，于实际上也没有多大关系。

今天看见《现代评论》，所谓西滢[1]也者，对于我们的宣言出来说话了，装作局外人的样子，真会玩把戏。我也做了一点寄给《京副》[2]，给他碰一个小钉子。但不知于伏园饭碗之安危如何。牠们是无所不为的，满口仁义，行为比什么都不如。我明知道笔是无用的，可是现在只有这个，只有这个而且还要为鬼魅所妨害。然而只要有地方发表，我还是不放下；或者《莽原》要独立，也未可知。独立就独立，完结就完结，都无不可。总而言之，倘笔舌尚存，是总要使用的，东滢西滢，都不相干也。

西滢文托之“流言”，以为此次风潮是“某系某籍教员所鼓动”，那明明是说“国文系浙籍教员”了，别人我不知道，至于我之骂杨荫榆，却在此次风潮之后，而“杨家将”[3]偏偏来诬赖，可谓卑劣万分。但浙籍也好，夷籍也好，既经骂起，就要骂下去，杨荫榆尚无割舌之权，总还要被骂几回的。

现在老实说一句罢，“世界岂真不过如此而已么？……”这些话，确是“为对小鬼而说的”。我所说的话，常与所想的不同，至于何以如此，则我已在《呐喊》的序上说过：不愿将自己的思想，传染给别人。何以不愿，则因为我的思想太黑暗，而自己终不能确知是否正确之故。至于“还要反抗”,倒是真的,但我知道这“所以反抗之故”,与小鬼截然不同。你的反抗,是为了希望光明的到来罢?我想,一定是如此的。但我的反抗,却不过是与黑暗捣乱。大约我的意见,小鬼很有几点不大了然,这是年龄,经历,环境等等不同之故,不足为奇。例如我是诅咒“人间苦”而不嫌恶“死”的,因为“苦”可以设法减轻而“死”是必然的事,虽曰“尽头”,也不足悲哀。而你却不高兴听这类话,——但是,为什么将好好的活人看作“废物”的?这就比不做“痛哭流涕的文字”还“该打”!又如来信说,凡有死的同我有关的,同时我就憎恨所有与我无关的……,而我正相反,同我有关的活着,我倒不放心,死了,我就安心,这意思也在《过客》中说过,都与小鬼的不同。其实,我的意见原也一时不容易了然,因为其中本含有许多矛盾,教我自己说,或者是人道主义与个人主义这两种思想的消长起伏罢。所以我忽而爱人,忽而憎人;做事的时候,有时确为别人,有时却为自己玩玩,有时则竟因为希望生命从速消磨,所以故意拚命的做。此外或者还有什么道理,自己也不甚了然。但我对人说话时,却总拣择那光明些的说出,然而偶不留意,就露出阎王并不反对,而“小鬼”反不乐闻的话来。总而言之,我为自己和为别人的设想,是两样的。所以者何,就因为我的思想太黑暗,但究竟是否真确,又不得而知,所以只能在自身试验,不敢邀请别人。其实小鬼希望父兄长存,而自视为“废物”,硬去替“大众请命”,大半也是如此。

《莽原》实在有些穿棉花鞋了,但没有撒泼文章,真也无法。自己呢，又做惯了晦涩的文章，一时改不过来，下笔时立志要显豁，而后来往往仍以晦涩结尾，实在可气之至！现在除附《京报》分送外，另售千五百，看的人也不算少。待“闹潮”略有结束，你这一匹“害群之马”〔4〕多来发一点议论罢。

鲁迅。五月三十日。

*　　*　　*

〔1〕 西滢　陈源（1896—1970），字通伯，笔名西滢，江苏无锡人，现代评论派的主要成员。曾留学英国，当时任北京大学英文系主任。他在《现代评论》第一卷第二十五期（1925 年 5 月 30 日）发表的《闲话》中说：“我们在报纸上看见女师大七教员的宣言，以前我们常常听说女师大的风潮，有在北京教育界占最大势力的某籍某系的人在暗中鼓动，可是我们总不敢相信。这个宣言语气措辞，我们看来，未免过于偏袒一方，不大公允。”

〔2〕 指《并非闲话》，后收入《华盖集》。

〔3〕 “杨家将”　原指北宋初年世代抗击契丹入侵的杨业一家将领。这里借指杨荫榆及其支持者。

〔4〕 “害群之马”　杨荫榆在开除女师大学生会许广平等六干事的布告中，曾有“开除学籍，即令出校，以免害群”的话。这里是对许的戏称。

二五

鲁迅师：

接到卅一日的信，尚未拆口，就感着不快：牠们居然检查邮件了！先前也有这种情形，但这次同时收两封信，两封的背面下方都有拆过再粘,失了原状的痕迹。当然与之理论,但是何益!?我想,托人转交,或者可免此弊罢。然而又回想,我何必避它,索性在信中骂一个畅快,给牠看也好。可是我师何辜,遭此牵涉,从前是有诛九族[1],罪妻孥的,现在也要恢复,责及其师么?可恶之极!

昨日(星期)看了西滢的《闲话》,做了一篇《六个学生该死》[2],本想痛快的层层申说该死的各方,但写了那些之后,就头涔涔的躺下了。今早打算以此还《妇周》评梅所索之债,但不见来。今请先生阅之,如伏园老头子不害怕,而稿子还可对付,可否仍送《京副》。但其中许多意思,前人已屡次说过,此文不过尔尔。

我早知世界不过如此,所以常感苦闷,而自视为废物。其欲利用之者,犹之尸体之供医学上解剖,冀于世不无小补也。至于光明,则老实说起来,我活到那么大就从来没有望见过。为我个人计,自然受买收可以比在外做"人之患"舒服,不反抗比反抗无危险,但是一想到我以外的人,我就绝不敢如此。所以我佛悲苦海之沉沦,先儒惕日月之迅迈,不安于"死",而急起直追,同是未能免俗。小鬼也是俗鬼,旧观念还未打破,偶然思想与先生合,偶尔转过来就变卦,废物利用又何尝不是"消磨生命"之术,但也许比"纵酒"稍胜一筹罢。自然,先生的见解比我高,所以多"不同",然而即使要"捣乱",也还是设法多住些时好。褥子下明晃晃的钢刀,用以克敌防身是妙的,倘用以……似乎……小鬼不乐闻了!

小鬼许广平。六月一日。

*　　　*　　　*

〔1〕 九族　指本身以上的父、祖、曾祖、高祖和以下的子、孙、曾孙、玄孙。也有包括异姓亲属而言的，即以父族四、母族三、妻族二为“九族”。

〔2〕《六个学生该死》　载《京报副刊》第一六八期(1925年6月3日)，署名伤时。

二六

广平兄：

拆信案件，或者牠们有些受了冤，因为卅一日的那一封，也许是我自己拆过的。那时已经很晚，又写了许多信，所以自己不大记得清楚，只记得将其中之一封拆开(从下方)，在第一张上加了一点细注。如你所收的第一张上有小注，那就确是我自己拆过的了。

至于别的信，我却不能代牠们辩护。其实，私拆函件，本是中国的惯技，我也早料到的。但是这类技俩，也不过心劳日拙而已。听说明的方孝孺〔1〕，就被永乐皇帝灭十族，其一是“师”，但也许是齐东野语〔2〕，我没有考查过这事的真伪。可是从西滢的文字上看来，此辈一得志，则不但灭族，怕还要“灭系”，“灭籍”了。

明明将学生开除，而布告文中文其词曰“出校”，我当时颇叹中国文字之巧。今见上海印捕击杀学生〔3〕，而路透电则云，“华人不省人事”，可谓异曲同工，但此系中国报译文，不知原文如何。

其实我并不很喝酒,饮酒之害,我是深知道的。现在也还是不喝的时候多,只要没有人劝喝。多住些时,固无不可的。短刀我的确有,但这不过为夜间防贼之用,而偶见者少见多怪,遂有“流言”,皆不足信也。

汪懋祖先生的宣言〔4〕发表了,而引“某女士”之言以为重,可笑。牠们大抵爱用“某”字,不知何也?又观其意,似乎说是“某籍某系”想将学校解散,也是一种奇谈。黑幕中人面目渐露,亦殊可观,可惜他自己又说要“南归”了。躲躲闪闪,躲躲闪闪,此其所以为“黑幕中人”欤!?哈哈!

迅。六月二日。

*　　*　　*

〔1〕 *方孝孺*(1357—1402) 浙江宁海人,明建文时任侍讲学士,文学博士。建文四年(1402),建文帝的叔父燕王朱棣起兵攻陷南京,自立为帝,方孝孺因拒绝为他起草即位诏书被杀。据《明史纪事本末·壬午殉难》:“孝孺……掷笔于地,且哭且骂曰:‘死即死耳,诏不可草’。文皇(朱棣)大声曰:‘汝安能遽死。即死,独不顾九族乎?’孝孺曰:‘便十族奈我何!’……九族既戮,亦皆不从,乃及朋友门生廖镛、林嘉猷等为一族,并坐,然后诏磔于市,坐死者八百七十三人,谪戍绝徼死者不可胜计。”

〔2〕 *齐东野语* 语出《孟子·万章(上)》:“此非君子之言,齐东野人之语也。”后来常把不足凭信的话称为齐东野语。

〔3〕 *上海印捕击杀学生* 指五卅惨案。1925年5月15日,上海日商内外棉纱厂工人顾正红(共产党员),在罢工中被日本资本家枪杀,

激起上海各界人士的公愤。30日,上海学生二千余人在租界进行宣传,声援工人,号召收回租界,被英巡捕逮捕百余人,随后群众万余人在英租界南京路捕房前示威,要求释放被捕者。英国巡捕(其中有印度籍的)即开枪射击,伤亡数十人。但英国路透社的消息却说:"示威者受重伤者十人,不省人事者六人"(见《京报》1925年6月1日)。

〔4〕 汪懋祖的宣言　汪懋祖(1891—1949),字典存,江苏吴县人,当时女师大教授、哲教系代理主任。他在致"全国教育界"的意见书中称颂杨荫榆,其中曾引《现代评论》第一卷第十五期所载"一个女读者"的来信(题作《女师大的学潮》)。这里所说的"某女士",即指这个"女读者",参看本书第28页注〔6〕。

二七

鲁迅师:

这时我又来捣乱了,也不管您有没有闲工夫看这捣乱的信。但是我还是照旧的写下去——

上海风潮起后,接联的"以脱"〔1〕的波动传到北京来了。在万人空巷的监视之下,排着队游行,高喊着不易索解的无济于事的口号,自从两点多钟在第三院〔2〕出发,直至六点多钟到了天安门才算一小结束。这回是要开国民大会。席地而坐,以资休息的"它们",忽的被指挥者挥起来,意思是:当这个危急存亡,不顾性命的时候,还不振作起精神来,一致对外吗!? 对的,一骨碌个个笔直的立正起来,而不料起来了却要看把戏。说是北大,师大的人争做主席,争做总指挥,台下两派,呐喊助威,并且叫打,眼看舞台上开始肉搏了! 我们气愤的高声喝住:这不是争做主席的时候,这是什么情形,还在各自争夺做头领!然而众寡不敌,气的只管气,喝的只管喝,闹的只管闹。这种情形,记得前些时天安门开什么大会〔3〕,也是如此。这真是“古已有之”,而不图“于今为烈”〔4〕。于是我只得废然返校了。

所可稍快心意的,是走至有一条大街,迎面看见杨婆子笑迷迷的瞅着我们大队时,我登即无名火起,改口高呼打倒杨荫榆,打倒杨荫榆,驱逐杨荫榆!同侪闻声响应,直喊至杨车离开了我们。这虽则似乎因公济私,公私混淆,而当时迎头一击的痛快,实在比游过午门的高兴,快活,可算是有过之无不及。先生,您看这匹“害群之马”简直不羁到不可收拾了。这可怎么办?

既封了信,再有话说,最好还是另外写一封,“多多益善”,免致小鬼疑神疑鬼,移祸东吴〔5〕(其实东吴也确有可疑之处)。看前信第一张上,的确“加了一点细注”,经这次考究,省掉听半截话一样的闷气,也好。

“劝喝”酒的人是随时都有的,下酒物也随处皆是的。只求在我,外缘可以置之不闻不问罢。

小问题(校长)还未解决,大问题(上海事件)又起来;平时最犯忌是提前放假,现在却自动的罢课了。虽则每日有讲演,募捐,宣传等等工作,但是暑假期到了,恐怕男女的在校办事人,就将设法拆学生之台,相率离去,那时电灯不开,自来水不流……。饭可以自己往外买,其余怎办呢?这是一件公私(国,校)相连的问题,政治又呈不安之象,现时“救死惟恐不暇”,这个教育的部分小问题,谁有闲情逸致来打扫这不香气的“茅厕”[6],无怪我们在“茅厕”坑的人,永沦不拔了!

黑幕中人陆续星散,确是“冷一冷”[7],“冷一冷”……的秘诀。校长去了,教务,总务辞职了,自以为解决种种问题的评议会,教务联席会议,不能振作旗鼓了。最末一著就是拆学生之台,个个散去,使学生不能在校中存在。像这种极端破坏主义,前途何堪设想!?

罢课了! 每星期的上《苦闷的象征》的机会也没有了!此后几时再有解决风潮,安心听讲的机会呢?

小鬼许广平。六月五夕。

伏园老大出力于《京副》,此时此境,究算难得,是知有其师必有其弟也。

*　　　*　　　*

〔1〕 “以脱” 英语 Ether 的音译,通译以太,十七世纪至十九世纪科学家假想的一种传播光的媒质。

〔2〕 第三院 当时北京大学第三院,位于北京东城北河沿大街。

〔3〕 据《京报》1925 年 6 月 4 日报道,五卅惨案消息传到北京后,北京大学、北京师范大学等数十所学校学生共五万余人,于 6 月 3 日下午示威游行,并在天安门集会声援上海人民的反帝斗争。

〔4〕 “古已有之” 语出宋代欧阳修《朋党论》:“朋党之说,自古有之”。“于今为烈”,语出《孟子·万章(下)》,原指杀人掠物的行为更为严重。

〔5〕 移祸东吴 将灾祸转嫁于别人的意思。据《三国演义》第七十七回:东吴孙权杀死关羽后,将关羽的首级送给曹操,司马懿认为这

是孙权移祸于曹操,建议以檀木刻成身躯,配上首级,葬之以礼,这样可使刘备怨归东吴,祸出国门。这里指错疑别人检查邮件。

〔6〕“茅厕” 陈源在《现代评论》第一卷第二十五期(1925年5月30日)发表的《闲话》中说:女师大风潮,“实在旁观的人也不能再让它酝酿下去,好像一个臭毛厕,人人都有扫除的义务”。

〔7〕“冷一冷” 原是鲁迅《华盖集·“碰壁”之后》一文中所引某教员议论女师大学潮的话。

二八

鲁迅师:

六月六日发去一封信,不知是否遇了洪乔[1]? 念念。

学校的一波未平,上海的一波又起,小鬼心长力弱,深感应付无方,日来逢人发脾气——并非酒疯——长此以往,将成狂人矣! 幸喜素好诙谐,于滑稽中减少许多苦闷,这许是苦茶中的糖罢,但是,真的,“苦之量如故”。

今夕“微醉”(?)之后,草草握笔,做了一篇短文,即景命题,名曰《酒瘾》[2]。好久被上海事件闹得“此调不弹”了,故甚觉生涩,希望以“编辑”而兼“先生”的尊位,斧削,甄别。如其得逃出“白光”[3]而钻入第十七次的及第,则请 赐列第□期《莽原》的红榜上坐一把末后交椅:“不胜荣幸感激涕零之至”!

敬领

骂好!!!!

小鬼许广平。六月十二夕。

*　　　*　　　*

〔1〕 遇了洪乔　指信件遗失。《世说新语·任诞》:"殷洪乔作豫章郡,临去,都下人因附百许函书。及至石头,悉掷水中,因祝曰:'沉者自沉,浮者自浮,殷洪乔不能作致书邮'。"

〔2〕《酒瘾》　署名景宋,载《莽原》周刊第九期(1925年6月19日)。

〔3〕"白光"　这里戏指《呐喊》中的一篇小说《白光》,主人公陈士成经十六次县考,都没有考取秀才。

二九

广平兄:

六月六日的信早收到了,但我久没有复;今天又收到十二夕信,并文稿。其实我并不做什么事,而总是忙,拿不起笔来,偶然在什么周刊上写几句,也不过是敷衍,近几天尤其甚。这原因大概是因为"无聊",人到无聊,便比什么都可怕,因为这是从自己发生的,不大有药可救。喝酒是好的,但也很不好。等暑假时闲空一点,我很想休息几天,什么也不做,什么也不看,但不知道可能够。

第一,小鬼不要变成狂人,也不要发脾气了。人一发狂,自己或者没有什么——俄国的梭罗古勃[1]以为倒是幸福——但从别人看来,却似乎一切都已完结。所以我倘能力所及,决不肯使自己发狂,实未发狂而有人硬说我有神经病,那自然无法可想。性急就容易发脾气,最好要酌减"急"的角度,否则,要防自己吃亏,因为现在的中国,总是阴柔人物得胜。

上海的风潮,也出于意料之外。可是今年的学生的动作,据我看来是比前几回进步了。不过这些表示,真所谓"就是这么一回事"。试想:北京全体(?)学生而不能去一章士钉[2],女师大大多数学生而不能去一杨荫榆,何况英国和日本。但在学生一方面,也只能这么做,唯一的希望,就是等候意外飞来的"公理"。现在"公理"也确有点飞来了,而且,说英国不对的,还有英国人。[3]所以无论如何,我总觉得洋鬼子比中国人文明,货只管排,而那品性却很有可学的地方。这种敢于指摘自己国度的错误的,中国人就很少。

所谓"经济绝交"者,在无法可想中,确是一个最好的方法。但有附带条件,要耐久,认真。这么办起来,有人说中国的实业就会借此促进,那是自欺欺人之谈。(前几年排斥日货时,大家也那么说,然而结果不过做成功了一种"万年糊"。草帽和火柴发达的原因,尚不在此。那时候,是连这种万年糊也不会做的,排货事起,有三四个学生组织了一个小团体来制造,我还是小股东,但是每瓶卖八枚铜子的糊,成本要十枚,而且货色总敌不过日本品。后来,折本,闹架,关门。现在所做的好得多,进步得多了,但和我辈无关也。)因此获利的却是美法商人。我们不过将送给英日的钱,改送美法,归根结蒂,二五等于一十。但英日却究竟受损,为报复计,亦足快意而已。

可是据我看来,要防一个不好的结果,就是白用了许多牺牲,而反为巧人取得自利的机会,这种在中国是常有的。但在学生方面,也愁不得这些,只好凭良心做去,可是要缓而韧,不要急而猛。中国青年中,有些很有太“急”的毛病(小鬼即其一),因此,就难于耐久(因为开首太猛,易将力气用完),也容易碰钉子,吃亏而发脾气,此不佞所再三申说者也,亦自己所曾经实验者也。

前信反对喝酒,何以这回自己“微醉”(?)了?大作中好看的字面太多,拟删去一些,然后赐列第□期《莽原》。

□□[4]的态度我近来颇怀疑,因为似乎已与西滢大有联络。其登载几篇反杨之稿,盖出于不得已。今天在《京副》上,至于指《猛进》,《现代》,《语丝》为“兄弟周刊”,大有卖《语丝》以与《现代》拉拢之观。或者《京副》之专载沪事,不登他文,也还有别种隐情(但这也许是我的妄猜),《晨副》即不如此。

我明知道几个人做事,真出于“为天下”是很少的。但人于现状,总该有点不平,反抗,改良的意思。只这一点共同目的,便可以合作。即使含些“利用”的私心也不妨,利用别人,又给别人做点事,说得好看一点,就是“互助”。但是,我总是“罪孽深重,祸延”自己,每每终于发见纯粹的利用,连“互”字也安不上,被用之后,只剩下耗了气力的自己一个。有时候,他还要反而骂你;不骂你,还要谢他的洪恩。我的时常无聊,就是为此,但我还能将一切忘却,休息一时之后,从新再来,即使明知道后来的运命未必会胜于过去。

本来有四张信纸已可写完,而牢骚发出第五张上去了。时候已经不早,非结束不可,止此而已罢。

迅。六月十三夜。

然而，这一点空白，也还要用空话来填满。司空蕙前回登过启事，说要到欧洲去，现在听说又不到欧洲去了。我近来收到一封信，署名"捏蚊"，说要加入《莽原》，大约就是"雪纹"，也即司空蕙。这回《民众文艺》[5]上所登的署名"聂文"的，我看也是他。碰一个小钉子，就说要到欧洲去，一不到欧洲去，就又闹"琴心"式的老玩艺了。

这一点空白即以这样填满。

* * *

〔1〕 梭罗古勃（Ф. Сологуб，1863—1927） 俄国作家。他在长篇小说《小鬼》中表现了一种以发狂为幸福的厌世思想。

〔2〕 章士钉 指章士钊。据1925年5月12日《京报》"显微镜"栏载："某学究见某报上载教育总长'章士钉'五七呈文，愀然曰，'名字怪僻如此，非圣人之徒也，岂能为吾侪卫古文之道乎？'这里移来戏用。

〔3〕 1925年6月6日，国际工人后援会中央委员会为五卅惨案发表《致中国国民宣言》，列名的有英国作家萧伯纳等人。宣言说："对于白种和黄种资本帝国主义的强盗这次惨杀和平的中国学生和工人的事情，同你们一致抗争……你们的敌人就是我们的敌人，……你们将来的胜利就是我们的胜利。"（见1925年6月23日《京报副刊》）

〔4〕 □□ 原信作伏园。1925年6月13日孙伏园在《京报副刊》发表的《救国谈片》中说："《语丝》、《现代评论》、《猛进》三家是兄弟周刊。"并说《现代评论》在五卅运动中"也有许多时事短评，社员做实际活动的更不少。"

〔5〕 《民众文艺》 北京《京报》附刊之一，1924年12月9日创

刊，原名《民众文艺周报》，由胡崇轩、项拙、荆有麟等编辑。1924年底至1925年2月，鲁迅曾为它校阅稿件。自第十六号起改为《民众文艺》，由荆有麟负责；第二十五号起改名《民众周刊》，出至第四十七号停刊。署名聂文的文章题为《别空喜欢》，载该刊第二十三号（1925年6月9日）。

三〇

鲁迅先生吾师左右：

接到六月十三的信又好些天了，有时的确“并不做什么事”，但总没机会拿起笔来写字。人为什么会“无聊”呢？原因是不肯到外面走走散步不是呢？想“休息”实现而不至于被阻，最好还是到西山去。倘在家里而想“什么也不做什么也不看”，恐怕敲门声一响，也还是躲也躲不掉罢。要“休息”，也须有这个地位和机会；像我，现在和六个同学同进退，不至八大爷[1]到来，不得越雷池一步，真是苦极。就我自己想，如果长此以往，接触的实有令人发狂的必要，为自己打算，自是暂时离开此地便宜，但是不能够。可见有可以离开的地位和机会的，还是及早玩玩好。

设法消灭自己的办法，无论如何我以为与废物利用之意相反，此刻不容这种偏激思想存在了！但自己究是神经质，禁不起许多刺激而不生反应，于是，第一步就对谁都开枪，第二步是谁也不再能见谅，自己倘不怀沙自沉[2]，舍疯狂无第二法。这是神经支配骨肉，感情胜过理智，没奈何的一件事。自然，我不以为这是“幸福”，但也不觉得可怕。假使有那一天，那么，所希望的是有人给我一粒铁丸，或一针圣药，就比送到什么医院中麻木的活下去强得多了。但是这不过说得好听一点，故作惊人之谈，其实小鬼还是食饱睡足的一个凡人，玩的玩，笑的笑，与别人并无二致。有的人志大言夸，小鬼就是这样的一个人。吾师说过，不能受我们小学生的话骗倒，这回可也有一点相信谎说了。可见要高人一等的不受愚，还得仔细的“明察秋毫”才行。

在现政府之下而不压抑民气，我总有点怀疑，不是暗中向外人低首认错，便是另外等机会先扬后抑，使文章警策一点。总之，上海的事，大约是有扩大而无缩小的，远东的混战，也许从此发轫，否则自认吃亏，死了人还得赔款道歉，这真是蒙羞万代，遗臭千年，生不如死了。至于“意外飞来的公理”，则恐怕做梦也不容易盼到，洋鬼子虽然也有自知不对的，然而都不是掌权的人，犹之中国今日之一品大百姓，话虽好听，于事还是无补的。先生总不肯使后生小子失望灰心，所以谈吐之间，总设法找一点有办法有希望的话，可是事实究不如此之简单容易。有些人听了安慰话，自然还是不敢放心，但以此为安心的依据，而宽懈下来的人，也未始不常有。还请吾师注意一下子罢。

提起做万年糊，我也想到可笑的事来了。那时在天津，收集些现成的雪花膏瓶子，做出许许多多的万年糊来，托着盘子向各处廉价兜售。不用本钱买瓶子，该可以不吃亏了罢，结果还是赔钱不讨好。因为做的成绩究不如市上卖的好，人也不肯来热心买。又想法用石膏模子铸成空心的蜡囡囡，洋狗，狮子等小品玩艺，希图代替市上的轻薄皮的玩具，然而总是敌不过，终于同样的失败了。

“白用了许多牺牲而反为巧人取得自利的机会”，这是我所常常虑及的。即如我校风潮，寒假时确不敢说开始的人们并非别有用意，所以我不过袖手旁观，就是现在，也不敢说她们决非别有用意，但是学校真也太不像样了，忍无可忍，只得先做第一步攻击，再谋第二步的建设。这是我个人的见解，但攻击已成俘虏之势，建设不敢言矣。所以，我的目标是不满于杨，而因此而来的举动，却也许被第三者收渔人之利，不劳而获，那么，我也就甚似被人所“利用”了。这是社会的黑暗，傻子的结果。真还是决不“有点不平，反抗，改良的意思”的人们舒服。尤其坏的是：公举你出来做事时，个个都说做后盾，个个都在你面前塞火药，等你装足了，火线点起了，他们就远远的赶快逃跑，结果你不过做一个炸弹壳，五花粉碎。

《京报副刊》有它的不得已的苦衷，也实在可惜。从它所没收和所发表的文章看起来，蛛丝马迹，固然大有可寻，但也不必因此愤激。其实这也是人情（即面子）之常，何必多责呢。吾师以为“发见纯粹的利用”，对□□有点不满（不知是否误猜），但是，屡次的“碰壁”，是不是为激于义愤所利用呢？横竖是一个利用，请付之一笑，再浮一大白可也。

小鬼许广平。六月十七日下午六时。

＊　　＊　　＊

〔1〕 八大爷　指兵。旧时谑称“兵”为“丘八”。这里疑指冯玉

祥的军队。当时女师大学生曾派代表张平江、刘亚雄二人前往张家口,请求冯玉祥军队援助。(据1925年8月8日《世界日报》)

〔2〕 怀沙自沉 《史记·屈原列传》:屈原“乃作怀沙之赋……于是怀石,遂自沉汨罗以死。”这里是自杀的意思。

三一

如何在世上混过去的方法

(录鲁迅信之“一,走人生的长途……”至“这真是没有法子!”凡三段,已见上文,故不重抄。)

鲁迅师:

以前给我的信中有上面的一大段,我总觉得“独食难肥,还想分甘同味”(二句是粤谚),以公同好,现在上海事起,应有百折不回的精神,故我以为这些话有公开之必要,因此抄录奉呈,以光《莽原》篇幅。标题仍本吾师原文录下,至于署名,则自不待言是有宗主权矣。然而发表与否之权,仍属于作者,小鬼不敢僭定,故仍乞斟酌也。(但据我愚见,还希批准为幸!)

杨婆子在新平路十一号大租其办事处,积极准备招生。〔1〕学生方面往各先生处接洽,结果由在京四位主任〔2〕亲到教育部催促早日处理解决校事,一面另行呈文至执政处,请其从速选人至教育部负责,然后解决校事。在京四人,居然能做到这一点,真不容易。至于到校维持,则碍于婆子手段,恐未必肯办。凡出来说话做事的人，往往出力不讨好，又惹一身脏，如发表宣言的七个先生的事，就是前车，此后自然没有人敢于举动。结果，还是大家不管的女师大。

然而主任的先生说，非不肯管也，实有愿管而负责之人在，别人自然没法了。这也是不管的一个原因。而且要管的人，日来趾高气扬了，原因是狼狈为奸，巴结上司的成功。闻有人亲口说，我能上台，你就能返校，而我之能上台者，以天津为依靠也。貔貅十万，孱弱书生何足畏哉，况此外还有袁世凯〔3〕从中作祟。此事一实现，小学生无噍类〔4〕矣。世上真应该将"真理"二字的铅字消毁，免得骗了小孩子上当。目前满布了武装到校，解散文理二豫科，再开除学生共十八人（或云十二人）之说。又云某某定端节前一日到部，反之者即拒之以孔方兄，自不成问题。彼方对于学校的最低要求，是至少将学生六和婆子一，共同牺牲，彼此是非，在所不问。此亦可见破坏教育之坚决，但倘有益于校，死且不悔，六人不以为恨也，所虑者六人走了，仍未必有益于校耳。

小鬼许广平。六月十九晚。

（其间当有缺失，约二三封。）

*　　*　　*

〔1〕　杨荫榆准备招生一事，据《京报》报道：1925年6月18日，在学潮中被迫逃往天津的章士钊回到北京，杨荫榆遂趁机活动，在各报遍登女师大招生广告，附注中说："本校招生依旧由学校当局负责，并无其他组织，恐有误会，合并声明。"

〔2〕 在京四位主任 指女师大国文系主任黎锦熙,化学系主任文元模,史地系主任李泰棻,音乐系主任萧友梅。1925年6月17日他们曾联名上书临时执政府,要求从速选派教育总长。(据1925年7月2日《晨报》)

〔3〕 袁世凯 指铸有袁世凯头像的银元。下文的孔方兄,也是指钱,旧时铜钱中有方孔,故称。

〔4〕 无噍类 《汉书·高帝纪》:"项羽尝攻襄城,襄城无噍类,所过无不残灭。"唐代颜师古注引如淳的话说:"无复有活而噍食者也,青州俗呼无孑遗为无噍类。"

三二

(前缺。)

那一首诗,意气也未尝不盛,但此种猛烈的攻击,只宜用散文,如"杂感"之类,而造语还须曲折,否,即容易引起反感。诗歌较有永久性,所以不甚合于做这样题目。

沪案以后,周刊上常有极锋利肃杀的诗,其实是没有意思的,情随事迁,即味如嚼蜡。我以为感情正烈的时候,不宜做诗,否则锋铓太露,能将"诗美"杀掉。这首诗有此病。

我自己是不会做诗的,只是意见如此。编辑者对于投稿,照例不加批评,现遵来信所嘱,妄说几句,但如投稿者并未要知道我的意见,仍希不必告知。

迅。六月二十八日。

(此间缺广平二十八日信一封。)

三三

广平兄：

昨夜，或者今天早上，记得寄上一封信，大概总该先到了。刚才得二十八日函，必须写几句回答，就是小鬼何以屡次诚惶诚恐的赔罪不已，大约也许听了“某籍”小姐[1]的什么谣言了罢？辟谣之举，是不可以已的：

第一，酒精中毒是能有的，但我并不中毒。即使中毒，也是自己的行为，与别人无干。且夫不佞年届半百，位居讲师，难道还会连喝酒多少的主见也没有，至于被小娃儿所激么!?这是决不会的。

第二，我并不受有何种“戒条”。我的母亲也并不禁止我喝酒。我到现在为止，真的醉止有一回半，决不会如此平和。

然而“某籍”小姐为粉饰自己的逃走起见，一定将不知从那里拾来的故事（也许就从太师母那里得来的），加以演义，以致小鬼也不免吓得赔罪不已了罢。但是，虽是太师母，观察也未必就对，虽是太太师母，观察也未必就对。我自己知道，那天毫没有醉，更何至于胡涂，击房东之拳，吓而去之的事，全都记得的。

所以，此后不准再来道歉，否则，我“学笈单洋，教鞭17载”[2]，要发杨荫榆式的宣言以传布小姐们胆怯之罪状了。看你们还敢逞能么？

来稿有过火处，或者须改一点。其中的有些话，大约是为反对往执政府请愿而说的罢。总之，这回以打学生手心之马良[3]为总指挥，就可笑。

《莽原》第十期，与《京报》同时罢工了，发稿是星期三，当时并未想到要停刊，所以并将目录在别的周刊上登载了。现在正在交涉，要他们补印，还没有头绪；倘不能补，则旧稿须在本星期五出版。

《莽原》的投稿，就是小说太多，议论太少。现在则并小说也少，大约大家专心爱国，要"到民间去"[4]，所以不做文章了。

迅。六，二九，晚。

（其间当缺往来信札数封，不知确数。）

* * *

〔1〕 "某籍"小姐 指当年端午节去鲁迅家聚餐的绍兴籍女生许羡苏、俞芳、俞芬、王顺亲等。"某籍"，参看本书第80页注〔1〕。

〔2〕 "学笈单洋，教鞭17载" 这是对杨荫榆文句的仿用。杨在1925年5月20日《晨报》发表的《对于暴烈学生之感言》中曾说："荫榆夙不自量，蓄志研求，学笈重洋，教鞭十稔。"

〔3〕 马良（1875—？） 字子贞，河北清苑人。历任北洋政府济南镇守使，参战军第二师师长等职。据《晨报》报道，1925年6月25日北京各界十余万人为反对英、日帝国主义在上海屠杀我国民众举行示威游行，由马良任总指挥。

〔4〕 "到民间去" 原是十九世纪六十至七十年代俄国民粹派的口号，它号召青年到农村去，发动农民反对沙皇政府。"五四"以后，特别是在五卅运动高潮中，这个口号在我国知识分子中间也相当流行。

三四

广平仁兄大人阁下,敬启者:前蒙投赠之
大作,就要登出来,而我或将被作者暗暗咒骂。因为我连题目也已经改换,而所以改换之故,则因为原题太觉怕人故也。收束处太没有力量,所以添了几句,想来也未必与尊意背驰;但总而言之:殊为专擅。尚希曲予
海涵,免施
贵骂,勿露"勃谿"[1]之技,暂羁"害马"之才,仍复源源投稿,以光敝报,不胜侥幸之至!
至于大作之所以常被登载者,实在因为《莽原》有些闹饥荒之故也。我所要多登的是议论,而寄来的偏多小说,诗。先前是虚伪的"花呀""爱呀"的诗,现在是虚伪的"死呀""血呀"的诗。呜呼,头痛极了!所以倘有近于议论的文章,即易于登出,夫岂"骗小孩"云乎哉!又,新做文章的人,在我所编的报上,也比较的易于登出,此则颇有"骗小孩"之嫌疑者也。但若做得稍久,该有更进步之成绩,而偏又偷懒,有敷衍之意,则我要加以猛烈之打击:小心些罢!
肃此布达,敬请
"好说话的"安!

"老师"谨训。七月九日。

报言章士钉将辞,屈映光[2]继之,此即浙江有名之"兄弟素不吃饭"人物也,与士钉盖伯仲之间,或且不及。

所以我总以为不革内政，即无一好现象，无论怎样游行示威。

(其间当缺往来信札约五六封。)

* * *

〔1〕 “勃谿” 杨荫榆在《对于暴烈学生之感言》中有“与此曹子勃谿相向”的话。勃谿，原出《庄子·外物》:“室无空虚，则妇姑勃谿。”据唐代成玄英疏:“勃谿，争斗也，室屋不空，则不容受，故妇姑争处，无复尊卑。”

〔2〕 屈映光(1883—1973) 字文六，浙江临海人，当时为北洋政府临时参政院参政。据1925年5月17日《京报》:“教长人选，……其呼声最高者，为林长民、江庸、屈映光等。”下面的“兄弟素不吃饭”，据《屈映光纪事》(未署作者及出版处):“映光前年赴京觐见，有友某招其晚餐，映光复书谢之曰弟向不吃饭，更不吃晚饭云云，京内外传为笑柄。其意盖谓向不赴人餐约，尤不赴人晚餐，而文理不通如此。”

三五

广平兄：

在好看的天亮还未到来之前，再看了一遍大作，我以为还不如不发表。这类题目，其实，在现在，是只能我做的，因为大概要受攻击。然而我不要紧，一则，我自有还击的方法；二则，现在做“文学家”似乎有些做厌了，仿佛要变成机械，所以倒很愿意从所谓“文坛”上摔下来。至于如诸君之雪花膏派，则究属“嫩”之一流，犯不上以一篇文章而招得攻击或误解，终至于“泣下沾襟”。

那上半篇，倘在小说，或回忆的文章里，固然毫不足奇，但在论文中，而给现在的中国读者看，却还太直白。至于下半篇，则实在有点迂。我在那篇文章里本来说：这种骂法，是“卑劣”的。而你却硬诬赖我“引以为荣”，真是可恶透了。

其实，对于满抱着传统思想的人们，也还大可以这样骂。看目下有些批评文字，表面上虽然没有什么，而骨子里却还是“他妈的”思想，对于这样批评的批评，倒不如直捷爽快的骂出来，就是“即以其人之道，还治其人之身”〔1〕，于人我均属合适。我常想：治中国应该有两种方法，对新的用新法，对旧的仍用旧法。例如“遗老”有罪，即该用清朝法律：打屁股。因为这是他所佩服的。民元革命时，对于任何人都宽容（那时称为“文明”），但待到二次革命失败，许多旧党对于革命党却不“文明”了：杀。假使那时（元年）的新党不“文明”，则许多东西早已灭亡，那里会来发挥他们的老手段？现在用“他妈的”来骂那些背着祖宗的木主〔2〕以自傲的人们，夫岂太过也欤哉！？

还有一篇，今天已经发出去，但将两段并作一个题目了：《五分钟与半年》〔3〕。多么漂亮呀。

天只管下雨，绣花衫不知如何？放晴的时候，赶紧晒一晒罢，千切千切！

迅。七月二十九，或三十，随便。

*　　*　　*

〔1〕 “即以其人之道，还治其人之身” 语出宋代朱熹《中庸》第十三章注。

〔2〕 木主 也称神主，写有死者姓名作为供奉灵位的木牌。

〔3〕《五分钟与半年》 即《过时的话》，分《五分钟以后》和《半年以后》两节，载《莽原》周刊第十五期(1925 年 7 月 31 日)，署名景宋。

第　二　集

厦门—广州

一九二六年九月至一九二七年一月

三六

广平兄：

我九月一日夜半上船，二日晨七时开，四日午后一时到厦门，一路无风，船很平稳，这里的话，我一字都不懂，只得暂到客寓，打电话给林语堂[1]，他便来接，当晚即移入学校居住了。

我在船上时，看见后面有一只轮船，总是不远不近地走着，我疑心就是“广大”。不知你在船中，可看见前面有一只船否？倘看见，那我所悬拟的便不错了。

此地背山面海，风景佳绝，白天虽暖——约八十七八度——夜却凉。四面几无人家，离市面约有十里，要静养倒好的。普通的东西，亦不易买。听差懒极，不会做事也不肯做事；邮政也懒极，星期六下午及星期日都不办事。

因为教员住室尚未造好（据说一月后可完工，但未必确），所以我暂住在一间很大的三层楼上，上下虽不便，眺望却佳。学校开课是二十日，还有许多日可闲。

我写此信时，你还在船上，但我当于明天发出，则你一到校，此信也就到了。你到校后，望即见告，那时再写较详细的情形罢，因为现在我初到，还不知什么。

迅。九月四日夜。

＊　　　＊　　　＊

〔1〕 林语堂(1895—1976)　福建龙溪人,作家。曾留学美国,早期是《语丝》撰稿人之一。先后在北京大学、北京师范大学、北京女子师范大学等校任教,当时任厦门大学文科主任兼国学院秘书。

三七

(每起头的〇是某一个时间内写的,用〇起始,以示段落。)

〇 MY DEAR TEACHER:〔1〕

昨到你住的孟渊旅馆奉访后,四妹领我到永安公司,买得小手巾六条,只一元,算来一条不到二角。晚上又游四川路广东街,买雨伞一把,也不过几角钱。访了两处亲戚,都还客气,留吃点心或饭,点心是吃的,但饭却推却了。

今天(九月一日)又往先施公司等,买得皮鞋一双,只三元;又信纸六大本(与此纸同,但大得多),一元。此外又买些应用什物,不敢多买,因为我那天看见你用炒饭下酒,所以也想节省一点。

〇今晚(一日)七时半落广大轮船,有二位弟弟送行,又有大安旅馆之茶房带同挑夫搬送行李,现在是已在船中安置好了。一房二人,另一人行李先到,占了上格床,我居下格。现只我一人在房,我想遇有机会,想说什么就写什么,管它多少,待到岸即投入邮筒;但临行时所约的时间,〔2〕我或者不能守住,要反抗的。

船票二十五元，连杂费约共花三十余元，余下的还很不少。又，大安旅馆自沪一直招呼至粤，使费大约较自己瞎撞的公道，且可靠，这也足以令人放心的。

船中热甚，一房竟夕惟我一人，也自由，也寂寞，船还停着，门窗不敢打开，闷热极了！好在虽然时时醒来，但也即睡去；臭虫到处都是，不过我尚能安眠。只是因为今晚独自在船，想起你的昨晚来了。本来你昨晚下船没有，走后情形如何，我都不知道，晚间妹妹们又领我上街闲走，但总是蓦地一件事压上心头，十分不自在，我因想，此别以后的日子，不知怎么样？

○二日晨八时十分，船始开。天刚亮，就有人来查行李。先开随身的木箱，后开帆布箱，我故意慢慢地。他不耐烦了，问我作什么的。我答学生，现做教员。他走了。船开后又来查，这回是查私贩铜元的，床铺里也都穷搜，将漆黑的手印满留在枕席上。

同房的姓梁，是基督教徒，有一个她的女友，住房舱的，却到我们房里来吃饭，两人总是谈着什么牧师爷牧师奶，讨厌得很，我这回车和船都顶着“华盖”了。午后她们又约我打牌，虽则不算钱，总是费时无益的事，我连忙躺下看书，不久睡着，从十一点多钟一直到四点。六时顷晚饭，菜是广东味，不十分好，也还吃得几碗饭。也不晕船，躺着看小说。

○睡起见水色已变浅绿，泛出雪白的波头，好看极了。因为多年囚禁在沙漠中，所以见之不禁惊喜，但可气的是船面上挤满着人，铺盖，水桶，货物；房的窗口也总有成排的人，高高的坐在箱子上，遮得全房漆黑，而我又在下层床，日里又要听基督圣谕。MY DEAR TEACHER！你的船中生活怎么样？

○三日晨七时起床，十时早饭，十一时左右，在我们房门口的堆满行李的舱面上，是工友们开会。许多人聚在一处，有一个学生模样的做主席，大家演说北伐的必要……随意发挥；报告各地情形的也有，我也略略说了一点北京的黑暗。开会有二时之久，大家精神始终贯注，互相勉励，而著重于鼓励工人，因为这会是为工人而开的。我在旁参与，觉到一种欢欣，算是我途中第一次的喜遇。这现象，在北方恐怕是梦想不到的罢！下午一时多散会，还豫约每天开会一次，尤其是注意于向着上海工厂招来的工友们，灌输国民革命的意义。有一个孙传芳[3]部下的军官，当场演说北方军阀的黑幕，并说自当军官以来，不求升官发财，现在看北方军人实在无可希望了，所以毅然脱离，径向广东投国民革命军，意欲从这里打破北方的黑暗。这是大家都很欢迎的。MY DEAR TEACHER，你看这种情形是多么朝气呀！

十时吃的算是午饭，一时顷有咖啡一杯，面包二片，晚九时又有鸡粥一碗，其间的四时顷是晚餐，食物较火车上为方便。船甚稳，如坐长江轮船一样，不知往厦门去的是否也如此？

○四日被姓梁的惊醒，已经八点多了。她有一个女友，和一个男友(?)，不绝的来，一方面唱圣诗，一方面又打扑克。我被挤得连看书的地方都没有了，也看不下去，勉强的看了《骆驼》[4]；又看《炭画》，是文言的，没有终卷。继看《夜哭》，字句既欠修饰,命意也很无聊,糟透了。

下午四时船经过厦门,我注意看看,不过茫茫的水天一色,厦门在那里!?

因为听说是经过厦门,我就顺便打听从厦门到广州的走法。据客栈人说:可以由厦门坐船到香港,再由香港搭火车到广州,但坐火车要中途自己走一站,不方便,倘由广州往香港,则须用照相觅铺保,准一星期回,否则惟店铺是问。也有从厦门到汕头的。我想,这条路较好,从汕头至广州,不是敌地,检查之类,可省许多麻烦,这是船中所闻,先写寄,免忘记,借供异日参考。

现在写字时是四日晚的九时,快有粥吃了。男女两教徒都走了,清净不少,但天气比前两天热,也不愿意睡,就想起上面的那些话,写了下来。

○ MY DEAR TEACHER:现在是五日午后二时廿分了,我正吃过午点心。不晓得你在做什么?今天工人仍然开会,但时间提早了,是十时多。刚刚摆开早饭,一个工人就来邀我赴会,说有两个主席,我是其一。我想,在这样人地生疏的境况之下,做主席是很难的,一不合式,就会引起纠纷,便说正在吃饭,又向来没有做过主席,不敢当,当场推却了。饭后到会,就有人要我演说,正推辞间,主席已在宣布喉咙不大好,说话不便,要我去接替。我没法,只得站上台去,攻击了一顿北京的政治和社会上的黑暗的情形。一完就退席,回到房里。听人说,开会时有国民党员百来人,但是彼此争执开会手续不合法,一部分人退席了。这是我后来才知道的。往回一想,这么几个人,在这么短期间,开一个小会就冲突,则情形之复杂可想，幸而我没有做主席，否则，也许会糟到连自己都莫名其妙哩！听说明天上午可以到广州了，船内的会总该不致再开，我或者可以不再去说话。但是，到广州呢？

现时船早过了汕头，晚饭顷可经香港之北，名大划[5]的地方。在这里须等候带船的人来领入广州，但他来的迟早很不一定，即使来了，也得再走六小时之久，始达终点。但无论如何，六日是必能到广州的了。

○ MY DEAR TEACHER：今天是六日，现在是快到八点了。昨晚十时，船停香北大划地方，候带船人，因为此后伏礁甚多，非熟识者难以前进。幸而今早起来，听说带船人已经到了，专候潮长，便即开船；如能准时，则午后可到珠江了。

○ MY DEAR TEACHER：现在（三时）船快到了，以后再谈罢。

YOUR H. M.[6]六日下午三时。

*　　*　　*

〔1〕 MY DEAR TEACHER　英语：亲爱的老师。

〔2〕 据许广平《鲁迅回忆录·厦门和广州》，鲁迅和她离开北京时曾有“做两年工作再作见面的设想”。

〔3〕 孙传芳（1885—1935）　山东历城人，北洋直系军阀。当时任安徽、江苏、浙江、江西、福建五省联军总司令。

〔4〕 《骆驼》　不定期文艺刊物，周作人、徐祖正、张定璜主办，1926 年 6 月在北京创刊，北新书局发行。下文的《炭画》，中篇小说，波兰显克微支著，周作人于 1909 年用文言翻译，1914 年 4 月由上海文明

书局出版。《夜哭》,散文诗集,焦菊隐著,1926年7月北新书局出版。

〔5〕　大划　在香港北角铜锣湾船坞附近。

〔6〕　YOUR H. M.　YOUR,英语:你的;H. M.,“害马”罗马字拼音的缩写。

三八

先生:

六日我寄了一封信,那是在船上陆续写出,到粤后托客栈人寄的,收到了没有?

船于这日上午九时启碇驶入广州,经虎门黄埔,下午二时又停于距城甚远之车歪炮台〔1〕外,又候至六时,始受专意捣乱,久延始来之海关外人〔2〕查关检疫,乃放人换坐小艇泊岸。将泊岸了,而船夫一时疏失,突入旋涡,更兼船中人多(三十余)货重(百余件),躲浪不及,以致船身倾侧,江水入船,船夫坠水,幸全船镇静,使船放平,坠水船夫更竭力挽救,始得化险为夷,迨水上警察来时,已经平安无事矣。

登岸后,住大安栈,但钱币不同,路不认识,迫得写信叫人送给约我回来的陈家表叔〔3〕,请其到栈接我,即于七日上午迁寓陈家,此信即在陈家所写。女子师范学校〔4〕已经正式上课,今日(八日)下午四时左右,便当搬到校内去了。一切情形还多。女师甚复杂。我担任的是训育,另外授课八小时,每班一时,现在姑且尽力,究竟能否长久,再看情形就是了。

这里民气激昂,但闻北伐顺利,所以英人从中破坏〔5〕,现正多方寻衅，见诸事实，例如武装兵船示威珠江，沙面等，以图扰乱后方即是。闽中有何新闻？关于本地或外省的，便希通知一下。以后再谈。

候著安。

你的 **H. M.** 九月八日。

*　　　*　　　*

〔1〕 车歪炮台　在珠江南石头附近，清朝政府曾在这里筑过炮台。

〔2〕 海关外人　旧海关的外籍人员。

〔3〕 陈家表叔　指陈延炘，广东番禺人。北京大学毕业，当时任中山大学理科地质系讲师。

〔4〕 女子师范学校　即广东省立女子师范学校。许广平时任该校训育主任。

〔5〕 英人从中破坏　1926 年北伐军向武汉进军时，英国军舰于 9 月 4 日武装占领广州省港码头，且连日在珠江游弋，截击货船，拘捕华人，开枪射击省港罢工纠察队。

三九

迅师：

七，九两日发了两封信，你都收到了没有？那信是写一路上情形的。

五日你寄的信，十日晚收到了。信来在我到校之后，并非一到校也就收到。

八日搬入学校，在下午四时顷，我的妹妹，嫂嫂已在等我相见许多时候了。待行李送到后，我即和她们同回老家，入门，则见房屋颓坏，人物全非，对此故园，不胜凄痛。晚间蚊虫肆虐，竟夕不成眠。次晨为母氏纪念日，祀祭后十时余返校。卧室在旧校楼上，是昔之缝纫室，今隔为三，前后两间皆有窗，光线充足，但先已有人居住；中间室狭而暗，周围无窗，四面"碰壁"，即我朝夕之居处也。

校役招呼尚好，食品价亦不算太贵，但较北方或略昂，惟若可口，即算值得。

本校八日正式开课，校长〔1〕特许休息几天，所以于明日（十三，星期一）才起首授课及办公。以前几天，有时在校豫备教课，或休息，有时也出去探访亲戚，但总是请人带领。

这个学校的学生颇顽固，而且盲动，好闹风潮，将来也许要反对我，现时在小心中。

我一路上不觉受苦，回来后精神也佳，校内旧的熟人不少，但是我还是常常喜欢在房内看书。

你的较详细的信是否在途中，还是尚未写发，我希望早点收到。

明天有两小时教课，急要豫备，下次再细谈罢。

YOUR H. M. 九月十二晚六时三十五分。

我的职务（略）

* * *

〔1〕 校长 指廖冰筠，广东惠阳人，廖仲恺之妹。她于1920年至1927年初任广东省立女子师范学校校长。

四〇

（明信片背面）

从后面（南普陀）所照的厦门大学全景。

前面是海，对面是鼓浪屿。

最右边的是生物学院和国学院，第三层楼上有※记的便是我所住的地方。

昨夜发飓风，拔木发屋，但我没有受损害。

迅。九，十一。

（明信片正面）

想已到校，已开课否？

此地二十日上课。

十三日。

四一

广平兄：

依我想，早该得到你的来信了，然而还没有。大约闽粤间的通邮，不大便当，因为并非每日都有船。此地只有一个邮局代办所，星期六下午及星期日不办事，所以今天什么信件也没有——因为是星期——且看明天怎样罢。

我到厦门后发一信（五日），想早到。现在住了已经近十天，渐渐习惯起来了，不过言语仍旧不懂，买东西仍旧不便。开学在二十日，我有六点钟功课，就要忙起来，但未开学之前，却又觉得太闲，有些无聊，倒望从速开学，而且合同的年限早满。[1]学校的房子尚未造齐，所以我暂住在国学院的陈列所空屋里，是三层楼上，眺望风景，极其合宜，我已写好一张有这房子照相的明信片，或者将与此信一同发出。上遂[2]的事没有结果，我心中很不安，然而也无法可想。

十日之夜发飓风，十分利害，语堂的住宅的房顶也吹破了，门也吹破了，粗如笔管的铜闩也都挤弯，毁东西不少。我住的屋子只破了一扇外层的百叶窗，此外没有损失。今天学校近旁的海边漂来不少东西，有桌子，有枕头，还有死尸，可见别处还翻了船或漂没了房屋。

此地四无人烟，图书馆中书籍不多，常在一处的人，又都是"面笑心不笑"，无话可谈，真是无聊之至。海水浴倒是很近便，但我多年没有浮水了，又想，倘若你在这里，恐怕一定不赞成我这种举动，所以没有去洗，以后也不去洗罢，学校有洗浴处的。夜间，电灯一开，飞虫聚集甚多，几乎不能做事，此后事情一多，大约非早睡而一早起来做不可。

迅。九月十二夜。

今天（十四日）上午到邮政代办所去看看，得到你六日八日的两封来信，高兴极了。此地的代办所太懒，信件往往放在柜台上，不送来，此后来信，可于厦门大学下加"国学院"三字，使他易于投递，且看如何。这几天，我是每日去看的，昨天还未见你的信，因想起报载英国鬼子在广州胡闹，进口船或者要受影响，所以心中很不安，现在放心了。看上海报，北京已戒严，[3]不知何故；女师大已被合并为女子学院，师范部的主任是林素园（小研究系），而且于四日武装接收[4]了，真令人气愤，但此时无暇管也无法管，只得暂且不去理会它，还有将来呢。

回上去讲我途中的事，同房的是一个五十多岁的广东人，姓魏或韦，我没有问清楚，似乎也是民党中人，所以还可谈，也许是老同盟会员罢。但我们不大谈政事，因为彼此都不知道底细，也曾问他从厦门到广州的走法，据说最好是从厦门到汕头，再到广州，和你所闻于客栈中人的话一样。船中的饭菜顿数，与广大同，也有鸡粥；船也很平；但无耶稣教徒，比你所遭遇的好得多了。小船的倾侧，真太危险，幸而终于“马”已登陆，使我得以放心。我到厦门时，亦以小船搬入学校，浪也不小，但我是从小惯于坐小船的，所以一点也没有什么。

我前信似乎说过这里的听差很不好，现在熟识些了，觉得殊不尽然。大约看惯了北京的听差的唯唯从命的，即容易觉得南方人的倔强，其实是南方的等级观念，没有北方之深，所以便是听差，也常有平等言动，现在我和他们的感情好起来了，觉得并不可恶。但茶水很不便，所以我现在少喝茶了，或者这倒是好的。烟卷似乎也比先前少吸。

我上船时，是克士[5]送我去的，还有客栈里的茶房。当未上船之前，我们谈了许多话，我才知道关于我的事情，伏园已经大大的宣传过了，还做些演义。所以上海的有些人，见我们同车到此，便深信伏园之说了，然而也并不为奇。

我已不喝酒了,饭是每餐一大碗(方底的碗,等于尖底的两碗),但因为此地的菜总是淡而无味(校内的饭菜是不能吃的,我们合雇了一个厨子,每月工钱十元,每人饭菜钱十元,但仍然淡而无味),所以还不免吃点辣椒末,但我还想改良,逐渐停止。

我的功课,大约每周当有六小时,因为语堂希望我多讲,情不可却。其中两点是小说史,无须豫备;两点是专书研究,须豫备;两点是中国文学史,须编讲义。看看这里旧存的讲义,则我随便讲讲就很够了,但我还想认真一点,编成一本较好的文学史。你已在大大地用功,豫备讲义了罢,但每班一小时,八时相同,或者不至于很费力罢。此地北伐顺利的消息也甚多,极快人意。报上又常有闽粤风云紧张之说,在这里却看不出,不过听说鼓浪屿上已有很多寓客,极少空屋了,这屿就在学校对面,坐舢板一二十分钟可到。

迅。九月十四日午。

* * *

〔1〕 据1927年1月15日《厦声日报》所载《与鲁迅的一席话》,鲁迅受聘于厦门大学,原定期限为二年。

〔2〕 上遂 原信作季黻,即许寿裳(1883—1948),字季黻,号上遂,浙江绍兴人,教育家。鲁迅留学日本弘文学院时的同学,后又在教育部、北京女子师范大学、广州中山大学等处与鲁迅同事多年。当时鲁迅正在为他谋职。抗日战争胜利后在台湾大学任教。1948年2月18日深夜被刺杀于台北寓所。

〔3〕 北京戒严　奉系军阀与直系军阀争夺对北京的控制权，奉系张宗昌于1926年9月3日夜十时突然发布戒严令，任命京师警察总监李寿金为戒严司令，宪兵司令王琦为戒严副司令。7日，李、王公布戒严法八条。9月22日直系卫戍司令王怀庆被迫将所部移驻保定。（据1926年9月5日、8日《申报》）

〔4〕 武装接收　1926年8月28日，北洋政府决定将北京女子师范大学改为师范部，并入北京女子学院，由教育总长任可澄自兼院长，并任命林素园为师范部学长（据1926年8月29日《申报》）。9月4日，任可澄同林素园率领军警武装接收女师大。

〔5〕 克士　原信作建人，即周建人（1888—1984），字乔峰，笔名克士，鲁迅的三弟，生物学家。当时在商务印书馆任编辑。

四二

广平兄：

十三日发的给我的信，已经收到了。我从五日发了一信之后，直到十四日才发信，十四以前，我只是等着等着，并没有写信，这一封才是第三封。前天，我寄上了《彷徨》和《十二个》〔1〕各一本。

看你所开的职务，似乎很繁重，住处亦不见佳。这种四面“碰壁”的住所，北京没有，上海是有的，在厦门客店里也看见过，实在使人气闷。职务有定，除自己心知其意，善为处理外，更无他法；住室却总该有一间较好的才是，否则，恐怕要瘦下。

本校今天行开学礼，学生在三四百人之间，就算作四百人罢,分为豫科及本科七系,每系分三级,则每级人数之寥寥,亦可想而知。此地不但交通不便,招考极严,寄宿舍也只容四百人,四面是荒地,无屋可租,即使有人要来,也无处可住,而学校当局还想本校发达,真是梦想。大约早先就是没有计画的,现在也很散漫,我们来后,都被搁在须作陈列室的大洋楼上,至今尚无一定住所。听说现正赶造着教员的住所,但何时造成,殊不可知。我现在如去上课,须走石阶九十六级,来回就是一百九十二级;喝开水也不容易,幸而近来倒已习惯,不大喝茶了。我和兼士及朱山根〔2〕,是早就收到聘书的,此外还有几个人,已经到此,而忽然不送聘书,玉堂费了许多力,才于前天送来;玉堂在此似乎也不大顺手,所以上遂的事,竟无法开口。

我的薪水不可谓不多,教科是五或六小时,也可以算很少,但别的所谓"相当职务",却太繁,有本校季刊的作文,有本院季刊的作文,有指导研究员的事(将来还有审查),合计起来,很够做做了。学校当局又急于事功,问履历,问著作,问计画,问年底有什么成绩发表,令人看得心烦。其实我只要将《古小说钩沈》整理一下拿出去,就可以作为研究教授三四年的成绩了,其余都可以置之不理,但为了玉堂好意请我,所以我除教文学史外,还拟指导一种编辑书目的事〔3〕,范围颇大,两三年未必能完,但这也只能做到那里算那里了。

在国学院里的,朱山根是胡适之〔4〕的信徒,另外还有两三个,好像都是朱荐的,和他大同小异,而更浅薄,一到这里,孙伏园便要算可以谈谈的了。我真想不到天下何其浅薄者之多。他们面目倒漂亮的，而语言无味，夜间还要玩留声机，什么梅兰芳[5]之类。我现在惟一的方法是少说话；他们的家眷到来之后，大约要搬往别处去了罢。从前在女师大做办事员的白果[6]是一个职员兼玉堂的秘书，一样浮而不实，将来也许会兴风作浪，我现在也竭力地少和他往来。此外，教员内有一个熟人[7]，是先前往陕西去时认识的，似乎还好；集美中学内有师大旧学生五人，都是国文系毕业的，昨天他们请我们吃饭，算作欢迎，他们是主张白话的，在此好像有点孤立。

这一星期以来，我对于本地更加习惯了，饭量照旧，这几天而且更能睡觉，每晚总可以睡九至十小时；但还有点懒，未曾理发，只在前晚用安全剃刀刮了一回髭须而已。我想从此整理为较有条理的生活，大约只要少应酬，关起门来，是做得到的。此地的点心很好；鲜龙眼已吃过了，并不见佳，还是香蕉好。但我不能自己去买东西，因为离市有十里，校旁只有一个小店，东西非常之少，店中人能说几句"普通话"，但我懂不到一半。这里的人似乎很有点欺生。因为是闽南了，所以称我们为北人；我被称为北人，这回是第一次。

现在的天气正像北京的夏末，虫类多极了，最利害的是蚂蚁，有大有小，无处不至，点心是放不过夜的。蚊子倒不多，大概是因为我在三层楼上之故。生疟疾的很多，所以校医给我们吃金鸡纳[8]。霍乱已经减少了。但那街道，却真是坏，其实是在绕着人家的墙下，檐下走，无所谓路的。

兼士似乎还要回京去，他要我代他的职务，我不答应他。

最初的布置，我未与闻，中途接手，一班绝不相干的人，指挥不灵，如何措手，还不如关起门来，“自扫门前雪”罢，况且我的工作也已经够多了。

章锡琛托建人写信给我，说想托你给《新女性》〔9〕做一点文章，嘱我转达。不知可有这兴致？如有，可先寄我，我看后转寄去。《新女性》的编辑，近来好像是建人了，不知何故。那第九(?)期，我已寄上，想早到了。

我从昨日起，已停止吃青椒，而改为胡椒了，特此奉闻。再谈。

迅。九月二十日下午。

*　　　*　　　*

〔1〕《十二个》　长诗，苏联勃洛克著，胡斆译，鲁迅为作《后记》，1926年8月北新书局出版。

〔2〕朱山根　原信作顾颉刚(1893—1980)。江苏吴县人，历史学家。当时任厦门大学国学院教授兼文科国文系名誉讲师。

〔3〕据1926年12月4日《厦大周刊》：厦门大学国学院计划编印《中国图书志》，内容包括谱录、春秋、地理、曲、道家儒家、尚书、小学、医学、小说、金石、政书、集、法家共十三类书目。鲁迅负责小说类。

〔4〕胡适之(1891—1962)　名适，字适之，安徽绩溪人，早年留学美国，“五四”时期新文化运动的代表人物之一。当时是北京大学教授，现代评论派的主要成员。

〔5〕梅兰芳(1894—1961)　名澜，字畹华，江苏泰州人，京剧表演艺术家。

〔6〕白果　原信作黄坚。字振玉，江西清江人，曾任北京女子师

范大学教务处和总务处秘书。当时任厦门大学国学院陈列部干事兼文科主任办公室襄理。

〔7〕 指陈定谟(1889—1961),江苏昆山人。曾任北京大学教授,1924年任天津南开大学教授,同年7月与鲁迅同去西安讲学。当时任厦门大学社会科学教授。

〔8〕 金鸡纳　一作金鸡纳霜,即奎宁。

〔9〕《新女性》 月刊,1926年1月创刊,章锡琛主编。1929年12月停刊,共出四卷。上海新女性社发行。

四三

迅师:

七,九,十二去了三信,只接到五日来的一信,你那里的消息一概不知道,惟有心猜臆测。究竟近状如何?是否途中感冒,现在休养?望勿秘不见告。

我不喜欢出街,因为到处不胜今昔之感;也因回来迟了,更不好意思偷懒,日常自早八时至晚五时才从办公室退至寝室,此后是沐浴和豫备教课……时间总觉短促,各方还未顺熟,终日傻瓜似的一个。

这校有三数学生是顽固大家,大多数都是盲从,貌似一气,其实全无主见。今日十六晚是星期四,此信寄到或当不是在邮差休息时,你可以早些看见了。你豫备教课忙么?余后陈。

祝你在新境度中秋鉴赏他们的快乐。

你的 H. M. 九月十七日。

四四

广平兄：

十七日的来信，今天收到了。我从五日发信后，只在十三日发一信片，十四日发一信，中间间隔，的确太多，致使你猜我感冒，我真不知怎样说才好。回想那时，也有些傻气，因为我到此以后，正听见啖人在广州肇事[1]，遂疑你所坐的船，亦将为彼等所阻，所以只盼望来信，连寄信的事也拖延了。这结果，却使你久不得我的信。

现在十四的信，总该早到了罢。此后，我又于同日寄《新女性》一本，于十八日寄《彷徨》及《十二个》各一本，于二十日寄信一封（信面却写了廿一），想来都该到在此信之前。

我在这里，不便则有之，身体却好，此地并无人力车，只好坐船或步行，现在已经炼得走扶梯百余级，毫不费力了。眠食也都好，每晚吃金鸡纳霜一粒，别的药一概未吃。昨日到市去，买了一瓶麦精鱼肝油，拟日内吃它。因为此地得开水颇难，所以不能吃散拿吐瑾[2]。但十天内外，我要移住到旧的教员寄宿所去了，那时情形又当与此不同，或者易得开水罢。（教员寄宿舍有两所，一所住单身人者曰“博学楼”，一所住有夫人者曰“兼爱楼”，不知何人所名，颇可笑。）

教科也不算忙，我只六时，开学之结果，专书研究二小时无人选，只剩了文学史，小说史各二小时了。其中只有文学史须编讲义，大约每星期四五千字即可，我想不管旧有的讲义，而自己好好的来编一编，功罪在所不计。

这学校化钱不可谓不多，而并无基金，也无计划，办事散漫之至，我看是办不好的。

昨天中秋，有月，玉堂送来一筐月饼，大家分吃了，我吃了便睡，我近来睡得早了。

迅。九月二十二日下午。

*　　　*　　　*

〔1〕 唉人在广州肇事　参看本书第114页注〔5〕。

〔2〕 散拿吐瑾　德国柏林出产的补脑健胃药品。

四五

MY DEAR TEACHER：

你扣足了一星期给我一信，我在企望多日之中总算得到一点安慰——虽则只是一张明信片。

然而我实不解，我于七，九，十二，十七共发四函，并此为五，倘皆不到，我想，是否理由如下：

第一信，是到广州之次早，托大安栈茶房发出的，不知是否他学了洪乔？但可惜，此信记自沪至粤一路情形颇详细。

第二信，同时寄出者四处，除你之外尚有上海之叔，天津之嫂，东省之谢。〔1〕岂学校女工（给我做事的）作弊？

兹对于收到之信片更作复函，由我自己投邮，看结果如何？

五日来信十日晚到，十三信片十八到，计需六天。如我寄之信不失，则你于十二，十四，十八，二二，二四，应陆续接得我信。假使非茶房及女工之误，则请你向贵校门房一询，凡有书周树人，豫才，鲁迅而下款为广州或粤之景，宋，许……缄者，即为我寄之信。下笔时故意捣乱，不料反致遗失，可叹！

我校从十三日起，我即授课办公，教课似乎还过得去（察看情形），至于训育，真是难堪，包括学监舍监的事，从早八时至下午五时在办公处或查堂，回来吃晚饭后又要查学生自习及注意起居饮食……，总之无一时是我自己的时间。更有课外会议，各种领导事业及自己豫备教材……，弄得精疲力尽，应接不暇。明日是星期，下午一时还要开训育会议，回想做学生真快活也。

现人已睡久，钟停了不知何时，急忙写此，恕其不备为幸。

祝快乐，不敢劝戒酒，但祈自爱节饮。

你的 H. M. 九月十八晚。

飓风拔木，何不向林先生要求乔迁？

*　　*　　*

〔1〕 上海之叔　指在上海南洋兄弟烟草公司任职的许炳璈。天津之嫂，指许广平的堂嫂。东省之谢，指谢敦南（1900—1959），名毅，福建安溪人，当时在黑龙江省任财政厅总务科科员兼省陆军军官医院医官。其妻常瑞麟（1909—1984），是许广平在河北省立第一师范学校的同学。1926年至1928年在黑龙江省立女子师范学校任校医兼任生理卫生教员。

四六

广平兄：

十八日之晚的信，昨天收到了。我十三日所发的明信片既然已经收到，我惟有希望十四日所发的信也接着收到。我惟有以你现在一定已经收到了我的几封信的事，聊自慰解而已。至于你所寄的七，九，十二，十七的信，我却都收到了，大抵是我或孙伏园从邮务代办处去寻来的，他们很乱，或送或不送，堆成一团，只要有人去说要拿那几封，便给拿去，但冒领的事倒似乎还没有。我或伏园是每日自去看一回。

看厦大的国学院，越看越不行了。朱山根是自称只佩服胡适陈源两个人的，而田千顷，辛家本[1]，白果三人，似皆他所荐引。白果尤善兴风作浪，他曾在女师大做过职员，你该知道的罢，现在是玉堂的襄理，还兼别的事，对于较小的职员，气焰不可当，嘴里都是油滑话。我因为亲闻他密语玉堂，"谁怎样不好"等等，就看不起他了。前天就很给他碰了一个钉子，他昨天借题报复，我便又给他碰了一个大钉子，而自己则辞去国学院兼职。我是不与此辈共事的，否则，何必到厦门。

我原住的房屋，要陈列物品了，我就须搬。而学校之办法甚奇，一面催我们，却并不指出搬到那里，教员寄宿舍已经人满，而附近又无客栈，真是无法可想。后来总算指给我一间了，但器具毫无，向他们要，则白果又故意特别刁难起来（不知何意，此人大概是有喜欢给别人吃点小苦头的脾气的），要我开帐签名具领，于是就给碰了一个钉子而又大发其怒。大发其怒之后，器具就有了，还格外添了一把躺椅，总务长[2]亲自监督搬运。因为玉堂邀请我一场，我本想做点事，现在看来，恐怕是不行的，能否到一年，也很难说。所以我已决计将工作范围缩小，希图在短时日中，可以有点小成绩，不算来骗别人的钱。

此校用钱并不少，也很不撙节，而有许多慳吝举动，却令人难耐。即如今天我搬房时，就又有一件。房中原有两个电灯，我当然只用一个的，而有电机匠来，必要取去其一个玻璃泡，止之不可。其实对于一个教员，薪水已经化了这许多了，多点一个电灯或少点一个，又何必如此计较呢。

至于我今天所搬的房，却比先前的静多了，房子颇大，是在楼上。前回的明信片上，不是有照相么？中间一共五座，其一是图书馆，我就住在那楼上，间壁是孙伏园和张颐[3]教授（今天才到，原先也是北大教员），那一面是钉书作场，现在还没有人。我的房有两个窗门，可以看见山。今天晚上，心就安静得多了，第一是离开了那些无聊人，也不必一同吃饭，听些无聊话了，这就很舒服。今天晚饭是在一个小店里买了面包和罐头牛肉吃的，明天大概仍要叫厨子包做。又自雇了一个当差的，每月连饭钱十二元，懂得两三句普通话，但恐怕颇有点懒。如果再没有什么麻烦事，我想开手编《中国文学史略》了。来听我的讲义的学生，一共有二十三人（内女生二人），这不但是国文系全部，而且还含有英文，教育系的；这里的动物学系，全班只有一人，天天和教员对坐而听讲。

但是我也许还要搬。因为现在是图书馆主任正请假着，由玉堂代理，所以他有权。一旦本人回来，或者又有变化也难说。在荒地里开学校，无器具，无房屋给教员住，实在可笑。至于搬到那里去，现在是无从揣测的。

现在的住房还有一样好处，就是到平地只须走扶梯二十四级，比原先要少七十二级了。然而“有利必有弊”，那“弊”是看不见海，只能见轮船的烟通。

今夜的月色还很好，在楼下徘徊了片时，因有风，遂回，已是十一点半了。我想，我的十四的信，到二十，二十一或二十二总该寄到了罢，后天（二十七）也许有信来，因先来写了这两张，待二十八日寄出。

二十二日曾寄一信，想已到了。

迅。二十五日之夜。

今天是礼拜，大风，但比起那一次来，却差得远了。明天未必一定有从粤来的船，所以昨天写好的两张信，我决计于明天一早寄出。

昨天雇了一个人，叫作流水，然而是替工，今天本人来了，叫作春来，也能说几句普通话，大约可以用罢。今天又买了许多器具，大抵是铝做的，又买了一只小水缸，所以现在是不但茶水饶足，连吃散拿吐瑾也不为难了。（我从这次旅行，才觉到散拿吐瑾是补品中之最麻烦者，因为它须兼用冷水热水两种，别的补品不如此。）

今天忽然有瓦匠来给我刷墙壁了，懒懒地乱了一天。夜间大约也未必能静心编讲义，玩一整天再说罢。

迅。九月二十六日晚七点钟。

*　　*　　*

〔1〕　田千顷　原信作陈万里（1891—1969）。江苏吴县人，当时任厦门大学国学院考古学导师，兼造型部干事和文科国文系名誉讲师。辛家本，原信作潘家洵（1896—1989）。江苏吴县人，翻译工作者。当时任厦门大学国学院英文编辑，兼外国语言文学系讲师。

〔2〕　总务长　指周辨明（1891—1984），字汴明，福建惠安人，当时任厦门大学外国语言文学系主任，语言学教授兼总务处主任。

〔3〕　张颐（1887—1969）　字真如，四川叙永人，曾任北京大学教授，当时任厦门大学哲学系教授。

四七

MY DEAR TEACHER：

二十二日得到你十四的和十二的放在一个信封内的信，知道了好多要说的话，虽则似乎很幽默，但我是以己度人，能够领解的。我以为一两天的路程，通信日期当然也不过如此，即须较多，三四天了不得了，而乃五六七八天，这真教人从何说起，况有时且又过之呢？

我正式做工和上课，已经有一星期零四天了，所觉到的结果是忙，忙……早上八点起就到办事处，或办事，或授课，此外还要查堂，看学生勤惰；五时回来吃晚饭；到七时学生自习，又要查了。训育职务是兼学监舍监之类（但又别有教务，舍务处），又须注意学风，宣传党义，与教务及总务俱隶属于校长之下，而如此办法，则惟广东在今年暑假后为然。我初毕业，既无经验，且又无可借鉴（他校尚未成立训育处），居此地位，真是盲人瞎马，“害”字加了一目矣。更兼学生为三数旧派所左右，外有全省学生联合会（广东学生而多顽固，岂非“出人意表之外”）为之援，更外则京沪旧派为之助，势力滋蔓，甚难图也，此后倘能改革，固为大幸，否则我自然三十六着，走为上着，但多半是要被排斥的。当我未回之前，学生联合会已借口省立第一，二中学为□□〔1〕校长，作种种办学无状之条文，洋洋洒洒，大加攻击，甚至教育厅开除学生；继而广大（中山大学）法科反对陈启修〔2〕为主任，亦与第一，二中同一线索。女师是他们豫备第三次起风潮的，所以学生总是蠢蠢欲动，现正在多方探听我的色彩，好像曾经反抗段祺瑞政府者，亦即党国罪人一样。女子本少卓见，加以外诱，增其顽强，个个有杨荫榆之流风，甚可叹也。好在我只要自己努力，或者不至失败，即使失败，现时广东女子地位与男子等，亦自有别处可去，非如外地一受攻击，即难在社会上立足之困人也。

MY DEAR TEACHER！你为什么希望“合同年限早满”呢？你是因为觉得诸多不惯，又不懂话，起居饮食不便么？如果对于身体的确不好，甚至有妨健康，则还不如辞去的好。然而，你不是要“去作工”么？你这样的不安，怎么可以安心作工！？你有更好的方法解决没有？或者于衣食抄写有需我帮忙的地方，也不妨通知，从长讨论。

中秋那一天,你玩了没有?难得旅行到福建,住一天,最好是勿白辜负了这一天,还是玩玩吃吃的好,学校的厨子不好,不是五分钟可到鼓浪屿么?那边一定有食处,也有去处,谢君的哥哥就住在那地方,他们待人都好,你愿意去看看他么?今日还接到谢君来信,他极希望回到家乡去做点事,但看你所处的情形,连上遂先生也难荐,则其余恐怕更不必说了。

我在中秋的那天上午随校长赴追悼朱执信[3]六周年纪念会,到的人很多,见于树德[4]先生讲演,依然北方淳厚之风,后又往烈士坟凭吊,回校已午后一时,算是过了上半天的节。是日,不断的忆起去年今日,我远远的提着四盒月饼,跑来喝酒,此情此景,如在目前,有什么法子呢!而且训育方面逼住要中秋后一天开会,交出计画书去,我于中秋前赶做一晚,当天又接着做,勉强抄袭出来,能否适用还说不定。中秋下午,我实在耐不住了,跑回家里一趟,看见嫂妹的冷清清的,便又记起未出广东以前家庭的样子,不胜凄恻,又不忍走开,即买菜同吃一顿。饭后出街走了一圈,回来买些灯笼给孩子们,买些水果大家吃,约莫十时睡了,月是怎么样,没有细看。

北京女师大事,我收到两次学生宣言[5],教育部诬助学生之教员为图自己饭碗;岂明,祖正二先生且被林素园当面诬为赤化[6],虽即要求他认错取消,但亦可谓晦气。北伐想是顺利,此间清一色的报纸,莫明究竟,在福建大约可以较得真相。

邮政代办所离学校有多少远?天天走不累的慌么?

伏园宣传的话,其详可得闻欤?

现时候不早，眼睛倦极，下次再谈罢。祝你快乐！

你的 H. M. 九月二十三晚。

*　　*　　*

〔1〕 □□　原信作赤化。1926年夏，广东省立一中、二中学生中的右派组织“孙文主义学会”和“女权运动大同盟”，以两校校长陈蕃、黎樾庭是“赤化”分子为由，策动学生要求省教育厅撤换他们，经两校学生议决反对后，右派学生便到教育厅闹事。在省教育厅批准两校开除七名带头闹事者后，他们又盗用省、市学联名义，对教育厅进行攻击。

〔2〕 陈启修（1886—1960）　字惺农，四川中江人，曾任北京大学教授，当时任广州《民国日报》社长。

〔3〕 朱执信（1885—1920）　原名大符，浙江萧山人，民主革命家。1920年秋赴广东策划桂系军队反正，9月21日在虎门被杀害。

〔4〕 于树德（1894—1982）　字永滋，河北静海（今属天津）人。早年参加辛亥革命，1922年加入共产党，曾任国民党中央委员，北京执行部常务委员，时任黄埔军校政治教官。在这次会上他作了关于三一八惨案和北京革命运动有关情况的讲演。

〔5〕 两次学生宣言　指北京女师大学生于1926年9月3日、8日分别发表的宣言。主要内容是反对北洋政府撤销女师大，揭露任可澄、林素园率领军警武装接收学校的暴行，呼吁全国各界声援。（据1926年9月4日、8日《世界日报》）

〔6〕 岂明　即周作人（1885—1967），浙江绍兴人，鲁迅的二弟。早年留学日本，曾任北京大学、北京女子师范大学教授，语丝社成员之一。抗日战争时期出任日伪华北政务委员会教育总署督办。祖正，即徐祖正（1895—1978），字耀辰，江苏昆山人，早年留学日本，曾任北京大学、北京女子师范大学教授。周作人在《语丝》第九十六期（1926年9

月 11 日)发表的《女师大的命运》一文,其中述及徐祖正被林素园“当面诬为赤化”的经过:“(一九二六年)八月(按应为九月)四日上午,北京女子师范大学因为续招新生,开考试委员会,我也出席,议事完了,正要分散的时候,忽然说女子学院的学长林素园来了。……我因与林君略略相识,便约了一位徐君(按指徐祖正)前去招待。略谈几句,林君就露出不逊的态度来,徐君……劝他注意,末后渐近争论,徐君便说我教训你不要如此。说时迟,那时快,林君勃然大怒,厉声疾呼曰:‘你是共产党!抓,抓,抓!’我那时真有点不大敢相信自己的耳朵了。……尔时警察既未即进‘抓’徐君,徐君乃乘间力请于林君,要求宣示证据,经了同来的两个人的好些奇妙的辩解,如‘共产党并没有什么要紧’之类,林君终乃道谢,云系误会,于是此事遂告一结束。”

四八

广平兄:

廿七日寄上一信,收到了没有?今天是我在等你的信了,据我想,你于廿一二大约该有一封信发出,昨天或今天要到的,然而竟还没有到,所以我等着。

我所辞的兼职(研究教授),终于辞不掉,昨晚又将聘书送来了,据说林玉堂因此一晚睡不着。使玉堂睡不着,我想,这是对他不起的,所以只得收下,将辞意取消。玉堂对于国学院,不可谓不热心,但由我看来,希望不多,第一是没有人才,第二是校长有些掣肘(我觉得这样)。但我仍然做我该做的事,从昨天起,已开手编中国文学史讲义,今天编好了第一章。眠食都好,饭两浅碗,睡觉是可以有八或九小时。

从前天起，开始吃散拿吐瑾，只是白糖无法办理，这里的蚂蚁可怕极了，有一种小而红的，无处不到。我现在将糖放在碗里，将碗放在贮水的盘中，然而倘若偶然忘记，则顷刻之间，满碗都是小蚂蚁。点心也这样。这里的点心很好，而我近来却怕敢买了，买来之后，吃过几个，其余的竟无法安放，我住在四层楼上的时候，常将一包点心和蚂蚁一同抛到草地里去。

风也很利害，几乎天天发，较大的时候，令人疑心窗玻璃就要吹破；若在屋外，则走路倘不小心，也可以被吹倒的。现在就呼呼地吹着。我初到时，夜夜听到波声，现在不听见了，因为习惯了，再过几时，风声也会习惯的罢。

现在的天气，同我初来时差不多，须穿夏衣，用凉席，在太阳下行走，即遍身是汗。听说这样的天气，要继续到十月（阳历?）底。

L. S.〔1〕九月二十八日夜。

今天下午收到廿四发的来信了，我所料的并不错。但粤中学生情形如此，却真出我的“意表之外”，北京似乎还不至此。你自然只能照你来信所说的做，但看那些职务，不是忙得连一点闲空都没有了么？我想，做事自然是应该做的，但不要拚命地做才好。此地对于外面的情形，也不大了然，看今天的报章，登有上海电（但这些电报是什么来路，却不明），总结起来：武昌还未降，大约要攻击；南昌猛扑数次，未取得；孙传芳已出兵〔2〕；吴佩孚似乎在郑州〔3〕，现正与奉天方面暗争保定大名。

我之愿合同早满者，就是愿意年月过得快，快到民国十七年，可惜来此未及一月，却如过了一年了。其实此地对于我的身体，仿佛倒好，能吃能睡，便是证据，也许肥胖一点了罢。不过总有些无聊，有些不高兴，好像不能安居乐业似的，但我也以转瞬便是半年，一年，聊自排遣，或者开手编讲义，来排遣排遣，所以眠食是好的。我在这里的情形，就是如此，还可以无需帮助，你还是给学校办点事的好。

中秋的情形，前信说过了。谢君的事，〔4〕原已早向玉堂提过的，没有消息。听说这里喜欢用“外江佬”，理由是因为倘有不合，外江佬卷铺盖就走了，从此完事，本地人却永久在近旁，容易结怨云。这也是一种特别的哲学。谢君的令兄我想暂且不去访问他，否则，他须来招呼我，我又须去回谢他，反而多一番应酬也。

伏园今天接孟余〔5〕一电，招他往粤办报，他去否似尚未定。这电报是廿三发的，走了七天，同信一样慢，真奇。至于他所宣传的，大略是说：他家不但常有男学生，也常有女学生，但他是爱高的那一个的，因为她最有才气云云。平凡得很，正如伏园之人，不足多论也。

此地所请的教授，我和兼士之外，还有朱山根。这人是陈源之流，我是早知道的，现在一调查，则他所安排的羽翼，竟有七人之多，先前所谓不问外事，专一看书的舆论，乃是全都为其所骗。他已在开始排斥我，说我是“名士派”，可笑。好在我并不想在此挣帝王万世之业，不去管他了。

我到邮政代办处的路，大约有八十步，再加八十步，才到便所，所以我一天总要走过三四回，因为我须去小解，而它就在中途，只要伸首一窥，毫不费事。天一黑，就不到那里去了，就在楼下的草地上了事。此地的生活法，就是如此散漫，真是闻所未闻。我因为多住了几天，渐渐习惯，而且骂来了一些用具，又自买了一些用具，又自雇了一个用人，好得多了，近几天有几个初到的教员，被迎进在一间冷房里，口干则无水，要小便则须旅行，还在“茫茫若丧家之狗”哩。

听讲的学生倒多起来了，大概有许多是别科的。女生共五人。我决定目不邪视，而且将来永远如此，直到离开了厦门。嘴也不大乱吃，只吃了几回香蕉，自然比北京的好，但价亦不廉，此地有一所小店，我去买时，倘五个，那里的一位胖老婆子就要“吉格浑”（一角钱），倘是十个，便要“能（二）格浑”了。究竟是确要这许多呢，还是欺我是外江佬之故，我至今还不得而知。好在我的钱原是从厦门骗来的，拿出“吉格浑”“能格浑”去给厦门人，也不打紧。

我的功课现在有五小时了，只有两小时须编讲义，然而颇费事，因为文学史的范围太大了。我到此之后，从上海又买了一百元书。克士已有信来，说他已迁居，而与一个同事姓孙的同住，我想，这人是不好的，但他也不笨，或不至于上当。

要睡觉了，已是十二时，再谈罢。

迅。九月三十日之夜。

*　　　*　　　*

〔1〕 L. S.　“鲁迅”二字罗马字拼音的缩写。

〔2〕 孙传芳出兵　孙传芳，参看本书第112页注〔3〕。1926年9

月 21 日，孙传芳从南京赶赴九江，亲自督兵与北伐军在九江、德安、南昌一线作战。

〔3〕　吴佩孚（1874—1939）　字子玉，山东蓬莱人，北洋军阀直系首领之一。1926 年 9 月 16 日，北伐军攻克汉口、汉阳，他在 17 日逃至郑州，企图组织援军反攻。这时奉系军阀张作霖趁机向吴提出接防保定、大名的要求，为此两派之间进行明争暗斗。

〔4〕　谢君的事　指谢敦南托许广平请鲁迅为其兄谢德南（当时在家赋闲）在厦门大学谋职。

〔5〕　孟余　顾兆熊（1888—1972），字梦余，又作孟余，河北宛平（今属北京）人，曾任北京大学教授、教务长。1925 年 12 月任广东大学校长，1926 年 10 月任中山大学委员会副委员长。后任国民党中央执行委员会常务委员等职。

四九

MY DEAR TEACHER：

廿三晚写好的信，廿四早发出了。当日下午收到《彷徨》和《十二个》，包裹甚好，书一点没有损坏。但是两本书要寄费十分，岂非太不经济？

我一天的时间，能够给我自己支配的，只有晚上九时以后，我做自己的事——如写信，豫备教材——全得在这时候。此外也许有时有闲，但不一定。所以我写信时匆忙极了，许多应当写下来的事，也往往忘却，致使你因此挂心，这真是该打！忘记了什么呢？就是我光知道诉苦，说我住的是“碰壁”的房，可是现在已经改革了，东面的楼上住的一位附小的教员辞了职，校长教我搬去，我赶紧实行，于到校第二个星期六搬过来了。此楼方形，隔成田字，开间颇大，用具也不少。每间住一人，余三人为小学教员，胸襟一样狭窄，第一天即三人成众，给我听了不少讽刺话，我也颇气愤，但因不是在做学生了，总得将就一些，便忍耐下去，次早还要陪笑脸招呼，这真是做先生的苦处。现在她们有点客气了，然而实在热闹得可以，总是高朋满坐，即使只有三人，也还是大叫大嚷，没一时安静。更难堪的是有两位自带女仆婢子，日里做事，夜间就在她们房里搭床，连饭菜也由用人用煤油炉煮食，一小房便是一家庭，其污浊局促可想。所以我的房门口的过道，就成了女仆婢子们的殖民地，摆了桌子，吃饭，梳洗，桌下锅盆碗碟，堆积甚多，煞是好看。但我这方面总是竭力回避，关起门来，算是我的世界，好在一大块向南的都是窗，有新空气，不会病了。

这个学校，先前是师范和小学合在一处的，现在师范分到新校去了，但校舍还未造好，正在筹捐，所以师范教员和学生仍旧住在小学——即旧校里。今年暑假以后，算是大加革新了，分设教务，总务，训育于校长之下，而训育最繁琐，且须管理寄宿，此校学生曾起反对校长风潮，后虽平息，而常愤愤，每寻瑕伺隙，与办事人为难。我上课的第一天，学生就提出改在寝室内自修（原在教室，但灯暗……）的难题目给我做。现已给以附有条件的允许，于明日实行。但那么一来，学生散处各室，夜间查堂就更加困难了。对寝室负责的，我之外本来还有一舍监，现此人因常骂学生及仆人，大有非去不可之势，学校当局以为我闲空，要我兼任（但不加薪），我只答应暂兼数天，那时就将更加忙碌，因早晚舍监应做的如督率女仆，收拾寝室，厕所……也须归我管理也。

看你在厦大，学生少，又属草创，事多而趣少，如何是好？菜淡不能加盐么？胡椒多吃也不是办法，买罐头补助不好么？火腿总有地方买，不能做来吃么？万勿省钱为要！！！

广东水果现时有杨桃，五瓣，横断如星形，色黄绿，厦门可有么？

广东常有雨，但一止就可以出街，无雨则热甚，上课时汗流浃背的，蚊子大出，现在就一面写字，一面在喂它。蚂蚁也不亚于厦门，记得在"碰壁"的房里时，夜间睡眠中，臂膊还曾被其所咬；食物自然更易招致，即使挂起来，也能缘绳而至，须用水绕，始得平安。空气甚湿，衣物书籍，动辄发霉，讨厌极了。

我虽然忙，但《新女性》既转折的写了信来，似乎不好推却。不过我的作品太幼稚，你有什么方法鼓舞我，引导我，勿使我疏懒退缩不前么？

现在我事务虽然加多，但办得较前熟手了。八时教课，实则只要豫备四班教材，而都是从头讲起，班高的讲快，参考简单，班低讲慢，参考较多，互相资助，日来似觉稍为顺手。总之，到这里初做事，要做得好，即不能辞劳苦，宁可力竭而去，不欲懒散而存，所以我愿意努力工作，你以为何如？

有北京消息没有，学校近况如何？

祝你健康。

YOUR H. M. 九月二十八晚。

五〇

广平兄：

一日寄出一信并《莽原》两本，早到了罢。今天收到九月廿九的来信了，忽然于十分的邮票大发感慨，真是孩子气。花了十分，比寄失不是好得多么？我先前闻粤中学生情形，颇"出于意表之外"，今闻教员情形，又"出于意表之外"，我先前总以为广东学界状况，总该比别处好得多，现在看来，似乎也只是一种幻想。你初作事，要努力工作，我当然不能说什么，但也须兼顾自己，不要"鞠躬尽瘁"才好。至于作文，我怎样鼓舞，引导呢？我说，大胆做来，先寄给我，不够么？好否我先看，即使不好，现在太远，不能打手心，只得记帐，这就已可以放胆下笔，无须退缩的了，还要怎么样呢？

从信上推测起你的住室来，似乎比我的阔些，我用具寥寥，只有六件，皆从奋斗得来者也。但自从买了火酒灯之后，我也忙了一点，因为凡有饮用之水，我必煮沸一回才用，因为忙，无聊也仿佛减少了。酱油已买，也常吃罐头牛肉，何尝省钱!!! 火腿我却不想吃，在北京时吃怕了。在上海时，我和建人因为吃不多，便只叫了一碗炒饭，不料又惹出影响，至于不在先施公司多买东西，孩子之神经过敏，真令人无法可想。相距又远，鞭长不及马腹，也还是姑且记在帐上罢。

我在此常吃香蕉，柚子，都很好；至于杨桃，却没有见过，又不知道是甚么名字，所以也无从买起。鼓浪屿也许有罢，但我还未去过，那地方大约也不过像别处的租界，我也无甚趣味，终于懒下来了。此地雨倒不多，只有风，现在还热，可是荷叶却干了。一切花，我大抵不认识；羊是黑的。防止蚂蚁，我现也用四面围水之法，总算白糖已经安全，而在桌上，则昼夜总有十余匹爬着，拂去又来，没有法子。

我现在专取闭关主义，一切教职员，少与往来，也少说话。此地之学生似尚佳，清早便运动，晚亦常有；阅报室中也常有人。对我之感情似亦好，多说文科今年有生气了，我自省自己之懒惰，殊为内愧。小说史有成书，所以我对于编文学史讲义，不愿草率，现已有两章付印了，可惜本校藏书不多，编起来很不便。

北京信已有收到，家里是平安的，煤已买，每吨至二十元。学校还未开课，北大学生去缴学费，而当局不收，可谓客气，然则开学之毫无把握可知。女师大的事没有听到什么，单知道教员都换了男师大的，大概暂时当是研究系[1]势力。总之，环境如此，女师大是决不会单独弄好的。

上遂要搬家眷回南，自己行踪未定，我曾为之写信向天津学校设法，但恐亦无效。他也想赴广东，而无介绍。此地总无法想，玉堂也不能指挥如意，许多人的聘书，校长[2]压了多日才发下来。校长是尊孔的，对于我和兼士，倒还没有什么，但因为化了这许多钱，汲汲要有成效，如以好草喂牛，要挤些牛乳一般。玉堂盖亦窥知此隐，故不日要开展览会，除学校自买之泥人（古冢中土偶也）而外，还要将我的石刻拓片挂出。其实这些古董，此地人那里会要看，无非胡里胡涂，忙碌一番而已。

在这里好像刺戟少些，所以我颇能睡，但也做不出文章来，北京来催，只好不理。□□书店[3]想我有书给他印，我还没有；对于北新，则我还未将《华盖集续编》整理给他，因为没有工夫。长虹和这两店，闹起来了，因为要钱的事。沈钟社和创造社，也闹起来了，现已以文章口角[4]；创造社伙计内部，也闹起来了，已将柯仲平[5]逐出，原因我不知道。

迅。十，四，夜。

*　　*　　*

〔1〕 研究系　1916年袁世凯死后，在黎元洪任总统、段祺瑞任国务总理时期，围绕国会制宪问题，形成府、院之争，原进步党首领梁启超、汤化龙等组织"宪法研究会"，依附和支持段祺瑞，这个政客集团被称为"研究系"。

〔2〕 指林文庆(1869—1957)，字梦琴，福建海澄人，曾留学英国。1921年起任厦门大学校长，曾在马来亚华侨中发起组织孔教会并任会长。著有《孔教大纲》等。

〔3〕 □□书店　原信作开明书店，1926年8月在上海成立。

〔4〕 沉钟社和创造社口角　沉钟社，文学团体。1925年秋成立于北京，主要成员有林如稷、陈炜谟、陈翔鹤、杨晦、冯至等。创造社，文学团体，1921年6月成立于日本东京，在上海活动，主要成员有郭沫若、郁达夫、成仿吾等。1926年6月，《洪水》半月刊第二卷第十九期，登有《创造社出版部为〈沉钟〉半月刊启事》，声明因"事务浩繁"，原定由该部代印的《沉钟》半月刊，一时难以出版；同年8月，《沉钟》半月刊第一期也登有《〈沉钟〉半月刊为创造社出版部启事》，说明该刊第一、二期

交稿五月，而创造社出版部未能印行，故特改由北新书局出版。9月中，《洪水》第二卷第二十三、二十四合期又发表了周全平的《出版部的幸不幸二事》，针对《沉钟》的启事说："出版部成立不久，就有不少的友人来托我们帮他的刊物出版的忙"，但因资本不多，所以便"得罪了不少的友人"，"《沉钟》半月刊便是失望而归的一个"；接着《沉钟》第四期也发表陈炜谟的《"无聊事"——答创造社的周全平》，列举事实，辨明《沉钟》之委托创造社出版部代印，系先由周全平致函沉钟社社员愿意"帮助出版"，因此，"便同他接洽印半月刊"，"沉钟社并不曾'来托'创造社帮忙"等等。

〔5〕 柯仲平（1902—1964） 云南广南人，诗人。曾是狂飙社成员，参加过后期的创造社，当时在创造社出版部工作。

五一

MY DEAR TEACHER：

今早到办公室就看见你廿二日写给我的信了。现在是卅晚十时，我正从外面回校，因为今天是我一个堂兄〔1〕生了孩子的满月，在城隍庙内的酒店请客，人很多，菜颇精致，我回来后吃广东酒席，今天是第二次了。广东一桌翅席，只几样菜，就要二十多元，外加茶水，酒之类，所以平常请七八个客，叫七八样好菜，动不动就是四五十元。这种应酬上的消耗，实在利害，然而社会上习惯了，往往不能避免，真是恶习。

现时我于教课似乎熟习些，豫备也觉容易，但将上讲堂时，心中仍不免忐忑。训育一方，则千头万绪，学生又多方找事给我做，找难题给我处理，往往一波未平，一波又起，校务舍务，俱不能脱开。前信曾说过舍监要走的事，幸而现在已经打消了，我也省得来独力支持，专招怨骂了。

学校散漫而无基金，学生少，设备不全，当然是减少兴味的。但看北京的黑暗，一时不易光明，除非北伐军打入北京，或国民军再进都城，我们这路人，是避之则吉的。这样一想，现时我们所处的地方，就是避难桃源，其他不必苛求，只对自己随时善自料理就是了。

睡早而少吃茶烟，是出于自然还是强制？日间无聊，将何以写忧？

广东几乎无日无雨，天气潮湿，书物不易存储，出太阳则又热不可耐，讨厌之极。又此地不似外省随便，女人穿衣，两三月辄换一个尺寸花头，高低大小，千变万化，学生又好起人绰号，所以我带回来的衣服，都打算送给人穿，自己从新做过，不是名流，未能免俗，然私意总从俭朴省约着想，因我固非装饰家也。但此种恶习，也与酒席一样消耗得令人厌恶。

愿你将你的情形时时告我。祝你安心课业。

YOUR H. M. 九月卅晚十时半。

MY DEAR TEACHER：

现在我又给你写信了，卅日写了一纸，本待寄去，又想，或者就有来信，所以又等着，到现在，四天了，中间有礼拜六，日，明天也许有信到，但是我等不及了，恐怕你盼望，就先寄给你罢。

这数日来我的大事记——一日整天大雨，无屋不漏。但党政府定于这天叫人到党部领徽章(铜质,有五元,一元,四角三种)去卖,我就代表学校,前去领取,还有扑满,旗帜,标语,宣传印刷品等,要点数目,费了大半天工夫。二日除照常校务外,并将徽章按各班人数分配妥帖。三日星期,则上半天全化在将这些分给各班各组的事情上,神疲力尽,十一时始完。午餐后去看李表妹及陈君,他们正拟邀我往城北游玩,因一同出城,乡村风景,甚觉宜人,野外花园,殊有清趣,树木蔚为大观,食品较城市便宜,我们三人在北园饮茶吃炒粉,又吃鸡,菜,共饱二顿,而所费不过三元余,从午至暮,盘桓半日,始返陈宅。

今天四日晨,复与大家往第一公园一游,午后上街买书报,又回家一看,三时顷回校收学生售章回来之扑满,直至五时,还只数个,明天尚有事做也。当我回校时,桌上见有李之良〔2〕名片,她初到粤,人地生疏,又不懂话,因即于晚六时半往访,听了一点关于北京的情形。才知道我出京后,那边收不到我的信,但是谢君的弟弟却收到的,不知何故。你这里于北京消息不隔膜么?至于女师大,据李君说,则已由教育部直接用武装军警,强迫交代,学生被任可澄〔3〕林素园召集至礼堂训话,大家只有痛哭,当面要求三事,一全体教职员照旧,二学校独立,三经费独立,闻经一一应允,但至李君来时,已经教职员全去,只留学生云。

我事情仍甚忙,学生对我尚无恶感,可是应付得太费力了,处处要钩心斗角,心里不愿如此,而表面上不得不如此,我意姑且尽职一学期至阳历一月,如那时情形不佳,则惟有另图生活之一法了。

前两天学校将所收的学费分掉了，新教职员得薪水之三成，我收到五十九元四角。听说国庆日以前还可多发一点，然而从中减去了公债票，国库券，北伐慰劳捐等等，则所余亦属无几。总之，所谓主任也者，名目好听，事情繁，收入少，实在为难，不过学学经验，练练脾气，也是好的。从前是气冲牛斗的害马，现在变成童养媳一般，学生都是婆婆小姑，要看她们的脸色做事了。这样子，又那里会有自我的个性，本来的面目。然而回心一想，社会就是这样，我从前太任性了，现今正该多加磨练，以销尽我的锋铓，那时变成什么，请你监视我就是了。

你近况何如？对于程度较低的学生，倘用了过于深邃充实的教材，有时反而使他们难于吸收，更加不能了解：请你注意于这一层。

现已十一时，快夜半了，昨夜睡得不多，现倦甚，以后再谈罢。

祝你精神康适。

YOUR H. M. 十月四日晚十一时。

*　　*　　*

〔1〕 指许崇清（1887—1969），广东番禺人，当时任广东省政府委员兼教育厅长。

〔2〕 李之良　一作李知良，江苏泗阳人，曾在北京女子师范大学史学系学习，与许广平同学。

〔3〕 任可澄(1877—1946) 字志清,贵州普定(今安顺)人,1926年6月任北洋政府教育总长。参看本书第120页注〔4〕。

五二

迅师:

六日收到您九月廿七的信及杂志一束,廿二的信亦已收到。我除十八以前的信外,又有廿四,廿九,十月五日,及此信共四封,想也陆续寄到了。

厦大情形,闻之令人气短,后将何以为计,念念。广州办学,似乎还不至如此,你也有熟人如顾先生等,倘现时地位不好住,可愿意来此间一试否?郭沫若[1]做政治部长去了。广大改名中山大学[2],校长是戴季陶[3]。陈启修先生在此似乎不得意,有前往江西之说。

我在此处,校中琐事太多,一点自己的时间都没有,几乎可以说全然卖给它了。其价若干?你猜,今天领到九月份薪水,名目是百八十元之四成五,实得小洋三十七元,此外有短期国库券二十元,须俟十一月廿六方能领取,又公债票十五元,则领款无期,还有学校建筑捐款九元(以薪金作比例),女师毕业生演剧为母校筹款,因为是主任,派购入场券一张五元,诸如此类,不胜其烦。而最讨厌的是整天对学生钩心斗角,不能推诚相与(学生视学校如敌人,此少数人把持所致),所以觉得实在没趣,但仍姑且努力,倘若还是没法办,那时再作他图罢。

本来你在厦门就令人觉得不合式，但是到了现在，你有什么方法呢？信的邮递又是那么不便，你的情形已经尽情地说出来了没有呢？

《语丝》九六上《女师大的命运》那篇，岂明先生说："经过一次解散而去的师生有福了，"那么，你我不是有福的么？大可以自慰了。

祝你精神。

YOUR H. M. 十月七晚十二时。

*　　*　　*

〔1〕 郭沫若(1892—1978) 四川乐山人，文学家，历史学家和社会活动家。早年从事新文化活动，为创造社主要发起人之一。1926 年 3 月至 6 月曾任广东大学文学院院长，7 月，随国民革命军北伐，任政治部副主任。

〔2〕 广大改名中山大学 1926 年 9 月，广东国民政府据廖仲恺生前的建议，下令将广东大学改名为中山大学。

〔3〕 戴季陶(1890—1949) 名传贤，号天仇，浙江吴兴人。早年参加同盟会，后任国民党中央执行委员会常委、国民党政府考试院院长等职。1926 年 10 月 14 日被任命为中山大学委员会委员长。

五三

广平兄：

十月四日得九月廿九日来信后，即于五日寄一信，想已收到了。人间的纠葛真多，兼士直到现在，未在应聘书上签名，前几天便拟于国学研究院成立会一开毕,便往北京去,因为那边也有许多事待他料理。玉堂大不以为然,而兼士却非去不可。我便从中调和,先令兼士在应聘书上签名,然后请假到北京去一趟,年内再来厦门一次,算是在此半年,兼士有些可以了,玉堂又坚执不允,非他在此整半年不可。我只好退开。过了两天,玉堂也可以了,大约也觉得除此更无别路了罢。现在此事只要经校长允许后,便要告一结束了。兼士大约十五左右动身,闻先将赴粤一看,再向上海。伏园恐怕也同行,至是否便即在粤,抑接洽之后,仍回厦门一次,则不得而知。孟余请他是办副刊,他已经答应了,但何时办起,则似未定。

据我想:兼士当初是未尝不豫备常在这里的,待到厦门一看,觉交通之不便,生活之无聊,就不免“归心如箭”了。这实在是无可奈何的事,教我如何劝得他。

这里的学校当局,虽出重资聘请教员,而未免视教员如变把戏者,要他空拳赤手,显出本领来。即如这回开展览会,我就吃苦不少。当开会之前,兼士要我的碑碣拓片去陈列,我答应了。但我只有一张小书桌和小方桌,不够用,只得摊在地上,伏着,一一选出。及至拿到会场去时,则除孙伏园自告奋勇,同去陈列之外,没有第二人帮忙,寻校役也寻不到,于是只得二人陈列,高处则须桌上放一椅子,由我站上去。弄至中途,白果又硬将孙伏园叫去了,因为他是“襄理”(玉堂的),有叫孙伏园去之权力。兼士看不过去,便自来帮我,他已喝了一点酒,这回跳上跳下,晚上就大吐了一通。襄理的位置,正如明朝的太监,可以倚靠权势,胡作非为,而受害的不是他,是学校。昨天因为白果对书记们下条子(上谕式的),下午同盟罢工了,后事不知如何。玉堂信用此人,可谓胡涂。我前回辞国学院研究教授而又中止者,因怕兼士与玉堂觉得为难也,现在看来,总非坚决辞去不可,人亦何苦因为别人计,而自轻自贱至此哉!

此地的生活也实在无聊,外省的教员,几乎无一人作长久之计,兼士之去,固无足怪。但我比兼士随便一些,又因为见玉堂的兄弟及太太,都很为我们的生活操心;学生对我尤好,只恐怕在此住不惯,有几个本地人,甚至于星期六不回家,豫备星期日我若往市上去玩,他们好同去作翻译。所以只要没有什么大下不去的事,我总想在此至少讲一年,否则,我也许早跑到广州或上海去了。(但还有几个很欢迎我的人,是要我首先开口攻击此地的社会等等,他们好跟着来开枪。)

今天是双十节[1],却使我欢喜非常,本校先行升旗礼,三呼万岁,于是有演说,运动,放鞭爆。北京的人,仿佛厌恶双十节似的,沉沉如死,此地这才像双十节。我因为听北京过年的鞭爆听厌了,对鞭爆有了恶感,这回才觉得却也好听。中午同学生上饭厅,吃了一碗不大可口的面(大半碗是豆芽菜);晚上是恳亲会,有音乐和电影,电影因为电力不足,不甚了然,但在此已视同宝贝了。教员太太将最新的衣服都穿上了,大约在这里,一年中另外也没有什么别的聚会了罢。

听说厦门市上今天也很热闹,商民都自动的地挂旗结彩庆贺,不像北京那样,听警察吩咐之后,才挂出一张污秽的五色旗来。此地的人民的思想,我看其实是"国民党的"的,并不怎样老旧。

自从我到此之后，寄给我的各种期刊很杂乱，忽有忽无。我有时想分寄给你，但不见得期期有，勿疑为邮局失落。好在这类东西，看过便罢，未必保存，完全与否亦无什么关系。

我来此已一月余，只做了两篇讲义，两篇稿子[2]给《莽原》；但能睡，身体似乎好些。今天听到一种传说，说孙传芳的主力兵已败，没有什么可用的了，不知确否。我想，一二天内该可以得到来信，但这信我明天要寄出了。

迅。十月十日。

* * *

〔1〕 双十节 1911年10月10日武昌起义（即辛亥革命）后，次年1月1日建立中华民国，9月28日南京临时参议院议决以10月10日为国庆纪念日，又称“双十节”。

〔2〕 两篇讲义 指《汉文学史纲要》中的《自文字至文章》及《书和诗》两篇。两篇稿子，指《从百草园到三味书屋》和《父亲的病》。后收入《朝花夕拾》。

五四

广平兄：

昨天刚寄出一封信，今天就收到你五日的来信了。你这封信，在船上足足躺了七天多，因为有一个北大学生[1]来此做编辑员的，就于五日从广州动身，船因避风，或行或止，直到今天才到,你的信大约就与他同船的。一封信的往返,往往要二十天,真是可叹。

我看你的职务太烦剧了,薪水又这么不可靠,衣服又须如此变化,你够用么?我想:一个人也许应该做点事,但也无须乎劳而无功。天天看学生的脸色办事,于人我都无益,这也就是所谓"敝精神于无用之地"[2],听说在广州寻事做并不难,你又何必一定要等到学期之末呢?忙自然不妨,但倘若连自己休息的时间都没有,那可是不值得的。

我的能睡,是出于自然的,此地虽然不乏琐事,但究竟没有北京的忙,即如校对等事,在这里就没有。酒是自己不想喝,我在北京,太高兴和太愤懑时就喝酒,这里虽然仍不免有小刺戟,然而不至于"太",所以可以无须喝了,况且我本来没有瘾。少吸烟卷,可不知道是怎么一回事,大约因为编讲义,只要调查,无须思索之故罢。但近几天可又多吸了一点,因为我连做了四篇《旧事重提》。这东西还有两篇便完,拟下月再做,从明天起,又要编讲义了。

兼士尚未动身,他连替他的人也还未弄妥,但因为急于回北京,听说不往广州了。孙伏园似乎还要去一趟。今天又得李逢吉[3]从大连来信,知道他往广州,但不知道他去作何事。

广东多雨,天气和厦门竟这么不同么?这里不下雨,不过天天有风,而风中很少灰尘,所以并不讨厌。我自从买了火酒灯以后,开水不生问题了,但饭菜总不见佳。从后天起,要换厨子了,然而大概总还是差不多的罢。

迅。十月十二夜。

八日的信，今天收到了；以前的九月廿四，廿九，十月五日的信，也都收到。看你收入和做事的比例，实在相距太远了。你不知能即另作他图否？我以为如此情形，努力也都是白费的。

"经过一次解散而去的"，自然要算有福，倘我们还在那里，一定比现在要气愤得多。至于我在这里的情形，我信中都已陆续说出，其实也等于卖身。除为了薪水之外，再没有别的什么，但我现在或者还可以暂时敷衍，再看情形。当初我也未尝不想起广州，后来一听情形，暂时不作此想了。你看陈惺农尚且站不住，何况我呢。

我在这里不大高兴的原因，首先是在周围多是语言无味的人物，令我觉得无聊。他们倘肯让我独自躲在房里看书，倒也罢了，偏又常常寻上门来，给我小刺戟。但也很有一班人当作宝贝看，和在北京的天天提心吊胆，要防危险的时候一比，平安得多，只要自己的心静一静，也未尝不可以暂时安住。但因为无人可谈，所以将牢骚都在信里对你发了。你不要以为我在这里苦得很，其实也不然的，身体大概比在北京还要好一点。

你收入这样少，够用么？我希望你通知我。

今天本地报上的消息很好，但自然不知道可确的，一，武昌已攻下；二，九江已取得；三，陈仪〔4〕（孙之师长）等通电主张和平；四，樊锺秀〔5〕已入开封，吴佩孚逃保定（一云郑州）。总而言之，即使要打折扣，情形很好总是真的。

迅。十月十五日夜。

*　　*　　*

〔1〕 指丁丁山(1901—1952),安徽和县人,北京大学研究所国学门毕业。当时任厦门大学国学院编辑。

〔2〕 “敝精神于无用之地” 语出宋代罗大经《鹤林玉露》卷九:“敝精神于无用矣”。

〔3〕 李逢吉 原信作李遇安,河北人,《莽原》、《语丝》的投稿者,1926 年 10 月在广州中山大学任职。

〔4〕 陈仪(1883—1950) 字公侠,浙江绍兴人,日本陆军士官学校炮兵科毕业。当时为孙传芳部浙江陆军第一师师长兼徐州镇守使。

〔5〕 樊钟秀(1888—1930) 河南宝丰人。原任直系军阀豫南司令,1923 年归附孙中山。据《申报》报道,1926 年 9 月,他率部配合北伐军在河南沿京汉线追击吴佩孚,18 日克信阳,同日,吴佩孚逃往郑州。

五五

迅师:

现时是双十节午后二点二十分,我刚带学生游行回来。今天国民政府一面庆贺革命军在武汉又推倒恶势力,一面提出口号,说这是革命事业的开始而非成功,所以群众的样子,并不趾高气扬,却带着多少战兢在内。而赴大会的民众,尤以各工会为多,南方的工人又大抵识字,深了然于一切,所以情形很好,这是大可慰悦的。所惜者今晨大雨,午后时雨时止,路极泥泞。大会场在东门外,名东校场之处,搭一演说台,而讲演者无传声筒,以致雨声,风声,人声,将演讲的声音压住,只见他口讲指划。更特别的是因为国庆，所以助兴的舞狮子和锣鼓，随处皆是；商家更燃放大爆竹，比较北京的只挂一张国旗，热闹多了（广东早已取消五色旗，用作国旗的是青天白日）。

学校因今天是星期，明天补假一日，我免去了教课三点钟。今晚有女师毕业生演剧助款为母校建筑，我或要去招呼学生。昨天已经去了一晚，演的是洪深编的《少奶奶的扇子》[1]。北京女师大恢复纪念时，陆秀珍他们也曾演过此戏，但男女角俱用女人，劳而无功，此处则为一种剧社组织，男女角各以性分任，无矫揉造作之弊，女角又大方，不羞涩而声音大，故较那一回为优。但开场太迟，仍然不守时刻（各机关亦如此），且闭幕后空堂太久，又未插入余兴，致使不耐久坐者往往先去，则其所短也。

这回于九日收到十月四日来信，但信内所说的“一日寄出一信并《莽原》两本”，却至今未见，不知何故。又来信云收到我九月廿九信，而未提廿四寄出的一封，恐回复之语，必在失去的一日信内，是否？如亦未收到，则是同时你失我一信，我失你一信二书了。

我的住室并不阔，纵五步横六步（平常步），桌椅是拿各处的破烂的凑合成功的。但最苦的是那邻人三户，总是叫嚣吵闹，倘或早睡（十时），即常被惊醒。我的脾气又是要静一点，这才能够豫备功课或写字的，而此处却大相反。如此看来，恐怕至多也只能敷衍一学期，现时我在想留意别的机会。

香蕉柚子都是不容易消化的食物，在北京，就有人不愿意你多吃，现在不妨事么？你对我讲的话，我大抵给些打击，不至于因此使你有秘而不宣的情形么？

防止蚂蚁还有一法，就是在放食物的周围，以石灰粉画一圈，即可避免。石灰又去湿，此法对于怕湿之物可采用。

看你四日的信，和廿七日那封信的刻不可耐的心情似乎有些不同了。这是真的，还是为防止我的神经过敏而发的呢？

一点泥人，一些石刻拓片，就可以开展览会么？好笑。

广东学校放假真多，本星期一补国庆假，星五重九，廿二日学校运动会，又要放假了。四年级师范生已将毕业，而初做几何，手工；豆工〔2〕折纸俱极草率。此处的学生颇轻视手工，缝纫，图画等，也许是受革命影响，人心浮动之故罢。

现在已是三点三十五分了，写了这几个字，其迟钝可想。但要说的都说了，如再记起，随后再写罢。

YOUR H. M. 双十节下午三时。

*　　　*　　　*

〔1〕 洪深（1894—1955） 字浅哉，江苏武进（今常州）人，戏剧家。《少奶奶的扇子》，是他根据英国作家王尔德《温德米尔夫人的扇子》改编的剧本，原载1924年《东方杂志》第二十一卷第二期。

〔2〕 豆工 旧时小学的手工科目，将黄豆泡软，用竹签串起来，仿造各种器具和建筑物等。

五六

广平兄：

今天（十六日）刚寄一信，下午就收到双十节的来信了。

寄我的信,是都收到的。我一日所寄的信,既然未到,那就恐怕已和《莽原》一同遗失。我也记不清那信里说的是什么了,由它去罢。

我的情形,并未因为怕你神经过敏而隐瞒,大约一受刺激,便心烦,事情过后,即平安些。可是本校情形实在太不见佳,朱山根之流已在国学院大占势力,□□(□□)[1]又要到这里来做法律系主任了,从此《现代评论》色彩,将弥漫厦大。在北京是国文系对抗着的,而这里的国学院却弄了一大批胡适之陈源之流,我觉得毫无希望。你想:兼士至于如此模胡,他请了一个朱山根,山根就荐三人,田难干[2],辛家本,田千顷,他收了;田千顷又荐两人,卢梅,黄梅[3],他又收了。这样,我们个体,自然被排斥。所以我现在很想至多在本学期之末,离开厦大。他们实在有永久在此之意,情形比北大还坏。

另外又有一班教员,在作两种运动:一,是要求永久聘书,没有年限的;一,是要求十年二十年后,由学校付给养老金终身。他们似乎要想在这里建立他们理想中的天国,用橡皮做成的。谚云"养儿防老",不料厦大也可以"防老"。

我在这里又有一事不自由,学生个个认得我了,记者之类亦有来访,或者希望我提倡白话,和旧社会闹一通;或者希望我编周刊,鼓吹本地新文艺;而玉堂他们又要我在《国学季刊》上做些"之乎者也",还有到学生周会去演说,我真没有这三头六臂。今天在本地报上载着一篇访我的记事,对于我的态度,以为"没有一点架子,也没有一点派头,也没有一点客气,衣服也随便,铺盖也随便,说话也不装腔作势……"觉得很出意料之外。这里的教员是外国博士很多,他们看惯了那俨然的模样的。

今天又得了朱家骅[4]君的电报,是给兼士玉堂和我的,说中山大学已改职(当是“委”字之误)员制,叫我们去指示一切。大概是议定学制罢。兼士急于回京,玉堂是不见得去的。我本来大可以借此走一遭,然而上课不到一月,便请假两三星期,又未免难于启口,所以十之九总是不能去了,这实是可惜,倘在年底,就好了。

无论怎么打击,我也不至于“秘而不宣”,而且也被打击而无怨。现在柚子是不吃已有四五天了,因为我觉得不大消化。香蕉却还吃,先前是一吃便要肚痛的,在这里却不,而对于便秘,反似有好处,所以想暂不停止它,而且每天至多也不过四五个。

一点泥人和一点拓片便开展览会,你以为可笑么?还有可笑的呢。田千顷并将他所照的照片陈列起来,几张古壁画的照片,还可以说是与“考古”相关,然而还有什么“牡丹花”,“夜的北京”,“北京的刮风”,“苇子”……。倘使我是主任,就非令撤去不可,但这里却没有一个人觉得可笑,可见在此也惟有田千顷们相宜。又国学院从商科借了一套历代古钱来,我一看,大半是假的,主张不陈列,没有通过。我说,那么,应该写作“古钱标本”。后来也不实行,听说是恐怕商科生气。后来的结果如何呢?结果是看这假古钱的人们最多。

这里的校长是尊孔的,上星期日他们请我到周会演说,[5]我仍说我的“少读中国书”主义,并且说学生应该做

“好事之徒”。他忽而大以为然，说陈嘉庚[6]也正是“好事之徒”，所以肯兴学，而不悟和他的尊孔冲突。这里就是如此胡里胡涂。

L. S. 十月十六日之夜。

*　　*　　*

〔1〕 □□（□□） 原信作周览（鲠生）。周鲠生（1889—1971），湖南长沙人，国际法学家。曾任北京大学政治系主任，当时受聘为厦门大学法律系主任，后未就职。

〔2〕 田难干 原信作陈乃乾，浙江海宁人，当时受聘为厦门大学国学院图书部干事兼国文系讲师，后未到任。

〔3〕 卢梅 原信作罗某。指罗常培（1899—1958），字莘田，北京人，语言学家。当时任厦门大学国文系讲师。黄梅，原信作黄某。指王肇鼎，江苏吴县人。当时任厦门大学国学院编辑兼陈列部事务员。

〔4〕 朱家骅（1893—1963） 字骝先，浙江吴兴人。早年留学德国，曾任北京大学教授。当时任广州中山大学委员会委员，主持校务。后任国民党政府教育部长、国民党中央组织部长等职。

〔5〕 据鲁迅日记，这次演说在1926年10月14日。星期日应为星期四。同年10月23日出版的《厦大周刊》第一六〇期曾记有讲词大要，“略谓世人对于好事之徒，每致不满，以为好事二字，一若有遇事生风之意，其实不然。我以为今之中国，却欲好事之徒之多，盖凡社会一切事物，惟其有好事之人，而后可以推陈出新，日渐发达。试观科仑布之探新大陆，南生之探北极、及各种科学家之种种新发明，其成绩何一非由好事而得来。……惟各人之思想境遇不同，我不敢劝人人皆为甚大之好事者，但小小之好事，则不妨一尝试之。譬如对于凡可遇见之事

物，小小匡正，小小改良便是，但虽此种小事，亦非平时常常留心不为功。万一不能，则吾人对于好事之徒，当不随俗而加以笑骂，尤其是对于失败之好事之徒云云”。按鲁迅此次演说中关于“少读中国书”部分，因与尊孔的校长见解相悖，故《厦大周刊》未载。

〔6〕 陈嘉庚(1874—1961) 福建集美(今属厦门)人，长期侨居新加坡，爱国华侨领袖。1912 年创办集美学校，1921 年创办厦门大学。

五七

MY DEAR TEACHER：

今日又是星四，又到我有机会写信的时候了。况且明天是重九，呆板的办公也得休息了。做学生时希望放假，做先生时更甚，尤其希望在教课钟点最多那一天。明天我没有课上。放假自然比不放好，但我总觉得不凑巧，倘是星六或星一，我就省去二三小时一天的豫备了，岂不更妙也哉！

南方重九可以登高，比北方热闹，厦门不知怎样，广东是这天旅行山上的人很多的。我因约了一位表姊，明天带我去买布做冬衣，大约不能玩了。说起冬衣，前几天这里雨且冷，不亚于北京的此时(甚言之耳，或不至如此)，我的衣服送往家里晒去了，无人送来，自己也无暇去取，就穿上四五层单衣裤，但竟因此伤风，九十两日演剧时，我陪学生去做招待及各项跳舞，回来两晚皆已十二点钟，也着了些冷。幸而有人告诉我一个秘方，就是用枸杞子燉猪肝吃，吃了两次，果然好了，现在更好了。

人多说：广东这时这样的冷，是料不到的。厦门有可以吹倒人的大风而不冷，仍须穿夏衣的么？那就比广东暖热了。

前信（十日写寄）不是说你一日寄来的信和书都没有收到么，但是一日的信，十二收到了，书则在学校的印刷物堆里，一位先生翻出来交还我的，大约到了好几天了，但我不知道在什么时候。总之，书和信都收到了。

这封信特别的“孩子气”十足，幸而我收到。“邪视”有什么要紧，惯常倒不是“邪视”，我想，许是冷不提防的一瞪罢！记得张竞生〔1〕之流发过一套伟论，说是人都提高程度，则对于一切，皆如鲜花美画一般，欣赏之，愿显示于众，而自然私有之念消，你何妨体验一下？

我虽然愿意努力工作，但对于有些事，总觉得能力不够，即如训育主任，要起草训育会章程，而这正如议宪法一样，参考虽有，合用则难，所以从回来至今，开过三次会议，召集十多人，而我的章程不行，至今还未组成会。现又另举四人为起草委员，只这一点，就可见我能力的薄弱了。此校发展难，自己感觉许多不便，想办好罢，也如你之在厦大一样。

此间报载北伐军于双十节攻下武昌，九江，南昌，则湖北江西全定了，再联合豫樊，与北之国民军成一直线，天下事即大有可为，此情想甚确。冯玉祥〔2〕在库伦亦发通电，正式加入国民政府，遵守总理遗嘱，实行三民主义了。闻闽战亦大顺利，不知确否？陈启修先生有不日往宜昌为政治部宣传主任之说，顾约孙来，不知是否代陈之缺，但陈是做社论的，孙如代他，即须多发政论，不能如向来副刊之以文艺为主也。

广东一小洋换十六枚（有时十五），好的香蕉，也不过一毛买五个，起了许多黑点的，则半个铜元就买到了。我常买香蕉吃，因为这里的新鲜而香，和运到北京者大异。闻福建人多善做肉松，你何妨买些试试呢。

学生感情好，自然增加兴致，处处培植些好的禾苗，以供给大众，接济大众罢，这在自己，也是一种精神上的愉快，不虚负此一行的。在南人中插入一个北人的你，而他们不但并不歧视，反而这样优待，这是多么令人“闻之喜而不寐”〔3〕呢。话虽如此，却不要因此又拚命工作，能自爱，才能爱人。

《新女性》上的文章，想下笔学做，但在现在，环境和时间都不容许，过几时写出再寄罢。

祝你有“聊”！

YOUR H. M. 十月十四日晚。

*　　*　　*

〔1〕 张竞生（1888—1970） 广东饶平人，早年留学法国，曾任北京大学教授。著有《美的人生观》、《美的社会组织法》等。1927年在上海开设美的书店，宣传性文化。

〔2〕 冯玉祥（1882—1948） 字焕章，安徽巢县人，原为直系将领，1924年改所部为国民军。1926年3月出国，同年9月回国后，曾在库伦（今称乌兰巴托）表示“此次回国誓必积极进行革命工作，最要紧的是把西北军赶快的与北伐军联系起来”（据1926年10月19日《向导周报》第一七六期）。9月18日他又在《回国宣言》中说：“现在我所努力的是奉行孙中山的遗嘱，进行国民革命，实行三民主义，所有国民党一、二两次全国代表大会宣言与决议案，全部接收，并促其实现。”（据1926年11月4日《向导周报》第一七七期）

〔3〕“闻之喜而不寐” 语出《孟子·告子(下)》:“吾闻之,喜而不寐。”

五八

广平兄:

伏园今天动身了。我于十八日寄你一信,恐怕就在邮局里一直躺到今天,将与伏园同船到粤罢。我前几天几乎也要同行,后来中止了。要同行的理由,小半自然也有些私心,但大部分却是为公,我以为中山大学既然需我们商议,应该帮点忙,而且厦大也太过于闭关自守,此后还应该与他大学往还。玉堂正病着,医生说三四天可好,我便去将此意说明,他亦深以为然,约定我先去,倘尚非他不可,我便打电报叫他,这时他病已好,可以坐船了。不料昨天又有了变化,他不但自己不说去,而且对于我的自去也翻了成议,说最好是向校长请假。教员请假,向来是归主任管理的,现在他这样说,明明是拿难题给我做。我想了一想,就中止了。此外还有一个原因,大概因为和南洋相距太近之故罢,此地实在太斤斤于银钱,“某人多少钱一月”等等的话,谈话中常听见;我们在此,当局者也日日希望我们从速做许多工作,发表许多成绩,像养牛之每日挤牛乳一般。某人每日薪水几元,大约是大家都念念不忘的。我一走,至少需两星期,有些人一定将以为我白白骗去了他们半月薪水,玉堂之不愿我旷课,或者就因为顾虑着这一节。我已收了三个月薪水,而上课才一月,自然不应该又请假,但倘计划远大，就不必拘拘于此，因为将来可以尽力之日正长。然而他们是眼光不远的，我也不作久远之想，所以我便不走，拟于本年中为他们作一篇季刊上的文章，到学术讲演会去讲演一次，又将我所辑的《古小说钩沈》献出，则学校可以觉得钱不白化，而我也可以来去自由了。至于研究教授，那自然不再去辞，因为即使辞掉，他们也仍要想法使你做别的工作，使收成与国文系教授之薪水相当的，还是任它拖着的好。

“现代评论”派的势力，在这里我看要膨涨起来，当局者的性质，也与此辈相合。理科也很忌文科，正与北大一样。闽南与闽北人之感情颇不洽，有几个学生极希望我走，但并非对我有恶意，乃是要学校倒楣。

这几天此地正在欢迎两位名人。一个是太虚和尚〔1〕到南普陀来讲经，于是佛化青年会〔2〕提议，拟令童子军捧鲜花，随太虚行踪而散之，以示“步步生莲花”之意。但此议竟未实行，否则和尚化为潘妃〔3〕，倒也有趣。一个是马寅初〔4〕博士到厦门来演说，所谓“北大同人”，正在发昏章第十一〔5〕，排班欢迎。我固然是“北大同人”之一，也非不知银行之可以发财，然而于“铜子换毛钱，毛钱换大洋”学说，实在没有什么趣味，所以都不加入，一切由它去罢。

二十日下午。

写了以上的信之后，躺下看书，听得打四点的下课钟了，便到邮政代办所去看，收得了十五日的来信。我那一日的信既已收到，那很好。邪视尚不敢，而况“瞪”乎？至于张先生的伟论，我也很佩服，我若作文，也许这样说的。但事实怕很难,我若有公之于众的东西,那是自己所不要的,否则不愿意。以己之心,度人之心,知道私有之念之消除,大约当在二十五世纪,所以决计从此不瞪了。

这里近三天凉起来了,可穿夹衫,据说到冬天,比现在冷得不多,但草却已有黄了的。学生方面,对我仍然很好;他们想出一种文艺刊物,已为之看稿,大抵尚幼稚,然而初学的人,也只能如此,或者下月要印出来。至于工作,我不至于拚命,我实在比先前懈得多了,时常闲着玩,不做事。

你不会起草章程,并不足为能力薄弱之证据。草章程是别一种本领,一须多看章程之类,二须有法律趣味,三须能顾到各种事件。我就最怕做这东西,或者也非你之所长罢。然而人又何必定须会做章程呢?即使会做,也不过一个"做章程者"而已。

据我想,伏园未必做政论,是办副刊。孟余们的意思,盖以为副刊的效力很大,所以想大大的干一下。上遂还是找不到事做,真是可叹,我不得已,已嘱伏园面托孟余去了。

北伐军得武昌,得南昌,都是确的。浙江确也独立〔6〕了,上海附近也许又要小战,建人又要逃难,此人也是命运注定,不大能够安逸的,但走几步便是租界,大概不要紧。

重九日这里放一天假,我本无功课,毫无好处;登高之事,则厦门似乎不举行。肉松我不要吃,不去查考了。我现在买来吃的,只是点心和香蕉,偶然也买罐头。

明天要寄你一包书,都是零零碎碎的期刊之类,历来积下,现在一总寄出了。内中的一本《域外小说集》,是北新书局新近寄来的，夏天你要，我托他们去买，回说北京没有，这回大约是碰见了，所以寄来的罢，但不大干净，也许是久不印，没有新书之故。现在你不教国文，已没有用，但他们既然寄来，也就一并寄上，自己不要，可以送人的。

我已将《华盖集续编》编好，昨天寄去付印了。

迅。二十日灯下。

*　　*　　*

〔1〕　太虚和尚(1889—1947)　俗名吕沛林，法名唯心，字太虚，浙江崇德(今并入桐乡)人。他主张革新佛教制度，被视为佛教新派代表人物、中国近代佛教奠基人。曾任中国佛教总会会长等职。

〔2〕　佛化青年会　全称闽南佛化青年会。

〔3〕　潘妃　名玉儿，南齐东昏侯的妃子。据《南史·齐本纪》：东昏侯“为潘妃起神仙、永寿、玉寿三殿，皆匝饰以金璧。……又凿金为莲华以帖地，令潘妃行其上，曰：‘此步步生莲华也’。”

〔4〕　马寅初(1882—1982)　浙江嵊县人，经济学家。美国哥伦比亚大学经济学博士，当时任北京大学教授。他在《中国币制问题》(载1924年《晨报六周年纪念增刊》)一文中曾谈到主币、辅币的换算问题。

〔5〕　发昏章第十一　见《水浒传》第二十六回：“西门庆被武松从狮子桥楼上扔下街心时，跌得‘发昏章第十一’。”

〔6〕　浙江独立　1926年10月15日孙传芳旧部、浙江省长夏超宣布浙省独立，次日就任国民革命军第十八军军长。孙传芳闻讯后，即将所属驻苏州、吴淞之七十六军各部，分别调集上海，夏超则将杭州保安队集中嘉兴，双方在上海附近对峙，形势紧张。

五九

MY DEAR TEACHER：

从清早在期望中收到你的信（十日写寄），我欢喜的读着，你的心情似乎也能稍安了，但不知是否骗人安心，所以这样说，而实则勉强栖息在不合意的地方。

兼士，伏园先生已动身来粤也未？如要翻译，我可以尽义务的。

广州国庆日也和北方不同，当日我也寄你一信说及，想当早已收到了。

中山大学停一学期，再整理开学，文科主任的郭，做官去了，将来什么人来此教授，现尚未定。你如有意来粤就事，则你在这里的熟人颇不少，现在正是可以设法的时候，但这自然是现在的事万难再做下去的话。

昨星期日的上午及晚上，今晚，偷空凑了一篇文章[1]寄上，可以过得去就转寄上海，否则尽可作废。

我校的舍监自行辞职，跑到政府里做女书记官去了。一时请不着人，就要我兼尽义务。明天她去到任，据说暂时还在这里帮助，等聘着人再去，不知确否。

我自己在这里也没有好坏可说，各班主任多不一致，对于训育，甚无进展，而且没空闲，机心[2]甚令人厌，倘有机会，不惜舍而之他也。

现甚困倦，如再有话，下次续写。

YOUR H. M. 十月十八晚。

* * *

〔1〕 指《新广东的新女性》一文，署名景宋，载上海《新女性》第十二号（1927年1月）。

〔2〕 机心 《庄子·天地》："有机事者，必有机心。"

六〇

广平兄：

我今天上午刚发一信，内中说到厦门佛化青年会欢迎太虚的笑话，不料下午便接到请柬，是南普陀寺和闽南佛学院公宴太虚，并邀我作陪，自然也还有别的人。我决计不去，而本校的职员硬要我去，说否则他们将以为本校看不起他们。个人的行动，会涉及全校，真是窘极了，我只得去。罗庸[1]说太虚"如初日芙蓉"，我实在看不出这样，只是平平常常。入席，他们要我与太虚并排上坐，我终于推掉，将一位哲学教员[2]供上完事。太虚倒并不专讲佛事，常论世俗事情，而作陪之教员们，偏好问他佛法，什么"唯识"呀，"涅槃"[3]哪，真是其愚不可及，此所以只配作陪也欤。其时又有乡下女人来看，结果是跪下大磕其头，得意之状可掬而去。

这样，总算白吃了一餐素斋。这里的酒席，是先上甜菜，中间咸菜，末后又上一碗甜菜，这就完了，并无饭及稀饭。我吃了几回,都是如此。听说这是厦门的特别习惯,福州即不然。

散后,一个教员和我谈起,知道有几个这回同来的人物之排斥我,渐渐显著了,因为从他们的语气里,他已经听得出来,而且他们似乎还同他去联络。他于是叹息说:“玉堂敌人颇多,但对于国学院不敢下手者,只因为兼士和你两人在此也。兼士去而你在,尚可支持,倘你亦走,敌人即无所顾忌,玉堂的国学院就要开始动摇了。玉堂一失败,他们也站不住了。而他们一面排斥你,一面又个个接家眷,准备作长久之计,真是胡涂”云云。我看这是确的,这学校,就如一部《三国志演义》,你枪我剑,好看煞人。北京的学界在都市中挤轧,这里是在小岛上挤轧,地点虽异,挤轧则同。但国学院内部的排挤现象,外敌却还未知道(他们误以为那些人们倒是兼士和我的小卒,我们是给他们来打地盘的),将来一知道,就要乐不可支。我于这里毫无留恋,吃苦的还是玉堂,但我和玉堂的交情,还不到可以向他说明这些事情的程度,即使说了,他是否相信,也难说的。我所以只好一声不响,自做我的事,他们想攻倒我,一时也很难,我在这里到年底或明年,看我自己的高兴。至于玉堂,我大概是爱莫能助的了。

二十一日灯下。

十九的信和文稿,都收到了。文是可以用的,据我看来。但其中的句法有不妥处,这是小姐们的普通病,其病根在于粗心,写完之后,大约自己也未必再看一遍。过一两天,改正了寄去罢。

兼士拟于廿七日动身向沪,不赴粤;伏园却已走了,打听陈惺农，该可以知道他的住址。但我以为他是用不着翻译的，他似认真非认真，似油滑非油滑，模模胡胡的走来走去，永远不会遇到所谓“为难”。然而行旌所过，却往往会留一点长远的小麻烦来给别人打扫。我不是雇了一个工人么？他却给这工人的朋友绍介，去包什么“陈源之徒”的饭，我教他不要多事，也不听。现在是“陈源之徒”常常对我骂饭菜坏，好像我是厨子头，工人则因为帮他朋友，我的事不大来做了。我总算出了十二块钱给他们雇了一个厨子的帮工，还要听埋怨。今天听说他们要不包了，真是感激之至。

上遂的事，除嘱那该打的伏园面达外，昨天又同兼士合写了一封信给孟余他们，可做的事已做，且听下回分解罢。至于我的别处的位置，可从缓议，因为我在此虽无久留之心，但目前也还没有决去之必要，所以倒非常从容。既无“患得患失”的念头，心情也自然安泰，决非欲“骗人安心，所以这样说”的：切祈明鉴为幸。

理科诸公之攻击国学院，这几天也已经开始了，因国学院房屋未造，借用生物学院屋，所以他们的第一着是讨还房子。此事和我辈毫不相关，就含笑而旁观之，看一大堆泥人儿搬在露天之下，风吹雨打，倒也有趣。此校大约颇与南开[4]相像，而有些教授，则惟校长之喜怒是伺，妒别科之出风头，中伤挑眼，无所不至，妾妇之道也。我以北京为污浊，乃至厦门，现在想来，可谓妄想，大沟不干净，小沟就干净么？此胜于彼者，惟不欠薪水而已。然而“校主”一怒，亦立刻可以关门也。

我所住的这么一所大洋楼上，到夜，就只住着三个人：一张颐教授，一伏园，一即我。张因不便，住到他朋友那里去了，伏园又已走，所以现在就只有我一人。但我却可以静观默想，所以精神上倒并不感到寂寞。年假之期又已近来，于是就比先前沉静了。我自己计算，到此刚五十天，而恰如过了半年。但这不只我，兼士们也这样说，则生活之单调可知。

我新近想到了一句话，可以形容这学校的，是“硬将一排洋房，摆在荒岛的海边上”。然而虽是这样的地方，人物却各式俱有，正如一滴水，用显微镜看，也是一个大世界。其中有一班“妾妇”们，上面已经说过了。还有希望得爱，以九元一盒的糖果恭送女教员的老外国教授；有和著名的美人结婚，三月复离的青年教授；有以异性为玩艺儿，每年一定和一个人往来，先引之而终拒之的密斯先生；有打听糖果所在，群往吃之的无耻之徒……。世事大概差不多，地的繁华和荒僻，人的多少，都没有多大关系。

浙江独立，是确的了；今天听说陈仪的兵已与卢永祥[5]开仗，那么，陈在徐州也独立了，但究竟确否，却不能知。闽边的消息倒少听见，似乎周荫人[6]是必倒的，而民军则已到漳州。

长虹又在和韦漱园吵闹了[7]，在上海出版的《狂飙》上大骂，又登了一封给我的信，要我说几句话。这真是吃得闲空，然而我却不愿意奉陪了，这几年来，生命耗去不少，也陪得够了，所以决计置之不理。况且闹的原因，据说是为了《莽原》不登向培良的剧本，但培良和漱园在北京发生纠葛，而要在上海的长虹破口大骂，还要在厦门的我出来说话，办法真是离奇得很。我那里知道其中的底细曲折呢。

此地天气凉起来了，可穿夹衣。明天是星期，夜间大约要看影戏，是林肯[8]一生的故事。大家集资招来的，需六十元，我出一元，可坐特别席。林肯之类的故事，我是不大要看的，但在这里，能有好的影片看吗？大家所知道而以为好看的，至多也不过是林肯的一生之类罢了。

这信将于明天寄出，开学以后，邮政代办所在星期日也办公半日了。

L. S.　十月二十三日灯下。

*　　　*　　　*

〔1〕　罗庸（1900—1950）　字膺中，江苏江都人，1922 年北京大学研究所国学门毕业，当时任北京大学讲师，并在女师大兼课。1925 年曾从太虚游，为太虚和尚整理过一些讲经录。

〔2〕　指陈定谟，参看本书第 124 页注〔7〕。

〔3〕　“唯识”　佛家语。“识”指一种神秘的精神本体。佛教唯识宗认为世界的本源是“阿赖耶识”，世界万有是“唯识所变”（《成唯识论》）。太虚著有《法相唯识学》。涅槃，佛家语，梵文 Nirvāna 的音译，意为寂灭、解脱等，指佛和高僧的死亡，也叫圆寂；后来引申作死的意思。

〔4〕　南开　指天津南开大学。当时该校校长张伯苓实行家长式治校。

〔5〕　卢永祥　原信作卢香亭。卢香亭，河北河间人，曾任直系军阀孙传芳部陆军第二师师长、浙江总司令。陈仪于 1926 年 10 月下旬从徐州回师浙江，能与接战的应是卢香亭部。卢部不久即被国民革命军第六军歼灭。卢永祥（1867—1933），山东济阳人，北洋皖系军阀，曾任浙江军务督办等职。此时他已脱离军政界。

〔6〕 周荫人(1884—?) 河北武强人,当时任福建省军务督办。1926年10月北伐军分三路进攻福建,他于12月率残部逃往浙江。

〔7〕 长虹和素园吵闹 高长虹在《狂飙》周刊第二期(1926年10月17日)发表致韦素园和鲁迅的《通讯》二则,指责韦素园所编《莽原》不刊登向培良的剧本《冬天》,并要鲁迅表态:"你如愿意说话时,我也想听一听你的意见。"《狂飙》,周刊,高长虹主编,1926年10月10日在上海创刊,次年1月30日出至第十七期停刊。

〔8〕 林肯(A. Lincoln,1809—1865) 美国政治家。主张维护联邦统一,逐步废除奴隶制度。1861年他就任总统后,南方各州相继宣布脱离联邦,爆发内战。1862年他颁布《宅第法》和《解放黑奴宣言》,使战争成为群众性的革命斗争,终于战胜了南方奴隶主势力。战争结束后即遇刺身亡。

六一

MY DEAR TEACHER:

现时是十点半,是我自己的时间了。我总觉得好久没有消息似的,总是盼望着,其实查了一查,是十八才收过信,隔现在不过三天。

舍监十九辞职了,由我代她兼任,已经三天,白天查寝室清洁,晚上查自习,七时至九时走三角点位置的楼上楼下共八室,走东则西不复自习,走西而南又不复自习。每走一次,稍耽搁即半小时,走三四次,即成了学生自习的时间,就是我在兜圈子的时间。至十时后,她们熄灯全都睡觉了,我才得回房,然而还要豫备些教课。现在虽在寻觅适当的人,但是很不易，因为初师毕业者，学生以其资格相等，不佩服，而专门以上毕业的人，则又因舍监事烦而薪水少，不肯来了。

这回回粤，家里有几个妇孺，帮忙是谊不容辞的，不料有些没有什么关系的女人们，也跑到学校里来，硬要借钱，缠绕不已，真教人苦恼极了。我磨命磨到寝食不安，折扣下来，所得有限，而她们硬当我发了大财，每月是二三百的进款。我的欠薪，恐怕要到明年底，才能慢慢地派回一点，但看目前内外交迫的情形，则即使只维持到阳历一月，我的身体也许就支持不住的。

MY DEAR TEACHER！人是那么苦，总没有比较的满意之处，自然，我也知道乐园是在天上，人间总不免辛苦的，然而我们的境遇，像你到厦，我到粤的经历，实在也太使人觉得寒心。人固应该在荆棘丛中寻坦途，但荆棘的数量也真多，竟生得永没有一些空隙。

今晚又是星期四，初拟写信，后想等一两天，得了来信再写，后又因为受了一点刺激，就提起笔来向你发牢骚了，过一会就会心平气和的，勿念。

十九日收到十二寄的《语丝》九九期。这日我寄出一信，并文稿，想已到。

YOUR H. M. 十月廿一晚十一时十分。

MY DEAR TEACHER：

我昨晚写了一张信，也在盼着来信，觉得今天大概可以得到的，早上到办公处，果然看见桌上有你的信在，我欢喜的读了。现在是晚饭前的五时余，我的饭还未开来，就又打开你的信，将要说的话写在这下面——

职务实在棘手，我自然在设法的，但聘书上写着一学期，只好勉强做。而且我的训育，颇关紧要，如无结果而去，也未免太不像样，所以只得做，做得不好再说。今日学校约定了一个暂代舍监的人，她的使命是为党工作，对于舍务不大负责，每星期有三四天不住校，约是短期的，至多一学期，少则一二月。那么，我还是忙，不过较现在可以较好。但她要十一月初才能到校，所以现在仍是我独当其冲，每晚要十点多后，才能豫备功课或做私事。而近来又新添了一件事，就是徐谦[1]提议改良司法男女平等后，广州的各界妇女联合会推举我校校长为代表，并推八个团体为修改法律委员会，我校也即其一。我是管公共事业的，所以明天开会，令我出席，后天星期还开会，大约也是我去，你看连星期日也没得空。但有什么法呢，我是训育主任，因此就要使我变把戏，而且得像孙悟空一样，摇身一变，化为七十二个，才够应付。

用度自然量入为出，不够也不至于，我没有开口，你不要用对少爷们的方法对付我，因为我手头愈宽，应付环境就愈困难，你晓得么？我甚悔不到汕头去教书，却到这里来，否则，恐怕要清静得多。

伏园逢吉来，如要我招呼，不妨通知他们一声，但我的忙碌，也请豫先告诉。

中山大学（旧广大）全行停学改办，委员长是戴季陶，副顾孟余，此外是徐谦，朱家骅，丁维汾[2]。我不明白内中的情形，所以改办后能否有希望，现时也不敢说，但倘有人邀你的话，我想你也不妨试一试，从新建造，未必不佳。我看你在那里实在勉强。

我昨晚写的信，也是向你发牢骚的，本想不寄，但也是一时的心情，所以仍给你看一看。然而我现在颇高兴了，今天寻得了舍监。虽然要十一月一日才来，但我盼望那时能够合起来将学校整顿一下，我然后再走，也不枉我这次来校一行。现在要吃饭了。这封信是分两次写的。不久就要去查自习，以及豫备教课（明天我有两小时），下次再说罢。

YOUR H. M. 十月廿二日下午六时。

* * *

〔1〕 徐谦（1871—1940） 字季龙，安徽歙县人，当时任国民党中央执行委员、广州国民政府委员兼司法部长、中山大学委员会委员等职。1926年10月，他在国民党中央及省党部执委会联席会议上作了关于改良司法、男女平等等项提案报告，得到各界人士的响应。

〔2〕 丁维汾（1874—1954） 应为丁惟汾，字鼎丞，山东日照人。曾留学日本，当时任国民党中央执行委员兼青年部长、中山大学委员会委员等职。后任国民党中执委常委、中央政治会委员。

六二

广平兄：

廿三日得十九日信及文稿后，廿四日即发一信，想已到。

廿二日寄来的信,昨天收到了。闽粤间往来的船,当有许多艘,而邮递信件,似乎被一个公司所包办,惟它的船才带信,所以一星期只有两回,上海也如此。我疑心这公司是太古[1]。

我不得同意,不见得用对付少爷们之法,请放心。但据我想,自己是恐怕决不开口的,真是无法可想。这样食少事烦的生活,怎么持久?但既然决心做一学期,又有人来帮忙,做做也好,不过万不要拚命。人固然应该办“公”,然而总须大家都办,倘人们偷懒,而只有几个人拚命,未免太不“公”了,就该适可而止,可以省下的路少走几趟,可以不管的事少做几件,自己也是国民之一,应该爱惜的,谁也没有要求独独几个人应该做得劳苦而死的权利。

我这几年来,常想给别人出一点力,所以在北京时,拚命地做,忘记吃饭,减少睡眠,吃了药来编辑,校对,作文。谁料结出来的,都是苦果子。有些人就将我做广告来自利,不必说了;便是小小的《莽原》,我一走也就闹架。长虹因为社里压下(压下而已)了投稿,和我理论,而社里则时时来信,说没有稿子,催我作文。我实在有些愤愤了,拟至二十四期止,便将《莽原》停刊,没有了刊物,看大家还争持些什么。

我早已有些想到过,你这次出去做事,会有许多莫名其妙的人们来访问你的,或者自称革命家,或者自称文学家,不但访问,还要要求帮忙。我想,你是会去帮的,然而帮忙之后,他们还要大不满足,而且怨恨,因为他们以为你收入甚多,这一点即等于不帮,你说竭力的帮了,乃是你吝啬的谎话。将来或有些失败,便都一哄而散,甚者还要下石,即将访问你时所见的态度，衣饰，住处等等，作为攻击之资，这是对于先前的吝啬的罚。这种情形，我都曾一一尝过了，现在你大约也正要开始尝着这况味。这很使人苦恼，不平，但尝尝也好，因为知道世事就可以更加真切了。但这状态是永续不得的，经验若干时之后，便须恍然大悟，斩钉截铁地将他们撇开，否则，即使将自己全部牺牲了，他们也仍不满足，而且仍不能得救。其实呢，就是你现在见得可怜的所谓"妇孺"，恐怕也不在这例外。

以上是午饭前写的。现在是四点钟，今天没有事了。兼士昨天已走，早上来别。伏园已有信来，云船上大吐（他上船之前喝了酒，活该！），现寓长堤的广泰来客店，大概我信到时，他也许已走了。浙江独立已失败，那时外面的报上虽然说得热闹，但我看见浙江本地报，却很吞吐其词，好像独立之初，本就灰色似的，并不如外间所传的轰轰烈烈。福建事也难明真相，有一种报上说周荫人已为乡团所杀，我看也未必真。

这里可穿夹衣，晚上或者可加棉坎肩，但近几天又无需了。今天下雨，也并不凉。我自从雇了一个工人之后，比较的便当得多。至于工作，其实也并不多，闲工夫尽有，但我总不做什么事，拿本无聊的书玩玩的时候多，倘连编三四点钟讲义，便觉影响于睡眠，不容易睡着，所以我讲义也编得很慢，而且遇有来催我做文章的，大抵置之不理，做事没有上半年那么急进了，这似乎是退步，但从别一面看，倒是进步也难说。

楼下的后面有一片花圃，用有刺的铁丝拦着，我因为要看它有怎样的拦阻力，前几天跳了一回试试。跳出了，但那刺果然有效，给了我两个小伤，一股上，一膝旁，可是并不深，至多不过一分。这是下午的事，晚上就全愈了，一点没有什么。恐怕这事会招到诰诫，但这是因为知道没有什么危险，所以试试的，倘觉可虑，就很谨慎。例如，这里颇多小蛇，常见被打死着，颚部多不膨大，大抵是没有什么毒的，但到天暗，我便不到草地上走，连夜间小解也不下楼去了，就用磁的唾壶装着，看夜半无人时，即从窗口泼下去。这虽然近于无赖，但学校的设备如此不完全，我也只得如此。

玉堂病已好了。白果已往北京去接家眷，他大概决计要在这里安身立命。我身体是好的，不喝酒，胃口亦佳，心绪比先前较安帖。

迅。十月二十八日。

*　　*　　*

〔1〕　太古　指太古兴记轮船公司，英商太古洋行在中国经营的航运垄断组织。1920年和1924年，该公司曾两次与北洋政府邮政当局签立合约，承包寄往厦门、广州、香港直至马尼拉、英国等处的邮件。

六三

MY DEAR TEACHER：

昨廿二晚写一信，或者与此信同到，亦未可知。

今早到办事处，见你十九寄来的信；一日所寄的信及《莽原》，已随后收到，前信说及了。

这里既电邀你,你何妨来看一看呢。广大(中大)现系从新开始[1],自然比较的有希望,教员大抵新聘,学生也加甄别,开学在下学期,现在是着手筹备。我想,如果再有电邀,你可以来筹备几天,再回厦门教完这半年,待这里开学时再来。广州情形虽云复杂,但思想言论,较为自由,“现代”派这里是立不住的,所以正不妨来一下。否则,下半年到那去呢?上海虽则可去,北京也可去,但又何必独不赴广东?这未免太傻气了。

我读了你这封信后,我以为最要紧的是上面的那些话,此外也一时想不起要说什么来。总之,你可打听清楚,倘可以抽出一点工夫,即不妨来参观一趟,将来可做则做,要不然,明年不来就是了。我所说我的困难情形,是我那女师所特有的,别的地方却不如此。

我写这信,是从新校办公处跑回旧校寝室写的,现在急于去办事,就此搁笔了。

YOUR H. M. 十月廿三上午九时。

我这信,也因希望你来,故说得天花乱坠,一切由你洞鉴可矣。

*　　*　　*

〔1〕 广大从新开始　即广东大学改名中山大学。1926年10月,广东国民政府公布训令:“中山大学为中央最高学府,……责成委员会努力前途,彻底改革。一切规章制度重新厘定,先行停课,切实建设,以下学期为新规之始业。全体学生一律复试,分别去取。所有教职亦一律停职另任。”新成立的中山大学据此进行整顿。(1926年11月《国立

中山大学校报》第一期)

六四

广平兄:

前日(廿七)得廿二日的来信后,写一回信,今天上午自己送到邮局去,刚投入邮箱,局员便将二十三发的快信交给我了。这两封信是同船来的,论理本该先收到快信,但说起来实在可笑,这里的情形是异乎寻常的。普通信件,一到就放在玻璃箱内,我们倒早看见;至于挂号的呢,则秘而不宣,一个局员躲在房里,一封一封上帐,又写通知单,叫人带印章去取。这通知单也并不送来,仍然供在玻璃箱里,等你自己走过看见。快信也同样办理,所以凡挂号信和"快"信,一定比普通信收到得迟。

我暂不赴粤的情形,记得又在二十一日的信里说过了。现在伏园已有信来,并未有非我即去不可之概;开学既然在明年三月,则年底去也还不迟。我固然很愿意现在就走一趟,但事实的牵扯也实在太利害,就是:走开三礼拜后,所任的事搁下太多,倘此后一一补做,则工作太重,倘不补,就有占了便宜的嫌疑。假如长在这里,自然可以慢慢地补做,不成问题,但我又并不作长久之计,而况还有玉堂的苦处呢。

至于我下半年那里去,那是不成问题的。上海,北京,我都不去,倘无别处可走,就仍在这里混半年。现在去留,专在我自己,外界的鬼祟,一时还攻我不倒。我很想尝尝杨桃,其所以熬着者，为己，只有一个经济问题，为人，就只怕我一走，玉堂立刻要被攻击，因此有些彷徨。一个人就能为这样的小问题所牵掣，实在可叹。

才发信，没有什么事了，再谈罢。

迅。十，二九。

六五

MY DEAR TEACHER：

十九，廿二，及廿三的快信，你都收到了罢？

今早（廿七）到办事处，收到你廿一寄来的信及十月六日寄的书一束，内有第三，四期的《沈钟》各一，又《荆棘》一本，[1]这些书要隔二十天才到，真也奇怪。

廿四星期日，我到陈先生[2]寓里去访李之良，见长胡子的伏园在坐，听说是廿三就到这里，而你廿日的信则廿七才到，但十八的信，却确是"与伏园同船到粤"，廿三收到的。我当日即复一快信，是告诉你不妨来助中大一臂之力。现在我又陆续听说，这回的改组，确是意在革新，旧派已在那里抱怨，当局还决计多聘新教授，关于这一层，我希望你们来，否则，郭沫若做官去了，你们又不来，这里急不暇择，文科真不知道会请些什么人物。对于"现代"派，这里并没有人注意到，只知道攻击国家主义的周刊《醒狮》[3]，而不知变相的《醒狮》，随处皆是。

玉堂先生一定也有他的为难之处，自己新办的国学院，内部先弄到这样子，而且从校长这方面，也许会给他听些难受的话，他自然迟疑不决了。至于计较金钱，那恐怕是普遍的现象，即如我在这里，虽然每月实收不过数十元，但人们是替我记着表面上的数目的，办事稍不竭力，难免得到指摘。

你要寄我“一包零零碎碎的期刊之类”的书，现在收到的只有三本，想是另外还有一包，此时未到，或者不至于寄失，待收到后，再行告知。

昨日（廿六）为援助韩国独立〔4〕及万县惨案〔5〕，我校放假一日，到中大去开会。中大操场上搭讲台两座，人数十多万。下午三时巡行，回校后本想写信，因为太疲倦了，没有实行。

以中大与厦大比较，中大较易发展，有希望，因为交通便利，民气发扬，而且政府也一气，又为各省所注意的新校。你如下学期不愿意再在厦大，此处又诚意相邀，可否便来一看。但薪水未必多于厦大，而生活及应酬之费，则怕要加多，但若作为旅行，一面教书，一面游玩，却也未始不可的。

现在是午后一时，在寝室写此，就要办公去了，下次详述罢。

YOUR H. M. 十月廿七午后一时。

*　　*　　*

〔1〕《沈钟》 指《沉钟》半月刊。该刊原为周刊，1925 年 10 月创刊于北京，次年 8 月改为半月刊。《荆棘》，短篇小说集，黄鹏基著，收作品十一篇，《狂飙丛书》之一，1926 年 8 月开明书店出版。

〔2〕　陈先生　指陈启修。参看本书第134页注〔2〕。

〔3〕　《醒狮》　即《醒狮周报》，国家主义派（中国国家主义青年团）的刊物，曾琦、左舜生、陈启天等主办。1924年10月在上海创刊，1927年12月停刊。

〔4〕　韩国独立　指朝鲜的六一〇独立运动。1910年日本宣布"日朝合并"，吞并朝鲜。1926年6月10日，朝鲜共产党利用国王李珩的葬礼，发动爱国群众在汉城举行示威游行，反对日本帝国主义的殖民统治，争取民族独立，后发展为全国性的运动。

〔5〕　万县惨案　1926年北伐军向武汉进军期间，英帝国主义加紧干涉我国革命，在长江一带多方寻衅，英国轮船经常撞沉我民船；8月29日又在四川云阳撞沉我国木船三艘，死数十人。在交涉中英国军舰又于9月5日炮击万县，我方死伤军民近千人，民房、商店被毁千余间。这次事件被称作"万县惨案"。

六六

广平兄：

十月廿七的信，今天收到了；十九，二十二，二十三的，也都收到。我于廿四，廿九，卅日均发信，想已到。至于刊物，则查载在日记上的，是廿一，廿，各一回，什么东西，已经忘却，只记得有一回内中有《域外小说集》。至于十月六日的刊物，则不见于日记上，不知道是失载，还是其实是廿一所发，而我将月日写错了。只要看你是否收到廿一寄的一包，就知道，倘没有，那是我写错的了；但我仿佛又记得六日的是别一包，似乎并不是包，而是三本书对叠，像普通寄期刊那样的。

伏园已有信来，据说上遂的事很有希望，学校的别的事情却没有提，他大约不久当可回校，我可以知道一点情形，如果中大定要我去，我到后于学校有益，那我就于开学之前到那边去。此处别的都不成问题，只在对不对得起玉堂。但玉堂也太胡涂——不知道还是老实——至今还迷信着他的"襄理"，这是一定要糟的，无药可救。山根先生仍旧专门荐人，图书馆有一缺，又在计画荐人了，是胡适之的书记，〔1〕但这回好像不大顺手似的。至于学校方面，则这几天正在大敷衍马寅初。昨天浙江学生欢迎他，硬要拖我去一同照相，我竭力拒绝，他们颇以为怪。呜呼，我非不知银行之可以发财也，其如"道不同不相为谋"何。明天是校长赐宴，陪客又有我，他们处心积虑，一定要我去和银行家扳谈，苦哉苦哉！但我在知单上只写了一个"知"字，不去可知矣。

据伏园信说，副刊〔2〕十二月开手，那么，他回校之后，两三礼拜便又须去了，也很好。

十一月一日午后。

但我对于此后的方针，实在很有些徘徊不决，那就是：做文章呢，还是教书？因为这两件事，是势不两立的：作文要热情，教书要冷静。兼做两样的，倘不认真，便两面都油滑浅薄，倘都认真，则一时使热血沸腾，一时使心平气和，精神便不胜困惫，结果也还是两面不讨好。看外国，兼做教授的文学家，是从来很少有的。我自己想，我如写点东西，也许于中国不无小好处，不写也可惜；但如果使我研究一种关于中国文学的事，大概也可以说出一点别人没有见到的话来，所以放下也似乎可惜。但我想，或者还不如做些有益的文章，至于研究，则于余暇时做，不过倘使应酬一多，可又不行了。

此地这几天很冷，可穿夹袍，晚上还可以加棉背心。我是好的，胃口照常，但菜还是不能吃，这在这里是无法可想的。讲义已经一共做了五篇，从明天起，想做季刊的文章了。

迅。十一月一日灯下。

*　　*　　*

〔1〕 指程憬，字仰之，安徽绩溪人，曾任胡适的书记员，1926 年 11 月底到厦门，住在南普陀寺候职。

〔2〕 副刊　指当时准备在汉口出版的国民党机关报《中央日报》副刊。

六七

MY DEAR TEACHER：

这几天忙一点，没有写信。我廿七收到你十月十六的信及六日的一束《沈钟》和《荆棘》，廿九又收到廿一寄来的一包书，内有《域外小说集》等九本。今日下午，又收到你廿四写来的信。

昨下午快到晚饭时候，伏园和毛子震[1]先生（即与许先生一同在北京国务院前诊察刘和珍脉的那个）来大石街旧校相访，我忘记了他们是"外江佬"，一气说了一通广东话，待到伏园先生对我声明不懂，这才省悟过来。后来约到玉醪春饭店晚餐,见他们总用酱油,大约是嫌菜淡。伏园先生甚能饮,也吃,但每食必放下箸,好像文绉绉的小姐一样。结帐并不贵,大出我的意外,菜单六元六,付给七元,就很满意了。伏园先生说,不定今天就回厦,将来也许再来,未定,云云。我也没有向他探听中大的事。

你们雇用的听差很好,听伏园先生说,如果离开厦门,他也肯跟着走。那么,何妨带了他来,好长期使用呢。

今日(星六,卅)本校学生召集全体大会,手续时间都不合,我即加以限制,并设法引导他们,从此也许引起风潮,好的方面,则由此整理一下,否则我走。走是我早已准备的,人要做事,先立了可去的心,才有决断和勇气。这回的事,成则学校之福,倘不然,我走也没有什么。总之是有文章做,马又到广东"害群"了,只可惜没有帮手。但他们旧派也不弱,你坐在城上看戏,待我陆续开出剧目来罢。

关于《莽原》投稿的争吵,不管也好,因为相距太远,真相难明,很容易出力不讨好的。

北伐事,广州也说得很好,说是周荫人已死,西北军[2]进行顺利,都是好消息。这里的天气不凉不热,可穿两件单衣,自我回来至今,校内外不断发生时症,先是寒热交加,后出红点,点退人愈,但我并没有被传染。

各式人等,各处都是,然而这种种不同,却是一件巧妙的事,使我们见闻增多,活得不枯寂,也是好的。

YOUR H. M. 十月卅晚。

*　　　*　　　*

〔1〕 毛子震(1890—1970) 名开洲,字子震,浙江江山人。曾在北京行医,当时在中山大学医科任教。

〔2〕 西北军 指当时配合北伐的冯玉祥的国民革命军。

六八

广平兄:

昨天刚发一信,现在也没有什么话要说,不过有一些小闲事,可以随便谈谈。我又在玩——我这几天不大用功,玩着的时候多——所以就随便写它下来。

今天接到一篇来稿,是上海大学的女生曹轶欧[1]寄来的,其中讲起我在北京穿着洋布大衫在街上走的事,下面注道,"这是我的朋友 P. 京的 H. M. 女校生亲口对我说的"。P. 自然是北京,但那校名却奇怪,我总想不出是那一个学校来。莫非就是女师大,和我们所用是同一意义么?

今天又知道一件事,有一个留学生在东京自称我的代表去见盐谷温[2]氏,向他索取他所印的《三国志平话》,但因为书尚未装成,没有拿去。他怕将来盐谷氏直接寄我,将事情弄穿,便托 C. T.[3]写信给我,要我追认他为代表,还说,否则,于中国人之名誉有关。你看,"中国人的名誉"是建立在他和我的说谎之上了。

今天又知道一件事。先前朱山根要荐一个人到国学院,但没有成。现在这人终于来了,住在南普陀寺。为什么住到那里去的呢？因为伏园在那寺里的佛学院有几点钟功课(每月五十元)，现在请人代着，他们就想挖取这地方。从昨天起，山根已在大施宣传手段，说伏园假期已满(实则未满)而不来，乃是在那边已经就职，不来的了。今天又另派探子，到我这里来探听伏园消息。我不禁好笑，答得极其神出鬼没，似乎不来，似乎并非不来，而且立刻要来，于是乎终于莫名其妙而去。你看"现代"派下的小卒就这样阴鸷，无孔不入，真是可怕可厌。不过我想这实在难对付，譬如要我去和此辈周旋，就必须将别的事情放下，另用一番心机，本业抛荒，所得的成绩就有限了。"现代"派学者之无不浅薄，即因为分心于此等下流事情之故也。

迅。十一月三日大风之夜。

十月卅日的信，今天收到了。马又要发脾气，我也无可奈何。事情也只得这样办，索性解决一下，较之天天对付，劳而无功的当然好得多。教我看戏目，我就看戏目，在这里也只能看戏目，不过总希望勿太做得力尽神疲，一时养不转。

今天有从中大寄给伏园的信到来，可见他已经离开广州，但尚未到，也许到汕头或福州游玩去了。他走后给我两封信，关于我的事，一字不提。今天看见中大的考试委员名单，文科中人多得很，他也在内，郭沫若，郁达夫〔4〕也在，那么，我的去不去也似乎没有多大关系，可以不必急急赶到了。

关于我所用的听差的事，说起来话长了。初来时确是好的，现在也许还不坏，但自从伏园要他的朋友去给大家包饭之后，他就忙得很，不大见面。后来他的朋友因为有几个人不大肯付钱(这是据听差说的)，一怒而去，几个人就算了，而还有几个人却要他接办。此事由伏园开端，我也没法禁止，也无从一一去接洽，劝他们另寻别人。现在这听差是忙，钱不够，我的饭钱和他自己的工钱，都已豫支一月以上。又，伏园临走宣言：自己不在时仍付饭钱。然而只是一句话，现在这一笔帐也在向我索取。我本来不善于管这些琐事，所以常常弄得头昏眼花。这些代付和豫支的款，不消说是不能收回的，所以在十月这一个月中，我就是每日得一盆脸水，吃两顿饭，而共需大洋约五十元。这样贵的听差，用得下去的么？"解铃还仗系铃人"，所以这回伏园回来，我仍要他将事情弄清楚。否则，我大概只能不再雇人了。

明天是季刊[5]文章交稿的日期，所以我昨夜写信一张后，即开手做文章，别的东西不想动手研究了，便将先前弄过的东西东抄西撮，到半夜，并今天一上午，做好了，有四千字，并不吃力，从此就又玩几天。

这里已可穿棉坎肩，似乎比广州冷。我先前同兼士往市上去，见他买鱼肝油，便趁热闹也买了一瓶。近来散拿吐瑾吃完了，就试服鱼肝油，这几天胃口仿佛渐渐好起来似的，我想再试几天看，将来或者就改吃这鱼肝油（麦精的，即"帕勒塔"）也说不定。

迅。十一月四日灯下。

*　　*　　*

〔1〕 曹轶欧（1903—1989） 河北大兴（今属北京）人，当时上海大学的学生。曾写《阶级与鲁迅》一文寄给鲁迅，后发表于《语丝》周刊

第一〇八期(1926 年 12 月 4 日),署名一尊。

〔2〕 盐谷温(1878—1962) 日本汉学家,当时是东京大学教授。《三国志平话》,即《全相三国志平话》,三卷,元代至治年间建安虞氏刊印。1926 年盐谷温曾据日本内阁文库藏本影印此书。

〔3〕 C. T. 指郑振铎(1898—1958),笔名西谛,福建长乐人,作家、文学史家,文学研究会发起人之一。当时在上海主编《小说月报》。据鲁迅 1926 年 11 月 3 日日记:"下午得郑振铎信,附宓汝卓信,即复。"文中所说的"一个留学生",当指宓汝卓(1903—?),浙江慈溪人,当时在日本留学。

〔4〕 郁达夫(1896—1945) 浙江富阳人,作家,前期创造社主要成员之一。当时任中山大学英国文学系主任。

〔5〕 指《厦大国学季刊》,鲁迅当晚所作并拟交该刊的文章,即《〈嵇康集〉考》。后因该刊未出,文章亦未发表。现编入《古籍序跋集》。

六九

广平兄:

昨上午寄出一信,想已到。下午伏园就回来了,关于学校的事,他不说什么。问了的结果,所知道的是:(1)学校想我去教书,但无聘书;(2)上遂的事尚无结果,最后的答复是"总有法子想";(3)他自己除编副刊外,也是教授,已有聘书;(4)学校又另电请几个人,内有"现代"派〔1〕。这样看来,我的行止,当看以后的情形再定。但总当于阴历年假去走一回,这里阳历只放几天,阴历却有三礼拜。

李逢吉前有信来，说访友不遇，要我给他设法绍介，我即寄了一封绍介于陈惺农的信，从此无消息。这回伏园说遇诸途，他早在中大做职员了，也并不去见惺农，这些事真不知是怎么的，我如在做梦。他寄一封信来，并不提起何以不去见陈，但说我如往广州，创造社的人们很喜欢云云，似乎又与他们在一处，真是莫名其妙。

伏园带了杨桃回来，昨晚吃过了，我以为味道并不十分好，而汁多可取，最好是那香气，出于各种水果之上。又有“桂花蝉”和“龙虱”〔2〕，样子实在好看，但没有一个人敢吃。厦门也有这两种东西，但不吃。你吃过么？什么味道？

以上是午前写的，写到那地方，须往外面的小饭店去吃饭。因为我的听差不包饭了，说是本校的厨子要打他（这是他的话，确否殊不可知），我们这里虽吃一口饭也就如此麻烦。在饭店里遇见容肇祖（东莞人，本校讲师）和他的满口广东话的太太。对于桂花蝉之类，他们俩的主张就不同，容说好吃的，他的太太说不好吃的。

六日灯下。

从昨天起，吃饭又发生了问题，须上小馆子或买面包来，这种问题都得自己时时操心，所以也不大静得下。我本可以于年底将此地决然舍去，我所迟疑的是怕广州比这里还烦劳，认识我的人们也多，不几天就忙得如在北京一样。

中大的薪水比厦大少，这我倒并不在意，所虑的是功课多，听说每周最多可至十二小时，而做文章一定也万不能免，即如伏园所办的副刊，就非投稿不可，倘再加上别的事情，我就又须吃药做文章了。在这几年中,我很遇见了些文学青年,由经验的结果,觉他们之于我,大抵是可以使役时便竭力使役,可以诘责时便竭力诘责,可以攻击时自然是竭力攻击,因此我于进退去就,颇有戒心,这或也是颓唐之一端,但我觉得这也是环境造成的。

其实我也还有一点野心,也想到广州后,对于"绅士"们仍然加以打击,至多无非不能回北京去,并不在意。第二是与创造社联合起来,造一条战线,更向旧社会进攻,我再勉力写些文字。但不知怎的,看见伏园回来吞吞吐吐之后,便又不作此想了。然而这也不过是近一两天如此,究竟如何,还当看后来的情形的。

今天大风,仍为吃饭而奔忙;又是礼拜,陪了半天客,无聊得头昏眼花了,所以心绪不大好,发了一通牢骚,望勿以为虑,静一静又会好的。

明天想寄给你一包书,没有什么好的,自己如不要,可以分给别人。

迅。十一月七日灯下。

昨天在信上发了一通牢骚后,又给《语丝》做了一点《厦门通信》,牢骚已经发完,舒服得多了。今天又已约定一个厨子包饭,每月十元,饭菜还过得去,大概可以敷衍半月一月罢。

昨夜玉堂来打听广东的情形,我们因劝其将此处放弃,明春同赴广州。他想了一会,说,我来时提出条件,学校一一允许,怎能忽然不干呢?他大约决不离开这里的了。但我看现在的一批人物,国学院是一定没有希望的,至多,只能小小补苴[3],混下去而已。

浙江独立早已灰色,夏超[4]确已死了,是为自己的兵所杀的,浙江的警备队,全不中用。今天看报,知九江已克,周凤岐[5](浙兵师长)降,也已见于路透电,定是确的,则孙传芳仍当声势日蹙耳,我想浙江或当还有点变化。

L. S. 十一月八日午后。

* * *

〔1〕 “现代”派　原信作顾颉刚。

〔2〕 “桂花蝉”、“龙虱”　都是水生甲虫,可食用。

〔3〕 补苴　语出汉代刘向《新序·刺奢》:“今民衣敝不补,履决不苴。”

〔4〕 夏超(1882—1926)　字定侯,浙江青田人。1924 年 9 月任北洋政府浙江省省长,1926 年 10 月 15 日宣布浙江独立。据 1926 年 10 月 30 日《申报》:10 月 23 日,孙传芳派兵占领杭州,夏超败走余杭,为乱军所杀。

〔5〕 周凤岐(1879—1938)　浙江长兴人。原为孙传芳部浙江陆军第二师师长,1926 年 11 月初,归附国民革命军,12 月任二十六军军长。

七〇

MY DEAR TEACHER:

我前信不是说,我校发生事情了么,现在还正在展开。我们对于这学校,大家都已弄得力尽筋疲,然而总是办不好,学生们处处故意使人为难。上月间广州学生联合会例须召集各校,开全体大会,每校三十人中选举一人出席,而我校学生会全为旧派所把持。说起旧派来,自“树的派”[1](听说以一枝粗的手杖为武器,攻打敌党,有似意大利的棒喝团,但详细情形我不知道)失败后,原已逐渐消沉了的,而根株仍在,所以得了广州学生联合会通告后,我校学生会的主席就先行布置了有利于己派的一切,然后公布召集大会,选举代表。这谋划引起了别派学生的不满,起而反对,遂大纷扰。学校为避免纠纷起见,禁止两方开会,而旧派不受约束,仍要续开,且高呼校长为“反革命”。于是校中组织特别裁判委员会,议决开除学生二名,于今日发表。[2]现在各班仍照常上课,并无举动,但一面自在暗中活动,明天当或有游行,散传单呼冤,或拥被开除的二人回校等类之举的。总之,事情是要推演下去的。

今日阅报,知闽南已被革命军肃清,闽周兵逃回厦门。那么,厦门交通恐已有变,不知此信能早到否?

李逢吉日前来一信,说见伏园,知我来粤,约时一见。他是老实人,我已回信给他,约有空来校一见了。

伏园先生已回厦门否?他既要来粤作事,复回厦门是什么缘故?

这几天我也许忙一点,不暇常常写信,但稍闲即写,不须挂念。这回是要说的都说了,暂且“带住”罢。

YOUR H. M. 十一月四晚十一时半。

* * *

〔1〕“树的派” 也称“士的派”,国民党右派“孙文主义学会”操纵的广州学生组织。它的成员大都携带手杖(即“士的”,英语 Stick 的音译),动辄打人,故称。

〔2〕据銮鸣《值得一说的女师学潮》(载 1926 年 11 月 6 日《国民周刊》):1926 年 10 月 15 日,受“士的派”操纵的广东第一女子师范学校学生李秀梅等破坏会章,私行召集一部分学生,违法选举出席广州学联会代表。另一部分学生起而反对,并致函学联大会否定其代表权。李等遂进一步于 30 日违反授课时间不得开会等有关规定,召开学生大会,并蒙骗部分小学生到会滋扰闹事。学校为制止李等扩大事端,于 11 月 2 日组织特别裁判委员会进行调查处理,裁决开除李秀梅学籍,并勒令曾当众高呼校长为“反革命”的右派学生蒋仲篪退学。

七一

广平兄:

昨天上午寄出一包书并一封信,下午即得五日的来信。我想如果再等信来而后写,恐怕要隔许多天了,所以索性再写几句,明天付邮,任它和前信相接,或一同寄到罢。

对于学校也只能这么办。但不知近来如何?如忙,则不必详叙,因为我也并不怎样放在心里,情形已和对杨荫榆时不同也。

伏园已回厦门,大约十二月中再去。逢吉只托他带给我一封含含胡胡的信,但我已推测出,他前信说在广州无人认识是假的。《语丝》第百一期上,徐耀辰所做的《送南行的爱而君》的L就是他，他给他好几封信，绍介给熟人（=创造社中人）[1]，所以他和创造社人在一处了，突然遇见伏园，乃是意外之事，因此对我便只好吞吞吐吐。"老实"与否，可研究之。

忽而匿名写信来骂，忽而又自来取消的乌文光[2]，也和他在一处；另外还有些我所认识的人们。我这几天忽而对于到广州教书的事，很有些踌躇了，恐怕情形会和在北京时相像。厦门当然难以久留，此外也无处可走，实在有些焦躁。我其实还敢站在前线上，但发见当面称为"同道"的暗中将我作傀儡或从背后枪击我，却比被敌人所伤更其悲哀。我的生命，碎割在给人改稿子，看稿子，编书，校字，陪坐这些事情上者，已经很不少，而有些人因此竟以主子自居，稍不合意，就责难纷起，我此后颇想不再蹈这覆辙了。

忽又发起牢骚来，这回的牢骚似乎发得日子长一点，已经有两三天。但我想，明后天就要平复了，不要紧的。

这里还是照先前一样，并没有什么，只听说漳州是民军就要入城了。克复九江，则其事当甚确。昨天又听到一消息，说陈仪入浙后，也独立了，这使我很高兴，但今天无续得之消息，必须再过几天，才能知道真假。

中国学生学什么意大利，以趋奉北政府，还说什么"树的党"，可笑极了。别的人就不能用更粗的棍子对打么？伏园回来说广州学生情形，真很出我意外。

迅。十一月九日灯下。

*　　　*　　　*

〔1〕 徐耀辰　即徐祖正，参看本书第134页注〔6〕。他在《送南行的爱而君》中曾说："方才你（按指李遇安）来向我辞行，我交给你几封绍介信"，又说："我所介绍你去见的人，都只是海外来的同学、同志，大都只呼吸过文艺美术的空气"。按这里提到的"同学、同志"，当为早期创造社的一些成员。

〔2〕 乌文光　原信作黎锦明（1905—1999），湖南湘潭人，当时在广东海丰中学任教，著有短篇小说集《烈火》等。

七二

MY DEAR TEACHER：

这几天因为学校有事，又引起了我有事即写不出字来的老毛病，所以五日接到你廿九，卅日两信后，屡想执笔而仍复搁下了。

以上是昨晚写的，但仍写不下去，今早（星期）再写以下的话——

五日寄一信，不是说我校在闹风潮了么，现在还未止，但也不十分激烈。我觉得女性好像总较倾于黑暗和守旧，所以学生之中，中立者一部分，革命者一部分，反动者一部分而最占势力。其实中立者虽无举动，但不过因学校禁止一切集会而然，她们仍遍贴传单，要求开会解决，收回二生，谓否则行第二策（罢课），再否则行第三策（十二个B队署名，即以十二响剥壳枪对待也）；同时校长又收到英文信一封，内画一剑一枪,末云请其自择。已以虚声恫吓,则其实力之不足可知,大约风潮是不久便要了结的。但自从学潮起后,因我是训育主任,直接禁罚他们,故已成众矢之的,先前见我十分客气,表示欢笑者,现亦往往不过勉强招呼,或故作不见,甚或怒目而视。总之感情破裂,难以维持,此学期一日不完,我暂且负责一时,但一结束,当即离开,此时如汕头还缺教员,便赴汕头,否则另觅事做就是了。

昨领到十月份薪水,计小洋四十五元,另有库券及公债票,但前月库券,日内兑现,可得廿金,共六十五元,也未尝不够。不相干的人物,无帮助之必要,诚如来信所言,惟寡嫂幼侄,情实可怜,见之凄然,令人不能不想努力加以资助,这在现在,是只能看作例外的。

战事无甚新闻,惟昨报载九江已经攻下。今日为苏俄十月革命〔1〕纪念日,农工各会,皆组织纪念会;九日为广州光复〔2〕纪念,放假一天;十二为中山先生生日纪念,此地有大庆祝,届时又有一番忙碌了。

你说"做事没有上半年那么急进",也许是进步,但何以上半年还要急进呢?是因为有人和你淘气么?请勿以别人为中心,而以自己定夺罢。

你暂不来粤,也好,我并不定要煽动你来。不过听了厦门的情形,怕你受不住气,独自闷着,无人从旁劝解耳。对于跳铁丝栏,亦拟不加诰诫,因为我所学的是教育,而抑制好动的天性,是和教育原理根本刺谬的。

你廿九,卅两信,同时收到;又收到了十月廿四寄的《语丝》一束,内共有四期。

我身体很好,饭量亦加,请勿念。现在外面鼓声冬冬,是苏俄革命纪念日的工会游行罢。下午也许偷空访人去。

要说的都写出来了。

YOUR H. M. 十一月七日早十时半。

* * *

〔1〕 十月革命 指1917年11月7日(俄历10月25日),以列宁为首的俄国布尔什维克党领导彼得堡工人和士兵起义,攻占冬宫,建立苏维埃政权。

〔2〕 广州光复 1911年(辛亥)10月10日武昌起义后,11月9日广东宣布独立(胡汉民任都督)。

七三

广平兄:

十日寄出一信,次日即得七日来信,略略一懒,便迟到今天才写回信了。

对于侄子的帮助,你的话是对的。我愤激的话多,有时几乎说:"宁我负人,毋人负我。"〔1〕然而自己也往往觉得太过,实行上或者且正与所说的相反。人也不能将别人都作坏人看,能帮也还是帮,不过最好是量力,不要拚命就是了。

"急进"问题,我已经不大记得清楚了,这意思,大概是指"管事"而言,上半年还不能不管事者,并非因为有人和我淘气，乃是身在北京，不得不尔，譬如挤在戏台面前，想不看而退出，也是不很容易的。至于不以别人为中心，也很难说，因为一个人的中心并不一定在自己，有时别人倒是他的中心，所以虽说为人，其实也是为己，因此而不能“以自己定夺”的事，也就往往有之。

我先前在北京为文学青年打杂，耗去生命不少，自己是知道的。但到这里，又有几个学生办了一种月刊，叫作《波艇》[2]，我却仍然去打杂。这也还是上文所说，不能因为遇见过几个坏人，便将人们都作坏人看的意思。但先前利用过我的人，现在见我偃旗息鼓，遁迹海滨，无从再来利用，就开始攻击了，长虹在《狂飙》第五期上尽力攻击，自称见过我不下百回，知道得很清楚，并捏造许多会话（如说我骂郭沫若之类）。其意即在推倒《莽原》，一方面则推广《狂飙》的销路，其实还是利用，不过方法不同。他们那时的种种利用我，我是明白的，但还料不到他看出活着他不能吸血了，就要打杀了煮吃，有如此恶毒。我现在姑且置之不理，看看他技俩发挥到如何。总之，他戴着见了我“不下百回”的假面具，现在是除下来了，我还要子细的看看。

校事不知如何？如少暇，简略的告知几句就好。我已收到中大聘书，月薪二百八，无年限的，大约那计画是将以教授治校，所以凡认为非军阀帮闲的，就不立年限。但我的行止，一时也还不能决定。此地空气恶劣，当然不愿久居，而到广州也有不合的几点：（一）我对于行政方面，素不留心，治校恐非所长；（二）听说政府将移武昌[3]，则熟人必多离粤，我独以

"外江佬"留在校内,大约未必有味;而况(三)我的一个朋友或者将往汕头,则我虽至广州,又与在厦门何异。所以究竟如何,当看情形再定了,好在开学还在明年三月初,很有考量的余地。

我在静夜中,回忆先前的经历,觉得现在的社会,大抵是可利用时则竭力利用,可打击时则竭力打击,只要于他有利。我在北京这么忙,来客不绝,但一受段祺瑞,章士钊们的压迫,有些人就立刻来索还原稿,不要我选定,作序了。其甚者还要乘机下石,连我请他吃过饭也是罪状了,这是我在运动他;请他喝过好茶也是罪状了,这是我奢侈的证据。借自己的升沉,看看人们的嘴脸的变化,虽然很有益,也有趣,但我的涵养工夫太浅了,有时总还不免有些愤激,因此又常迟疑于此后所走的路:(一)死了心,积几文钱,将来什么事都不做,顾自己苦苦过活;(二)再不顾自己,为人们做些事,将来饿肚也不妨,也一任别人唾骂;(三)再做一些事,倘连所谓"同人"也都从背后枪击我了,为生存和报复起见,我便什么事都敢做,但不愿失了我的朋友。第二条我已行过两年了,终于觉得太傻。前一条当先托庇于资本家,恐怕熬不住。末一条则颇险,也无把握(于生活),而且又略有所不忍。所以实在难于下一决心,我也就想写信和我的朋友商议,给我一条光。

昨天今天此地都下雨,天气稍凉。我仍然好的,也不怎么忙。

迅。十一月十五日灯下。

*　　*　　*

〔1〕“宁我负人，毋人负我” 曹操的话，见《三国志·魏书·武帝纪》裴松之注引孙盛《杂记》。

〔2〕《波艇》 文艺月刊，厦门大学学生组织的泱泱社创办，1926年12月创刊，撰稿人有崔真吾、王方仁、俞念远、谢玉生等。鲁迅曾为该刊撰稿和阅稿，并介绍上海北新书局代为印刷发行。1927年1月出版两期后停刊。

〔3〕政府将移武昌 国民政府于1926年12月7日自广州移往武昌。国民革命军总司令部仍留广州，由总参谋长李济琛主持。

七四

MY DEAR TEACHER：

你十一月二日的信，十日到，五日的信，十一到，寄的是前后隔四天，而收的只隔一天，这大约是广东方面的缘故。因为这里每有一点事如纪念日等，工人即停工巡行，报纸每星期有六天看，已算幸运，其他即可想而知了。

曹轶欧的文稿中说□□女校生，也许是知道有人常用此名，而故意影射，使你触目。我疑心这是男生，较知底细的男生所作，托名于上海大学的女生的。

“马又发脾气”，这也是时势使然，不是我故意弄成的。旧派学生日来想尽方法，强行开会，向政府请愿，而政府以学校处理为至当；自中央至省，市三青年部长（专管学界）及省教育厅所组织之学潮委员会，亦并以学校之办法为然。其实我们办事员也只得秉承当局意旨依照办理,个人实无权操纵也。所以现在她们只在夜间暗帖辱骂学校,或恐吓校长之标帖,又嗾使被开除者的家长,来校理论,此外更无别法。但我和别几个教员,与学生感情已因此破裂,虽先前有十分信仰佩服的,此时也如仇雠,恰如杨荫榆事件一出,田平粹[1]辈之于你一样。所以我们主张学潮平后,校长辞职,我们数人也一同走出,才有利于学校之发展。这计画早则日内实现,迟则维持至十一月之末,或本学期终了。我自己此后当另觅事做,倘广州没有,就到旁的地方去,但自然暂不离粤,俟年假完后再走,不知你以为何如?

今晚为豫备庆祝中山先生诞日提灯大会,我饭后即约表妹往大马路的妇女俱乐部[2]三层楼上观看,候至七时余,就见提灯的行列,首先为长方形灯,装饰,色彩,大小,各各不同,另有各种鱼灯和果灯,而以扎出党旗的星形者为多。还有舞狮子的,奏军乐的,喊口号的,唱革命歌的,有声有色,较之日间的捏一枝小旗,懒洋洋的走着的好多了。快到九时才走完,看了也不免会令人有“大丈夫不当如是耶”之感。明日为正诞日,学校放假一天,早九时在校中聚集,十时行纪念礼,十一时出发巡行,我也得陪学生去。

广州天气甚佳,秋高气爽,现时不过穿二单衣,畏寒的早晚加夹衣就足够了。我虽然忙,但也有机会可做琐事,日前织成毛绒衣一件,是自己用的,现在织开一件毛绒小半臂,系藏青色,成后打算寄上,现已做了大半了。不见得心细,手工佳,但也是一点意思。稍暖时可以单穿它,或加在绒衣上亦可,取其不似棉的厚笨而适体耳。

YOUR H. M. 十一月十一晚十一时。

*　　*　　*

〔1〕 田平粹　原信作陈衡粹,曾是鲁迅在北京女师大任教时的学生。女师大学潮爆发后,成为杨荫榆的拥护者。

〔2〕 妇女俱乐部　1926年2月由何香凝、邓颖超主持的国民党中央妇女部设立的机构。它的宗旨是"将一般妇女联络聚集,使多与本党(党)员接触,随时输入革命思想"。(见《广东省党部党务月刊》第一期)

七五

广平兄:

十六日寄出一信,想已到。十二日发的信,今天收到了。校事已见头绪,很好,总算结束了一件事。至于你此后所去的地方,却教我很难代下断语。你初出来办事,到各处看看,历练历练,本来也很好的,但到太不熟悉的地方去,或兼任的事情太多,或在一个小地方拜帅,却并无益处,甚至会变成浅薄的政客之流。我不知道你自己是否仍旧愿在广州,抑非走开不可,倘非决欲离开,则伏园下月中旬当赴粤,我可以托他问一问,看中大女生指导员之类有无缺额,他一定肯绍介的。上遂的事,我也要托他办。

曹轶欧大约不是男生假托的,因为回信的地址是女生宿舍,但这些都不成问题,由它去罢。中山生日的情形,我以为和他本身是无关的，只是给大家看热闹；要是我，实在是“身后名，不如即时一杯酒”[1]，恐怕连盛大的提灯会也激不起来的了。但在这里，却也太没有生气，只见和尚自做水陆道场，男男女女上庙拜佛，真令人看得索然气尽。我近来只做了几篇付印的书的序跋[2]，虽多牢骚，却有不少真话；还想做一篇记事，将五年来我和种种文学团体的关涉，讲一个大略，但究竟做否，现在还未决定。至于真正的用功，却难，这里无须用功，也不是用功的地方。国学院也无非装门面，不要实际。对于教员的成绩，常要查问，上星期我气起来，就对校长说，我原已辑好了古小说十本，只须略加整理，学校既如此着急，月内便去付印就是了。于是他们就从此没有后文。你没有稿子，他们就天天催，一有，却并不真准备付印的。

我虽然早已决定不在此校，但时期是本学期末抑明年夏天，却没有定，现在是至迟至本学期末非走不可了。昨天出了一件可笑可叹的事。下午有校员恳亲会，我是向来不到那种会去的，而一个同事硬拉我去，我不得已，去了。不料会中竟有人演说，先感谢校长给我们吃点心，次说教员吃得多么好，住得多么舒服，薪水又这么多，应该大发良心，拚命做事，而校长如此体帖我们，真如父母一样……我真要立刻跳起来，但已有别一个教员上前驳斥他了，闹得不欢而散。[3]

还有希奇的事情，是教员里面，竟有对于驳斥他的教员，不以为然的。他说，在西洋，父子和朋友不大两样，所以倘说谁和谁如父子，也就是谁和谁如朋友的意思。这人是西洋留学生，你看他到西洋一番，竟学得了这样的大识见。

昨天的恳亲会是第三次，我却初次到，见是男女分房的，不但分坐。

我才知道在金钱下的人们是这样的，我决计要走了，但我不想以这一件事为口实，且仍于学期之类作一结束。至于到那里去，一时也难定，总之无论如何，年假中我必到广州走一遭，即使无噉饭处，厦门也决不住下去的了。又我近来忽然对于做教员发生厌恶，于学生也不愿意亲近起来，接见这里的学生时，自己觉得很不热心，不诚恳。

我还要忠告玉堂一回，劝他离开这里，到武昌或广州做事去。但看来大半是无效的，这里是他的故乡，他不肯轻易决绝，同来的鬼祟又遮住了他的眼睛，一定要弄到大失败才罢，我的计画，也不过聊尽同事一场的交情而已。

迅。十八，夜。

*　　　*　　　*

〔1〕 “身后名，不如即时一杯酒” 见《世说新语·任诞》：“张季鹰纵任不拘，……。或谓之曰‘卿乃可纵适一时，独不为身后名邪？’答曰：‘使我有身后名，不如即时一杯酒！’”

〔2〕 指《华盖集续编·小引》和同书的“校讫记”、《坟·题记》、《写在〈坟〉后面》、《〈争自由的波浪〉小引》。

〔3〕 据鲁迅1926年11月17日日记：“下午校中教职员照相毕，开恳亲会，终至林玉霖妄语，缪子才痛斥。”按林玉霖（1887—1964），福建龙溪人，林语堂之兄，当时任厦门大学学生指导长。缪子才，名篆，字子才，江苏泰兴人，当时任厦门大学哲学系副教授。

七六

MY DEAR TEACHER：

我现在空一点，想回谢君的信，忽然心血来潮，还是想写给你，我就将写着的信中途“带住”，开始换一张纸来写给你了。

我今天很安闲。昨日游行，下午就回校，虽小小疲倦，却还可以坐着织绒背心。今天放假休息，早上无事，仍在寝室里继续编织；十一时出街理发，买些什物，到家里看了一回。而今天使我喜欢的，是我订了一个好玩的印章，要铺子刻“鲁迅”二字，白文，印是玻璃质的，通体金星闪闪，说是星期二刻好（价钱并不贵，不要心里先骂），打算和毛绒小半臂一同寄出。小半臂今天也做起了，一日里成功了两件快意事。依我的脾气，恨不得立刻寄到，但印章怕星二未必刻成，此处的邮政又太不发达，分局不寄包裹，总局甚远，在沙基左近，须当场验过，才能封口，我打算下星四或星五自己寄去，算起来你能在月末或下月初收到，已要算快的了。我原也知道将来可以面呈，但这样我实在不及待。

学校中暂时没有动作，但听说她们还要闹的，要闹到校长身败名裂才罢云。校长也知道这些，然而都置之不理。她们大约因背后有人操纵，所以一时不能罢手，现在正以共产二字诬校长及职教员，恰如北方军阀一样。

YOUR H. M. 十一月十三晚八时半。

七七

MY DEAR TEACHER：

今天竟日下雨，平时没有这么冷，办公的处所又向北而多风，所以四点钟就回到寝室里，看见你十一月八日寄来的信并一包书，内报纸二分，期刊六本，书籍七本。这些刊物，要我自己去买，自然未必肯，但你既寄给我，我欢喜的收下了，借给人看是可以的，而“分给别人”则不可。

早晨见《民国日报》及《国民新闻》〔1〕，都说你已允来中大作文科教授，我且信且疑，正拟函询，今见来信所云，则似乎未知此事。你如来粤，我想，一定要比厦门忙，比厦门苦，薪金大约不过二三百小洋，说不定还要搭公债和国库券。就此看来，大半是要食少事繁，像我在这里似的。厦门难以久居，来粤也有困难之处，奈何！至于食物，广州自然都有，和厦大之过孤村生活不同，虽然能否合你口味也说不定。

至于我这学校，现在却并无什么事。但既因风潮而引起了一部分学生的反感，此后见面讲书，亦殊无味，自以早日离去为宜。不过现在正值多事之秋，学潮未平，校款支绌，势不能中途撒手。有人主张校长即行辞职，另觅人暂时代理，从新做过，以救目前，而即要我出而担任。但无论如何，我坚决不干，俟觅得新校长，为之维持几天，至多至阳历一月为止。此后你如来粤，我也愿在广州觅事，否则，就到汕头去。

提起逢吉来，我就记得见伏园先生时，曾听说他在中大当职员，将来还要帮伏园办报。后于本月初，得他从东山来信云，“昨见伏园兄，才知道你也到广州，不想我们又能在这里会面，真是愉快极了。如果你有工夫，请通知一个时间，我们谈谈。……”我即函告以公务以外的时间，但至今不见人来，也无回信，也许他又跑到别处去了。

杨桃种类甚多，最好是花地产，皮不光洁，个小而丰肥者佳，香滑可口，伏老带去的未必是佳品，现时已无此果了。桂花蝉顾名思义，想是香味如桂花，或因桂花开时乃有，未详。龙虱生水中，外甲壳而内软翅，似金龟虫，也略能飞。食此二物，先去甲翅，次拔去头，则肠脏随出，再去足，食其软部，也有并甲足大嚼，然后吐去渣滓的。嗜者以为佳，否则不敢食，犹蚕蛹也。我是吃的，觉得别有风味，但不能以言传。

做教员而又须日日自己安排吃饭，真太讨厌，即此一端，厦门就不易住。在广州最讨厌的是请吃饭，你来我往，每一回辄四五十元，或十余元，实不经济。但你是一向拒绝这事的，或者可以避免。

你向我发牢骚，我是愿意听的，我相信所说的都是实情，这样倒还不至于到“虑”的程度。你的性情太特别，一有所憎，即刻不可耐，坐立不安。玉堂先生是本地人，过惯了，自然没有你似的难受，反过来你劝他来粤，至少在饮食一方面，他就又过不惯了，况且中大薪水，必少于厦门，倘他挈家来此，也许会像在北京时候似的，即使我设身处地，也未必决然就走的罢。

写完以上的话,已在晚上八时余,又看了些书,觉得陶元庆[2]画的封面很别致,似乎自成一派,将来仿效的人恐怕要多起来。

看校长的意思,好像月底就要走了。她一走,我们自然也跟着放下责任,以后的事,随时再告罢。

YOUR H. M. 十一月十五晚十一时。

* * *

〔1〕《民国日报》 1923年国民党在广州创办的报纸。1926年11月15日该报载:“著名文学家鲁迅即周树人,久为国内青年所倾倒,现在厦门大学担任教席。中山大学委员会特电促其来粤,担任该校文科教授。闻鲁氏已应允就聘,不日来粤云。”《国民新闻》,1925年国民党人在广州创办的报纸。

〔2〕陶元庆(1893—1929) 字璇卿,浙江绍兴人,美术家。先后在浙江台州第六中学、上海立达学园、杭州艺术专科学校任教。鲁迅著译《彷徨》、《朝花夕拾》、《坟》、《苦闷的象征》等书均由他作封面画。

七八

MY DEAR TEACHER:

今日(十六)午饭后回办公处,看见桌上有你十日寄来的一信,我一面欢喜,一面又仿佛觉着有了什么事体似的,拆开信一看,才知道是这样子。

校事表面上好像没有什么了，但旧派学生见恐吓无效，正在酝酿着罢课，今天要求开全体大会，我以校长不在，没法批准为辞，推掉了。如果一旦开会，则学校干涉，群众盲从，恐怕就会又闹起来。至于教职员方面，则因薪水不足维持生活，辞去的已有五六人，再过几天，一定更多，那时虽欲维持，但中途那有这许多教员可得？至于解决经费一层，则在北伐期中，谈何容易，校长到底也只能至本月卅日提出辞呈，飘然引去，那时我们也就可以走散了。MY DEAR TEACHER，你愿否我趁这闲空，到厦门一次，我们师生见见再说，看你这几天的心情，好像是非常孤独似的。还请你决定一下，就通知我。

看了《送南行的爱而君》，情话缠绵，是作者的热情呢，还是笔下的善于道情呢，我虽然不知道，但因此想起你的弊病，是对有些人过于深恶痛绝，简直不愿同在一地呼吸，而对有些人又期望太殷，不惜赴汤蹈火，一旦觉得不副所望，你便悲哀起来了。这原因是由于你太敏感，太热情，其实世界上你所深恶的和期望的，走到十字街头，还不是一样么？而你硬要区别，或爱或憎，结果都是自己吃苦，这不能不说是小说家的取材失策。倘明白凡有小说材料，都是空中楼阁，自然心平气和了。我向来也有这样的傻气，因此很碰了钉子，后来有人劝我不要太"认真"，我想一想，确是太认真了的过处。现在这句话，我总时时记起，当作悬崖勒"马"。

几个人乘你遁迹荒岛而枪击你，你就因此气短么？你就不看全般，甘为几个人所左右么？我好久有一番话，要和你见面商量，我觉得坦途在前，人又何必因了一点小障碍而不走路呢？即如我，回粤以来，信中虽总是向你诉苦，但这两月内，究竟也改革了两件事，并不白受了苦辛。你在厦门比我苦，然而你到处受欢迎，也过我万万倍，将来即去而之他，而青年经过你的陶冶，于社会总会有些影响的。至于你自己的将来，唉，那你还是照我上面所说罢，不要太认真。况且你敢说天下就没有一个人是你的永久的同道么？有一个人，你就可以自慰了，可以由一个人而推及二三以至无穷了，那你又何必悲哀呢？如果连一个人也"出乎意表之外"……也许是真的么？总之，现在是还有一个人在劝你，希望你容纳这意思的。

没有什么要写了。你在未得我离校的通知以前，有信不妨仍寄这里，我即搬走，自然托人代收转寄的。

你有闷气，尽管仍向我发，但愿不要闷在心里就好了。

YOUR H. M. 十一月十六晚十时半。

七九

广平兄：

十九日寄出一信；今天收到十三，六，七日的来信了，一同到的。看来广州有事做，所以你这么忙，这里是死气沉沉，也不能改革，学生也太沉静，数年前闹过一次，激烈的都走出，在上海另立大夏大学了。[1] 我决计至迟于本学期末（阳历正月底）离开这里，到中山大学去。

中大的薪水是二百八十元，可以不搭库券。朱骝先还对伏园说，也可以另觅兼差，照我现在的收入之数，但我并不计较这一层，实收百余元，大概已经够用，只要不在不死不活的空气里就好了。我想我还不至于完在这样的空气里，到中大后，也许不难择一并不空耗精力而较有益于学校或社会的事。至于厦大，其实是不必请我的，因为我虽颓唐，而他们还比我颓唐得利害。

玉堂今天辞职了，因为减缩豫算的事，但只辞国学院秘书，未辞文科主任。我已托伏园转达我的意见，劝他不必烂在这里，他无回话。我还要自己对他说一回。但我看他的辞职是不会准的。

从昨天起，我又很冷静了，一是因为决定赴粤，二是因为决定对长虹们给一打击。你的话大抵不错的，但我之所以愤慨，却并非因为他们使我失望，而在觉得了他先前日日吮血，一看见不能再吮了，便想一棒打杀，还将肉作罐头卖以获利。这回长虹笑我对章士钊的失败道，“于是遂戴其纸糊的‘思想界的权威者’之假冠，而入于身心交病之状态矣。〔2〕”但他八月间在《新女性》上登广告，却云“与思想界先驱者鲁迅合办《莽原》”，一面自己加我“假冠”以欺人，一面又因别人所加之“假冠”而骂我，真是轻薄卑劣，不成人样。有青年攻击或讥笑我，我是向来不去还手的，他们还脆弱，还是我比较的禁得起践踏。然而他竟得步进步，骂个不完，好像我即使避到棺材里去，也还要戮尸的样子。所以我昨天就决定，无论什么青年，我也不再留情面，先作一个启事〔3〕，将他利用我的名字，而对于别人用我名字，则加笑骂等情状，揭露出来，比他的唠唠叨叨的长文要刻毒得多，即送登《语丝》，《莽原》，《新女性》,《北新》四种刊物。我已决定不再彷徨,拳来拳对,刀来刀当,所以心里也很舒服了。

我大约也终于不见得为了小障碍而不走路,不过因为神经不好,所以容易说愤话。小障碍能绊倒我,我不至于要离开厦门了。我也很想走坦途,但目前还不能,非不愿,势不可也。至于你的来厦,我以为大可不必,“劳民伤财”,都无益处;况且我也并不觉得“孤独”,没有什么“悲哀”。

你说我受学生的欢迎,足以自慰么?不,我对于他们不大敢有希望,我觉得特出者很少,或者竟没有。但我做事是还要做的,希望全在未见面的人们;或者如你所说:“不要认真”。我其实毫不懈怠,一面发牢骚,一面编好《华盖集续编》,做完《旧事重提》,编好《争自由的波浪》〔4〕(董秋芳译的小说),看完《卷葹》〔5〕都分头寄出去了。至于还有人和我同道,那自然足以自慰的,并且因此使我自勉,但我有时总还虑他为我而牺牲。而“推及一二以至无穷”,我也不能够。有这样多的么?我倒不要这样多,有一个就好了。

提起《卷葹》,又想到了一件事。这是王品青〔6〕送来的,淦女士所作,共四篇,皆在《创造》上发表过。这回送来要印入《乌合丛书》〔7〕,据我看来,是因为创造社不征作者同意,将这些印成小丛书,自行发卖,所以这边也出版,借谋抵制的。凡未在那边发表过者,一篇都不在内,我要求再添几篇新的,品青也不肯。创造社量狭而多疑,一定要以为我在和他们捣乱,结果是成仿吾〔8〕借别的事来骂一通。但我给她编定了,不添就不添罢,要骂就骂去罢。

我过了明天礼拜，便又要编讲义，余闲就玩玩，待明年换了空气，再好好做事。今天来客太多，无工夫可写信，写了这两张，已经是夜十二点半了。

和这信同时，我还想寄一束杂志，其中的《语丝》九七和九八，前回曾经寄去过，但因为那是切光的。所以这回补寄毛边者两本。你大概是不管这些的，不过我的脾气如此，所以仍寄。

迅。十一月廿日。

*　　　*　　　*

〔1〕 *另立大夏大学* 1924年4月，厦门大学学生对校长林文庆不满，拟作出要求校长辞职的决议，因部分学生反对而作罢。林文庆为此开除为首学生，解聘教育科主任等九人，从而引起学潮。6月1日，林下令提前放暑假，限令学生五日离校，扬言届时即停膳、停电、停水。学生被迫宣布集体离校，在被解聘教职员帮助下到上海另建大夏大学。

〔2〕 高长虹的这些话，见《狂飙》周刊第五期（1926年11月7日）所载《1925北京出版界形势指掌图》。

〔3〕 *启事* 即《所谓“思想界先驱者”鲁迅启事》，后收入《华盖集续编》。

〔4〕 *《争自由的波浪》* 俄国小说和散文集，董秋芳由英译本转译为中文，鲁迅为之作《小引》，1927年1月北新书局出版，为《未名丛书》之一。

〔5〕 *《卷葹》* 短篇小说集，冯沅君（笔名淦女士）作，1927年1月北新书局出版，为《乌合丛书》之一。冯沅君（1900—1974），河南唐河人，作家。

〔6〕 *王品青（？—1927）* 名贵鉁，字品青，河南济源人。北京大

学毕业,《语丝》投稿者。曾任孔德学校教员。

〔7〕《乌合丛书》 鲁迅在北京主编的专收创作的一种丛书。1926年初开始由北新书局出版。

〔8〕成仿吾(1897—1984) 湖南新化人,创造社主要成员,文学批评家。当时任中山大学文科教授,并在黄埔军官学校任兵器处科技正。

八〇

迅师:

兹寄上图章一个,夹在绒背心内,但外面则写围巾一条。你打开时小心些,图章落地易碎的。今早我曾寄出一信,计算起来近日写去的信颇详细了。现时刚吃完早饭,就要上课,下次再谈罢。

蛇足的写这封信,是使你见信好向邮局索包裹。这包长可七寸,阔五寸,高四寸左右。

H. M. 十一月十七日。

八一

广平兄:

二十一日寄一信,想已到。十七日所发的又一简信,二十二日收到了;包裹还未来,大约包裹及书籍之类,照例比普通信件迟,我想明天也许要到,或者还有信,我等着。我还想从上海买一合较好的印色来，印在我到厦门后所得的书上。

近日因为校长要减少国学院豫算，玉堂颇愤慨，要辞去主任，我因劝其离开此地，他极以为然。今天和校长开谈话会，我即提出强硬之抗议，以去留为孤注，不料校长竟取消前议了，别人自然大满足，玉堂亦软化，反一转而留我，谓至少维持一年，因为教员中途难请云云。又，我将赴中大消息，此地报上亦经揭载，大约是从广州报上抄来的，学生因亦有劝我教满他们一年者。这样看来，我年底大概未必能走了，虽然校长的维持豫算之说，十之九不久又会取消，问题正多得很。

我自然要从速离开此地，但什么时候，殊不可知。我想 H. M. 不如不管我怎样，而到自己觉得相宜的地方去，否则，也许因此去做很牵就，非意所愿的事务，比现在的事情还无聊。至于我，再在这里熬半年，也还做得到的，以后如何，那自然此时还无从说起。

今天本地报上的消息很好，泉州已得，浙陈仪又独立，商震〔1〕反戈攻张家口，国民一军将至潼关〔2〕。此地报纸大概是民党色采，消息或倾于宣传，但我想，至少泉州攻下总是确的。本校学生中，民党不过三十左右，其中不少是新加入者，昨夜开会，我觉得他们都没有历练，不深沉，连设法取得学生会以供我用的事情都不知道，真是奈何奈何。开一回会，空嚷一通，徒令当局者因此注意，那夜反民党的职员就在门外窃听。

二十五日之夜，大风时。

写了一张之（刚写了这五个字，就来了一个客，一直坐到十二点)后,另写了一张应酬信,还不想睡,再写一点罢。伏园下月准走,十二月十五左右,一定可到广州了。上遂的事,则至今尚无消息,不知何故。我同兼士曾合写一信,又托伏园面说,又写一信,都无回音,其实上遂的办事能力,比我高得多。

我想 H. M. 正要为社会做事,为了我的牢骚而不安,实在不好,想到这里,忽然静下来了,没有什么牢骚了。其实我在这里的不方便,仔细想起来,大半是由于言语不通,例如前天厨房不包饭了,我竟无法查问是厨房自己不愿做了呢,还是听差和他冲突,叫我不要他做了。不包则不包亦可。乃同伏园去到一个福州馆,要他包饭,而馆中只有面,问以饭,曰无有,废然而返。今天我托一个福州学生去打听,才知道无饭者,乃适值那时无饭,并非永远无饭也,为之大笑。大约明天起,当在这一个福州馆包饭了。

仍是二十五日之夜,十二点半。

此刻是上午十一时,到邮务代办处去看了一回,没有信。而我这信要寄出了,因为明天大约有从厦门赴粤之船,倘不寄,便须待下星期三这一艘了。但我疑心此信一寄,明天便要收到来信,那时再写罢。

记得约十天以前,见报载新宁轮由沪赴粤,在汕头被盗劫,纵火。[3]不知道我的信可有被烧在内。我的信是十日之后,有十六,十九,二十一等三封。

此外没有什么事了,下回再谈罢。

迅。十一月二十六日。

午后一时经过邮局门口,见有别人的东莞来信,而我无有,那么,今天是没有信的了,就将此发出。

* * *

〔1〕 商震(1887—1978) 号启宇,浙江绍兴人,原任阎锡山部第一师师长、绥远都统;反正后,任国民革命军第三集团军第一军团总指挥。

〔2〕 国民一军将至潼关 当时冯玉祥的国民联军入陕进攻围困西安达七个月之久的刘镇华部。据1926年11月24日《民国日报》:18日,冯玉祥部刘郁芬率国民军六师攻克三原、富平,进逼潼关。

〔3〕 据1926年11月18日《申报》载路透社17日香港电:来往于沪、港间的太古轮船公司新宁号,十五日在距香港八十英里处为四十名海盗所劫。海盗与船员搏斗,并"纵火焚其头等舱",舵楼被烧毁,后在港方派去之军舰救护下,由拖轮将其拖回香港。

八二

MY DEAR TEACHER:

现在是星期日的下午二时,我从家里回到学校。至十一月十六日止连收你发牢骚的信,此后就未见信来,是没有牢骚呢,还是忍着不发?我这两天是在等信,至迟明天也许会到罢,我这信先写在这里,打算明天收到你的来信后再寄。

我十七日寄上一信及印章背心,此时或者将到了。但这天我校又发生了事故,记得前信已经提及,校长原是想要维持到本月三十的,而不料于十七日晨已决然离校,留下一封信,嘱教务,总务,训育三人代拆代行,一面具呈教育厅辞职,这事迫得我们三人没有办法。如何负责呢?学校又正值多事之秋,我们便往教厅面辞这些责任,教厅允寻校长,并加经费,十九日来了一封公函,是慰留校长,并答应经费照豫算支给的。但校长以为这不过口惠,仍不回校。现在校中无款,总务无法办;无教员,教务无法办;学潮未平,训育无法办。所以我们昨天又去一函,要教厅速觅校长,或派人暂代,以免重负,然而一时是恐怕不会有结果的。

现时我最觉得无聊的,是校长未去,还可向校长辞职,此刻则办事不能,摆脱又不可,真是无聊得很。

报章说你已允到中大来,确否?许多人劝我离开女师,仍在广州做事,不要远去。如广州有我可做的事,我自然也可以仍在这里的。

昨接逢吉信,说未有工夫来,并问我旧校地址,说俟后再来访,我觉得他其实并无事情,打算不回复了。

十一月廿一日下午二时。

MY DEAR TEACHER:

现在是星一(廿二)晚十时,我刚从会议后回校。自前星三校长辞职后,我几乎没有一点闲工夫了,但没有在北京时的气愤,也没有在北京时的紧张,因为事情和环境与那时完全两样。

今日晨往教厅欲见厅长,说明学校现状,不遇;午后一时往教育行政委员会,又不遇,约四时在厅相见。届时前往,见了。商量的结果，是欠薪一层，由教厅于星四(廿五)提出省务会议解决，校长仍挽留，在未回校前，则由三部负责维持。这么一来，我们就又须维持至十二月初，看发款时教厅能否照案办理，或至本星期四，看省务会议能否通过欠薪案，再作计较了。

你到广州认为不合的几点，依我的意见：一，你担任文科，并非政治，只要教得学生好就是了，治校恐不怎样着重；二，政府迁移，尚未实现，“外江佬”之入籍，当然不成问题；三，他行止原未一定，熟人也以在广州者为多，较易设法，所以十之九是还在这里的。

来信之末说到三种路，在寻“一条光”，我自己还是世人，离不掉环境，教我何从说起。但倘到必要时，我算是一个陌生人，假使从旁发一通批评，那我就要说，你的苦痛，是在为旧社会而牺牲了自己。旧社会留给你苦痛的遗产，你一面反对这遗产，一面又不敢舍弃这遗产，恐怕一旦摆脱，在旧社会里就难以存身，于是只好甘心做一世农奴，死守这遗产。有时也想另谋生活，苦苦做工，但又怕这生活还要遭人打击，所以更无办法，“积几文钱，将来什么事都不做，苦苦过活”，就是你防御打击的手段，然而这第一法，就是目下在厦门也已经耐不住了。第二法是在北京试行了好几年的傻事，现在当然可以不提。只有第三法还是疑问，“为生存和报复起见，便什么事都敢做，但不愿……”这一层你也知道危险，于生活无把握，而且又是老脾气，生怕对不起人。总之，第二法是不顾生活，专戕自身，不必说了，第一第三俱想生活，一是先谋后享，三是且谋且享。一知其苦,三觉其危。但我们也是人,谁也没有逼我们独来吃苦的权利,我们也没有必须受苦的义务的,得一日尽人事,求生活,即努力做去就是了。

我的话是那么率直,不知道说得太过分了没有?因为你问起来,我只好照我所想到的说出去,还愿你从长计议才好。

YOUR H. M. 十一月廿二晚十一时半。

八三

广平兄:

二十六日寄出一信,想当已到。次日即得二十三日来信,包裹的通知书,也一并送到了,即向邮政代办处取得收据,星期六下午已来不及。星期日不办事,下星期一(廿九日)可以取来,这里的邮政,就是如此费事。星期六这一天,我同玉堂往集美学校讲演〔1〕,以小汽船来往,还耗去了一整天;夜间会客,又耗去了许多工夫,客去正想写信,间壁的礼堂里走了电,校役吵嚷,校警吹哨,闹得"石破天惊"〔2〕,究竟还是物理学教授有本领,走进去关住了总电门,才得无事,只烧焦了几块木头。我虽住在并排的楼上,但因为墙是石造的,知道不会延烧,所以并不搬动,也没有损失,不过因了电灯俱熄,洋烛的光摇摇而昏暗,于是也不能写信了。

我一生的失计,即在向来不为自己生活打算,一切听人安排,因为那时豫料是活不久的。后来豫料并不确中,仍能生活下去,遂至弊病百出,十分无聊。再后来,思想改变了,但还是多所顾忌，这些顾忌，大部分自然是为生活，几分也为地位，所谓地位者，就是指我历来的一点小小工作而言，怕因我的行为的剧变而失去力量。这些瞻前顾后，其实也是很可笑的，这样下去，更将不能动弹。第三法最为直截了当，而细心一点，也可以比较的安全，所以一时也决不定。总之，我先前的办法已是不妥，在厦大就行不通，我也决计不再敷衍了，第一步我一定于年底离开这里，就中大教授职。但我极希望 H. M. 也在同地，至少可以时常谈谈，鼓励我再做些有益于人的工作。

昨天我向玉堂提出以本学期为止，即须他去的正式要求，并劝他同走。对于我走这一层，略有商量的话，终于他无话可说了。他自己呢，我看未必走，再碰几个钉子，则明年夏天可以离开。

此地无甚可为。近来组织了一种期刊，而作者不过寥寥数人，或则受创造社影响，过于颓唐，或则像狂飙社嘴脸，大言无实；又在日报上添了一种文艺周刊〔3〕，恐怕也不见得有什么好结果。大学生都很沉静，本地人文章，则“之乎者也”居多，他们一面请马寅初写字，一面要我做序，真是一视同仁，不加分别。有几个学生因为我和兼士在此而来的，我们一走，大约也要转学到中大去。

离开此地之后，我必须改变我的农奴生活；为社会方面，则我想除教书外，仍然继续作文艺运动，或其他更好的工作，俟那时再定。我觉得现在 H. M. 比我有决断得多，我自到此地以后，仿佛全感空虚，不再有什么意见，而且有时确也有莫明其妙的悲哀，曾经作了一篇我的杂文集的跋〔4〕，就写着那时的心情，十二月末的《语丝》上可以发表，你一看就知道。自己也明知道这是应该改变的，但现在无法，明年从新来过罢。

逢吉既知道通信地方，何以又须详询住址，举动颇为离奇。我想，他是在研究 H. M. 是否真在广州办事，也说不定。因他们一群中流言甚多，或者会有 H. M. 亦在厦门之说也。

女师校长给三主任的信，我在报上早见过了。现在未知如何？无米之炊，是人力所做不到的。能别有较好之地，自以从速走开为宜。但在这个时候，不知道可有这样凑巧的处所？

迅。十一月廿八日午十二时。

*　　*　　*

〔1〕 *往集美学校讲演*　讲稿佚。据鲁迅日记：这次讲演在 1926 年 11 月 27 日。讲演内容参看《华盖集续编·海上通讯》。

〔2〕 *"石破天惊"*　语出李贺《李凭箜篌引》："女娲炼石补天处，石破天惊逗秋雨。"

〔3〕 指《鼓浪》周刊。厦门大学学生组织的鼓浪社创办，附《民钟日报》发行。1926 年 12 月 1 日创刊，次年 1 月 12 日出至第七期停刊。

〔4〕 指《写在〈坟〉后面》。

八四

MY DEAR TEACHER：

廿五日午收十九来信，晚间又收廿一的来信；此外十，十六两信，也都收到，我已经写了回信了。

你十九的信里说，兼任太多，或在僻地做事，怕易流于浅薄，这是极确的。况且我什么都是一知半解，没有深的成就和心得，学的虽是文科，而向来未尝下过死工夫，可以说连字也不认识。我胆子又小，研究不充足就不敢教人，现在教这几点钟，已经时常怕会疏失，倘专做国文教员，则选材，查典，改文……更加难办。职员又困于事务，毫无余闲，有时且须与政界接洽，五光十色，以我率直之傻气，当然不适于环境。我终日想离开此校，而至今未有去处者，虽然因为此时不便引退，但一面也并无相宜的地方，不过事到其间，必有办法，那时自然会有人给我谋事，请你不必挂心。至于"中大女生指导员"之事，做起来也怕有几层难处：一，这职务等于舍监，盖极烦忙，闻中大复试后，学生中仍然党派纷歧，将来也许如女师之纠纷，难于处理；二，现时已有人指女师中表同情于革新之一部分教职员为共产党（也如北方军阀一样手段，可笑），倘我到中大，恐怕会连累你，则似以我不在你的学校为宜。但如果你以为无妨，就不妨向伏园先生说说，我是没有什么异议的。

你廿一的信，说收到我十五，六，七日三信了，但我十七又寄一包裹并一信——说明所寄的物件，并叫你小心开拆，勿打碎图章。图章并不是贵重品，不过颇别致耳，即使打碎，也勿介介。现必收到了罢？收到就通知我一声。

你在北京，拚命帮人，傻气可掬，连我们也看得吃力，而不敢言。其实这也没有什么，我的父母一生都是这样傻，以致身后萧条，子女窘迫，然而也有暂致其敬爱，仗义相助的，所以我在外读书，也能到了毕业，天壤间也须有傻子交互发傻，社会才立得住。这是一种；否则，萍聚云散，聚而相善，散便无关，倒也罢了。但长虹的行径，却真是出人意外，你的待他，是尽在人们眼中的，现在仅因小愤，而且并非和你直接发生的小愤，就这么嘲笑骂詈，好像有深仇重怨，这真可说是奇妙不可测的世态人心了。你对付就是，但勿介意为要。

你想寄的一束杂志还未到，本拟俟到后再复，但怕你在等信，就提前寄出了。如再有话，下次再谈。

YOUR H. M. 十一月廿七日。

八五

广平兄：

上月廿九日寄一信，想已收到了。廿七日发来的信，今天已到。同时伏园也得陈惺农信，知道政府将移武昌，他和孟余都将出发，报也移去，改名《中央日报》，叫伏园直接往那边去，因为十二月下旬须出版。所以伏园大约不再赴广州；广州情状，恐怕比较地要不及先前热闹了。

至于我呢，仍然决计于本学期末离开这里而往广州中大，教半年书看看再说。一则换换空气，二则看看风景，三则……。教不下去时，明年夏天又走，如果住得便，多教几时也可以。不过“指导员”一节，无人先为打听了。

其实，你的事情，我想还是教几点钟书好。要豫备足，则钟点不宜多。办事与教书，在目下都是淘气之事，但我们舍此亦无可为。我觉得教书与办别事实在不能并行，即使没有风潮，也往往顾此失彼，不知你此后可有教书之处（国文之类），有则可以教几点钟，不必多，每日匀出三四点钟来看书，也算豫备，也算是自己的享乐，就好了；暂时也算是一种职业。你大约世故没有我这么深，所以思想虽较简单，却也较为明快，研究一种东西，不会困难的，不过那粗心要纠正。还有一个吃亏之处是不能看别国书，我想较为便利的是来学日本文，从明年起我当勒令学习，反抗就打手心。

至于中央政府迁移而我到广州，于我倒并没有什么。我并不在追踪政府，许多人和政府一同移去，我或者反而可以闲暇些，不至于又大欠文章债，所以无论如何，我还是到中大去的。

包裹已经取来了，背心已穿在小衫外，很暖，我看这样就可以过冬，无需棉袍了。印章很好，其实这大概就是称为“金星石”的，并不是“玻璃”。我已经写信到上海去买印泥，因为旧有的一盒油太多，印在书上是不合适的。

计算起来，我在此至多也只有两个月了，其间编编讲义，烧烧开水，也容易混过去。厨子的菜又变为不能吃了，现在是单买饭，伏园自己做一点汤，且吃罐头。他十五左右当去。我是什么菜也不会做的，那时只好仍包菜，但好在其时离放学已只四十多天了。

阅报，知北京女师大失火[1]，焚烧不多，原因是学生自己做菜，烧伤了两个人：杨立侃，廖敏。姓名很生，大约是新生，你知道么？她们后来都死了。

以上是午后四点钟写的,因琐事放下,接着是吃饭,陪客,现在已是夜九点钟了。在金钱下呼吸,实在太苦,苦还罢了,受气却难耐。大约中国在最近几十年内,怕未必能够做若干事,即得若干相当的报酬,干干净净。(写到这里,又放下了,因为有客来。我这里是毫无躲避处,有人要进来就直冲进来的。你看如此住处,岂能用功。)往往须费额外的力,受无谓的气,无论做什么事,都是如此。我想此后只要能以工作赚得生活费,不受意外的气,又有一点自己玩玩的余暇,就可以算是万分幸福了。

我现在对于做文章的青年,实在有些失望;我看有希望的青年,恐怕大抵打仗去了,至于弄弄笔墨的,却还未遇着真有几分为社会的,他们多是挂新招牌的利己主义者。而他们竟自以为比我新一二十年,我真觉得他们无自知之明,这也就是他们之所以"小"的地方。

上午寄出一束刊物,是《语丝》,《北新》各两本,《莽原》一本。《语丝》上有我的一篇文章[2],不是我前信所说发牢骚的那一篇,那一篇还未登出,大概当在一〇八期。

迅。十二月二日之夜半。

*　　*　　*

〔1〕 女师大失火　1926年11月22日,北京女师大学生在宿舍用酒精灯烧饭酿成火灾。按这时的女师大已改名为女子学院师范部。

〔2〕 指《坟·题记》,载《语丝》周刊第一〇六期(1926年11月20日)。下文所说"那一篇",指《写在〈坟〉后面》,载1926年12月4日

《语丝》周刊第一〇八期。

八六

广平兄：

今天刚发一信，也许这信要一同寄到罢，你初看或者会以为又有甚么要事了，其实并不，不过是闲谈。前回的信，我半夜投在邮筒中；这里邮筒有两个，一个在所内，五点后就进不去了，夜间便只能投入所外的一个。而近日邮政代办所里的伙计是新换的，满脸呆气，我觉得他连所外的一个邮筒也未必记得开，我的信不知送往总局否，所以再写几句，俟明天上午投到所内的一个邮筒里去。

我昨夜的信里是说：伏园也得惺农信，说国民政府要搬了，叫他直接上武昌去，所以他不再往广州。至于我则无论如何，仍于学期之末离开厦门而往中大，因为我倒并不一定要跟随政府，熟人较少，或者反而可以清闲些。但你如离开师范，不知在本地可有做事之处，我想还不如教一点国文，钟点以少为妙，可以多豫备。大略不过如此。

政府一搬，广东的"外江佬"要减少了。广东被"外江佬"刮了许多天，此后也许要向"遗佬"报仇，连累我未曾搜刮的"外江佬"吃苦，但有"害马"保镳，所以不妨胆大。《幻洲》[1]上有一篇文章，很称赞广东人，使我更愿意去看看，至少也住到夏季。大约说话是一点不懂，与在此盖相同，但总不至于连买饭的处所也没有。我还想吃一回蛇，尝一点龙虱。

到我这里来空谈的人太多,即此一端也就不宜久居于此。我到中大后,拟静一静,暂时少与别人往来,或用点功,或玩玩。我现在身体是好的,能吃能睡,但今天我发见我的手指有点抖,这是吸烟太多了之故,近来我吸到每天三十支了,从此必须减少。我回忆在北京的时候,曾因节制吸烟而给人大碰钉子,想起来心里很不安,自觉脾气实在坏得可以。但不知怎的,我于这一事自制力竟会如此薄弱,总是戒不掉。但愿明年能够渐渐矫正,并且也不至于再闹脾气的了。

我明年的事,自然是教一点书;但我觉得教书和创作,是不能并立的,近来郭沫若郁达夫之不大有文章发表,其故盖亦由于此。所以我此后的路还当选择:研究而教书呢,还是仍作游民而创作?倘须兼顾,即两皆没有好成绩。或者研究一两年,将文学史编好,此后教书无须豫备,则有余暇,再从事于创作之类也可以。但这也并非紧要问题,不过随便说说。

《阿Q正传》的英译本[2]已经出版了,译得似乎并不坏,但也有几个小错处。你要否?如要,当寄上,因为商务印书馆有送给我的。

写到这里,还不到五点钟,也没有什么别的事了,就此封入信封,赶今天寄出罢。

迅。十二月三日下午。

*　　*　　*

〔1〕《幻洲》　文艺性半月刊,叶灵凤、潘汉年编辑,1926年10月在上海创刊,1928年1月出至第二卷第八期停刊。该刊第一卷第二期

(1926年10月)骆驼所作《把广州比上海》中说:"广州的人好似一块石头,硬性的,然而是干脆的;是一凿一块的,即是不作兴拖泥带水的,……他们从没有临时装成的笑脸,……不会有无理的敲诈,难堪的讥嘲,可耻的欺骗,虽然你是不懂广州话的外江阿木林。"

〔2〕《阿Q正传》英译本　梁社乾译,1926年上海商务印书馆出版。关于译文中的小错误,作者在《〈阿Q正传〉的成因》(收入《华盖集续编》)中曾经说及。

八七

MY DEAR TEACHER:

我现时是在豫备教材,明天用的,但我没有专心看书,我总想着廿六,七该得你的来信了,不料至今(卅)未有。而这两天报上则说漳州攻下,泉州永春也为北伐军所得。以前听说厦门大学危险,正在战事范围中,不知真相如何?适值近几天不见来信,莫非连船也不能来往了么?

看广大聘请教授条例(不知中大是否仍如此):初聘必为一年,续聘为四年,或无期,教至六年,则可停职一年,照支原薪。教授不能兼职,但经校务(?)会议通过,则可变通。授课时间每周八时,多或十余至二十时左右。教授又须指导学生作业云。

我校校长仍然未返,在看十二月初发给经费时,是照新豫算,抑旧豫算。倘照新豫算而不搭发积欠(省政府已通过),则办事仍有困难,还是不回校。我自己在校长回校,或决不回校时，均可引退，惟当青黄不接之间，则我决不去。现在已有些人，要我无论如何，再维持下去，但我是赞成凡与风潮有关的人，全都离校的，这样一来，可以除去一部分学生想闹的目标，于学校为有利。况且训育是以德相感，以情相系的，现在已经破脸，冷眼相看，又有什么意味呢？你看，这该如何处置才好？

汕头我没有答应去〔1〕，决意下学期仍在广州，即使有经济压迫，我想抵抗它试试看，看是它胜过我，还是我打倒它。

YOUR H. M. 十一月卅晚八时三刻。

MY DEAR TEACHER：

十二月一晚收到你廿六的信，而以前说寄的《新女性》等，至今未来；你十六，十九，廿一等信，俱先后收到，都答复过了，并不因新宁轮而有阻碍。

今日往陈惺农先生寓，见他正在整理行装，打算到武汉去，云于五日前后动身。他说并已电约伏园，径赴湖北。那么，伏园于十五左右先赴广州之说，恐怕又有变动了。学校今日由财政厅领得支票，不但不搭还欠薪，连数目也仍照旧豫算，公债库券也仍有，不过将先前搭发二成之三十个月满期的公债，改为一成。事情几乎毫无解决，校长拟往香港去了，我们三主任定于明日向全校教职员布告经过，并声明卸去维持校长职务的责任。但事情是绝不会如此简单的，或仍是不死不活的拖下去，学生两方亦仍争持不下，这真好像朽索之御六马，懔乎其危〔2〕了。

你因为怕有“不安”而“静下来”了，这教我也没有什么可说。至于我，“为社会做事”么？社会上有什么事好做？回粤以后，参与了一两样看去像是革新的事情，而同人中禁不起敌人之诬蔑中伤，多有放手不问之态，近来我校的情形，又复这个样子。你愿意我终生颠倒于其中而不自拔么？而且你还要因此忍受旧地方的困苦，以玉成我“为社会做事”么？过去的有限的日子，已经如此无聊，再“熬半年”，能保不发生别的意外么？单为“玉成”他人而自放于孤岛，这是应当的么？我着实为难，广大当然也不是理想的学校，所以你要仍在厦大，我也难于多说。但不写几句，又怕你在等我的回信，说起来，则措辞多不达意，恐你又因此发生新的奇异感想。我觉得书信的往来实在讨厌，既费时光，而又不能达意于万一的。这封信也还是如此。

YOUR H. M. 十二月二日。

* * *

〔1〕 汕头曾拟聘许广平为汕头市妇女部部长兼汕头女子中学校长。

〔2〕 朽索之御六马，懔乎其危 语出《尚书·五子之歌》：“懔乎若朽索之御六马”。孔颖达疏：“腐索驭六马，索绝马惊，马惊则逸，言危惧甚也。”

八八

广平兄：

三日寄出一信，并刊物一束，系《语丝》等五本，想已到。今天得二日来信，可谓快矣。对于廿六日函中的一段话，我于廿九日即发一函，想当我接到此信时，那边必亦已到，现在我也无须再说了。其实我这半年来并不发生什么"奇异感想"，不过"我不太将人当作牺牲么"这一种思想——这是我向来常常想到的思想——却还有时起来，一起来，便沉闷下去，就是所谓"静下去"，而间或形于词色。但也就悟出并不尽然，故往往立即恢复，二日得中央政府迁移消息后，便连夜发一信（次日又发一信），说明我的意思与廿九日信中所说者并无变更，实未有愿你"终生颠倒于其中而不自拔"之意，当时仅以为在社会上阅历几时，可以得较多之经验而已，并非我将永远静着，以至于冷眼旁观，将 H. M. 卖掉，而自以为在孤岛中度寂寞生活，咀嚼着寂寞，即足以自慰自赎也。

但廿六日信中的事，已成往事，也不必多说了。中大的钟点虽然较多，我想总可以设法教一点担子稍轻的功课，以求有休息的余暇，况且抄录材料等等，又可有帮我的人，所以钟点倒不成问题。每周二十时左右者，大抵是纸面文章，也未必实做的。

你们的学校，真是好像"湿手捏了干面粉"，粘缠极了，虽然"天下兴亡，匹夫有责"〔1〕，但在位者不讲信用，专责"匹夫"，使几个人挑着重担，未免太任意将人来做无谓的牺牲。

我想，事到如此，该以自己为主了，觉得耐不住，便即离开，倘因生计或别的关系，非暂时敷衍不可，便再敷衍它几日。“以德感”，“以情系”这些老话头，只好置之度外。只有几个人是做不好的。还傻什么呢？“匹夫匹妇之为谅也，自经于沟渎而莫之知也！”[2]

伏园须直往武昌了，不再转广州，前信似已说过。昨有人（据云系民党）从汕头来，说陈启修因为泄漏机密，已被党部捕治了。我和伏园正惊疑，拟电询，今日得你信，知二日曾经看见他，以日期算来，则此人是造谣言的。但何以要造如此谣言，殊不可解。

前一束刊物不知到否？记得先前也有一次，久不到，而终在学校的邮件中寻来。三日又寄一束，到否也是问题。此后寄书，殆非挂号不可。《桃色的云》[3]再版已出了，拟寄上一册，但想写几个字，并用新印，而印泥才向上海去带，大约须十日后才来，那时再寄罢。

迅。十二月六日之夜。

＊　　＊　　＊

〔1〕“天下兴亡，匹夫有责”　语出清代顾炎武《日知录·正始》：“有亡国，有亡天下。亡国与亡天下奚辨？曰：易姓改号，谓之亡国；仁义充塞，而至于率兽食人，人将相食，谓之亡天下。”“保国者，其君其臣，肉食者谋之；保天下者，匹夫之贱，与有责焉耳矣。”世人将这些话简括为“天下兴亡，匹夫有责”，成为警世箴言。

〔2〕“匹夫匹妇之为谅也”等语，见《论语·宪问》。谅，固执

成见。

〔3〕《桃色的云》　童话剧，爱罗先珂作，鲁迅译。1923年北京新潮社初版，1926年北新书局再版。鲁迅寄许广平一册，题字为："一九二六年十二月十五日寄赠广平兄　译者从厦门"。

八九

广平兄：

本月六日接到三日来信后，次日（七日）即发一信，想已到。我猜想昨今两日当有信来，但没有；明天是星期，没有信件到校的了。我想或者是你因校事太忙，没有发，或者是轮船误了期。

计算从今天到一月底，只有了五十天，我到这里，已经三个月又一星期了。现在倒没有什么事。我每天能睡八九小时，然而仍然懒。有人说我胖一点了，不知确否？恐怕也未必。对于学生，我已经说明了学期末要离开，有几个因我在此而来的〔1〕，大约也要走。至于有一部分，那简直无药可医，他们整天的读《古文观止》〔2〕。

伏园就要动身，仍然十五左右；但也许仍从广州，取陆路往武昌去。

我想一两日内，当有信来，我的廿九日信的回信也应该就到了，那时再写罢。

迅。十二月十一日之夜。

*　　*　　*

〔1〕 指谢玉生、王方仁、廖立峩、谷中龙等人。

〔2〕《古文观止》 清代康熙年间吴楚材、吴调侯编选的古文读本，收入先秦到明代散文二百二十篇。

九〇

MY DEAR TEACHER：

六日晨得十一月廿九日信，又廿一寄的书一束，一束书而耽搁至十六天，中国的邮政真太可以了。这信到在我发了廿三的信之后，总是觉得我太过火了，这样的说话。但你前一信说拟在厦门半年，后一信又说拟即离开，这样改变，全以外象为主，看来真好像十分"空虚"似的。现既打算离去，则关于学校的一切，可勿过于扰心，不如好好的静下来，养养身体。食物如何解决，已在福州馆子包饭么？伏园一走，你独自一人早晚为食物奔波，不太困苦么？

学校火警是很可怕的，我在天津，曾经遇到，在半夜里逃出。日前李之良得北京来信，说女师大失火，烧了几间寝室，一个由女子大学转学过来的杨立侃因伤身死，另一个是重伤。女师大真不幸，连转学过来的都遭劫。你也曾在报上看见或别方面听到过没有？

你为什么"时有莫名其妙的悲哀"？是因为感着寂寞么？是因为想到要走的路么？是因了为别人而焦虑么？"跋"中或有未便罄尽之处，其详可得闻欤？

我校自三主任声明不负代行校长职务后，当由教职员推举代表五人，向省政府，教育厅，财政厅交涉，但仍不得要领，继由革新之学生前去请愿，财政厅始允照新豫算发给。今日庶务处已领得支单，惟积欠仍无着落，众意须俟积欠有着，始敢相信，开手办事；故全校仍未上课，旧派学生忽对于总务主任及我开始攻击，但这是无聊之极思，没有用的。倘有事，以后再谈罢。

YOUR H. M. 十二月六晚八时。

九一

MY DEAR TEACHER：

今日是学校因经费问题而停课的第二天。薪水是发过了，数目为八成五，一半公债库券，一半现金，我得了七十八元。但那八十多个学生，昨却列队到省政府及教育厅，财政厅，去说是学校的问题并不在经费而在校长，只要宋庆龄[1]长校，一切即皆解决，云云。今日教育厅又约三主任及附小主任于下午四时前去谈话，现尚未到时，但我们必须待经费彻底解决以后，这才做下去。

今晨曾寄一信，是复你十一月廿九日信的，现在又接到十二月三日的信了。印章的质地是“金星石”，但我先前随便叫它曰玻璃；这不知是否日本东西，刻字时曾经刻坏了一个，不过由刻者负责，和我无干。有这样脆。我想一落地必碎，能够寄到而无损，算是好的了。穿上背心，冷了还是要加棉袄，棉袍……的。“这样就可以过冬”么？傻子！一个新印章，何必特地向上海买印泥去呢，真是多事。

这几天经费问题未解决，总坚持不上课；一解决，则将有一番革新，革新后自己再走，也是痛快事。昨日反对派学生推代表三人来，限总务主任于二十四小时内召集财政会议，布告经费状况，又限我于两日内解散革新学生会同盟会〔2〕。我们都置之不理，不久，大约当有攻击我们的宣言发表的。

现在已没有什么要说了，下次再谈。

YOUR H. M. 十二月七日午三时。

* * *

〔1〕 宋庆龄（1893—1981） 广东文昌（今属海南）人，政治家。孙中山夫人。曾留学美国，当时任国民党中央委员。

〔2〕 革新学生会同盟会 广东省立女师一部分倾向进步的学生的组织，成立于1926年10月。

九二

MY DEAR TEACHER：

现在是七日晚七时半，我又开始写信了。今日我发了一信，不是说下午四时要到教育厅去么？从那里回校时，看见门房里竖着几封信，我心内一动，转想午间已得来信，此时一定没有了，乃走不数步，听差赶上来交给我信，是你三日发的第二封。我高兴极了，接连两日得信三封，从这三封信中，可见你心神已略安定,有些活气了。至于廿六发的那一封,却似乎有点变态,不安而故示安定,所以我二日的回信,也未免激一些,现得最近的三信,没有问题了,不必挂念或神经过敏。

现在我要下命令了:以后不准自己将信“半夜放在邮筒中”。因为瞎马会夜半临深池的,十分危险,令人捏一把汗,很不好。况且“所外”的信今日上午到,“所内”的信下午到,这正和你发出的次序相同,殊不必以傻气的傻子,而疑“代办所里的伙计”为“呆气”的呆子,其实半斤八两相等也。即如我,发信也不如是急急,六晚写好的信,是今早叫给我做事的女工拿去的,但许久之后,我出校门,却见别一女工手拿一碗,似将出街买物,又拿着我的信,可见她又转托了人,便中送去。而且恐怕我每次发信,大抵如此,以后应该改换方法了。说起用人来,则因为广州有工会,故说话极难,一不小心,便以工会相压。例如我用的那个,虽十分村气,而买物必赚一半,洗物往往不见,我未买热水壶时,日嫌茶冷,买来以后,却连螺旋盖也不会开,用铁锤之类新新的就将热水壶敲坏了。你将来到广州时,倘用的是男的,或者好一点,但也得先知道,以免冒起火来。

至于用语,则这里的买物或雇车,普通话就可以,也许贵一点,不过有人代办,不成问题。我在北京,买物是不大讲价的,这里却往往开出大价,甚至二倍以上,须斟酌还价,还得太多是吃亏,太少或被骂,真是麻烦透了。吃食店随处都有,小饭馆也不化多少钱,你来不愁无吃处,而愁吃不惯口味,但广东素以善食称，想来你总可以对付的。至于蛇，你到时在年底，不知道可还有？龙虱也已过时，只可买干的了。又这里也有北方馆子，有专卖北京布底鞋的铺子，也有稻香村一类的店，所以糖炒栗子也有了，这大约是受了“外江佬”的影响。

你高兴时，信上也看见“身体是好的，能食能睡”一类的话，但在上月二十至廿六左右，则不特不然，而且什么也懒得做了。其实那一个人也并非一定专为别人牺牲，而且是行其心之所安的，你何必自己如此呢。现在手指还抖么？要看医生不？我想心境一好，无聊自然减少，不会多吸烟了。有什么方法可以减却呢？我情愿多写几个字。

你到这里后，住学校就省事，住外面就方便，但费用大。陈先生住的几间屋，是二楼，每月房租就四十余元，还有雇人，食，用……等，至少总在百元以上。究竟如何，是待到后再说，还是未雨绸缪？

我想，没有被人打倒，或自己倒下之前，教书是好的，倒下以后，则创作似乎闭户可做。但在那时，是否还有创作的可能，也很难说。在旧社会里，对于一般人，需用一般法，孤行己见，便受攻击，真是讨厌。不过人一受逼，自然会寻活路，著作路绝，恐怕也还是饿不死的。以上也只是些空话，因为今晚高兴多写，以致一发而不可收拾了。

英译《阿 Q》不必寄，现时我不暇看也不大会看，待真的阿 Q 到了广州，再拿出译本，一边讲解，一边对照罢。那时却勿得规避，切切！

今晚大风，窗外呼呼有声，空气骤冷。我已经穿上了夹裤，呢裙，毛绒背心及绒衫。但没有蚊子了。

YOUR H. M. 十二月七晚九时。

九三

广平兄：

今天早上寄了一封信。现在是虽在星期日，邮政代办所也开半天了。我今天起得早，因为平民学校[1]的成立大会要我演说，我去说了五分钟，又恭听校长辈之胡说至十一时。有一曾经留学西洋之教授曰：这学校之有益于平民也，例如底下人认识了字，送信不再会送错，主人就喜欢他，要用他，有饭吃，……。我感佩之极，溜出会场，再到代办所去一看，果然已有三封信在，两封是七日发的，一封是八日发的。

金星石虽然中国也有，但看印匣的样子，还是日本做的，不过这也没有什么关系。“随便叫它曰玻璃”，则可谓胡涂，玻璃何至于这样脆，又岂可“随便”到这样？若夫“落地必碎”，则一切印石，大抵如斯，岂独玻璃为然？特买印泥，亦非“多事”，因为不如此，则不舒服也。

近来对于厦大，什么都不过问了，但他们还要常来找我演说，一演说，则与当局者的意见一定相反，真是无聊。玉堂现在亦深知其不可为，有相当机会，什九是可以走的。我手已不抖，前信竟未说明。至于寄给《语丝》的那篇文章[2]，因由未名社[3]转寄，被社中截留了，登在《莽原》第廿三期上。其中倒没有什么未尽之处。当时动笔的原因,一是恨自己为生活起见,不能不暂戴假面,二是感到了有些青年之于我,见可利用则尽情利用,倘觉不能利用了,便想一棒打杀,所以很有些悲愤之言。不过这种心情,现在早已过去了。我时时觉得自己很渺小;但看他们的著作,竟没有一个如我,敢自说是戴着假面和承认"党同伐异"[4]的,他们说到底总必以"公平"或"中立"自居。因此,我又觉得我或者并不渺小。现在拚命要蔑视我和骂倒我的人们的眼前,终于黑的恶鬼似的站着"鲁迅"这两个字者,恐怕就为此。

我离厦门后,有几个学生要随我转学,还有一个助教也想同我走,他说我对于金石的知识于他有帮助。我在这里,常有客来谈空天,弄得自己的事无暇做,这样下去,是不行的。我将来拟在校中取得一间屋,算是住室,作为豫备功课及会客之用,另在外面觅一相当的地方,作为创作及休息之用,庶几不至于起居无节,饮食不时,再蹈在北京时之覆辙。但这可俟到粤后再说,无须未雨绸缪。总之,我的主意,是在想少陪无聊之客而已。倘在学校,谁都可以直冲而入,并无可谈,而东拉西扯,坐着不走,殊讨厌也。

现在我们的饭是可笑极了,外面仍无好的包饭处,所以还是从本校厨房买饭,每人每月三元半,伏园做菜,辅以罐头。而厨房屡次宣言:不买菜,他要连饭也不卖了。那么,我们为买饭计,必须月出十元,一并买他毫不能吃之菜。现在还敷衍着。伏园走后,我想索性一并买菜,以省麻烦,好在日子也已经有限了。工人则欠我二十元,其中二元,是他兄弟急病时借去的，我以为他穷，说这二元不要他还了，算是欠我十八元，他即于次日又借去二元，仍凑足二十元之数。厦门之对于“外江佬”，好像也颇要愚弄似的。

以中国人一般的脾气而论，失败之后的著作，是没有人看的，他们见可役使则尽量地役使，见可笑骂则尽量地笑骂，虽一向怎样常常往来，也即刻翻脸不识，看和我往来最久的少爷们的举动，便可推知。但只要作品好，大概十年或数十年后，就又有人看了，不过这只是书坊老板得益，至于作者，则也许早被逼死，不再有什么相干。遇到这样的时候，为省事计，则改业也行，走外国也行；为赌气计，则无所不为也行，倒行逆施也行。但我还没有细想过，因为这还不是急切的问题，此刻不过发发空议论。

“能食能睡”，是的确的，现在还如此，每天可睡至八九小时。然而人还是懒，这大约是气候之故。我想厦门的气候，水土，似乎于居民都不宜，我所见的本地人，胖子很少，十之九都黄瘦，女性也很少有丰满活泼的；加以街道污秽，空地上就都是坟，所以人寿保险的价格，居厦门者比别处贵。我想国学院倒大可以缓办，不如作卫生运动，一面将水，土壤，都分析分析，讲一个改善之方。

此刻已经夜一时了，本来还可以投到所外的箱子里去，但既有“命令”，就待至明晨罢，真是可惧，“我着实为难”。

迅。十二月十二日。

*　　　*　　　*

〔1〕　平民学校　厦门大学学生自治会为本校工人创办的学校。由学生任教员。

〔2〕　指《写在〈坟〉后面》,仍载《语丝》第一〇八期。参看本书第九五号信。

〔3〕　未名社　文学团体,1925年秋成立于北京,成员有鲁迅、韦素园、曹靖华、李霁野、台静农、韦丛芜。该社注重介绍外国文学,特别是俄国和东欧文学,曾先后出版《莽原》半月刊、《未名》半月刊和《未名丛刊》、《未名新集》等。1931年秋结束。

〔4〕　"党同伐异"　语出《后汉书·党锢传序》。

九四

MY DEAR TEACHER:

今早九时由家里回校,见你十二月七日的信在桌上,大约是昨天到的,而我外出未见。我料想日内当有信来,今果然,慰甚。三日寄的刊物则至今未到,但慢惯了,倒也不怎样着急。二日的信,乃晚间七时自己投在街上邮筒中的(便中经过),若六日到,则前后仅四天,也差强人意,而平常竟有耽搁至八天的,真是奇怪。

你"向来常常想到的思想",实在谬误,"将人当作牺牲"一语,万分不通。牺牲者,谓我们以牛羊作祭品,在牛羊本身,是并非自愿的,故由它们一面看来,实为不合。而"人"则不如此,天下断没有人而肯任人宰割者。倘非宰割,则一面出之维护,一面出之自主,即有所失,亦无牺牲之可言。其实在人间本无所谓牺牲,譬如吾人为社会做事,是大家认为至当的了。于是有因公义而贬抑私情者,从私情上说,固亦可谓之牺牲,而人们并不介意,仍趋公义者,即由认公义为比较的应为,急为而已。这所谓应,所谓急,虽亦随时代环境而异,但经我决择,认为满意而舍此无他道,即亦可为,天下事不能具备于一身,于是有取舍,既有所取,也就不能偏重所舍的一部分,说是牺牲了。此三尺童子皆知之,而四尺的傻子反误解,是应该记打手心十下于日记本上的。

校事又变化起来了。反对派的学生们以学生会之名,向官厅请愿,又在校内召集师生联席会议,教员出席者七人,共同发表了一封信,责三主任为什么故意停课,限令立即开课云云。其实我们的卸责,学校的停课,是经过全校教职员会议种种步骤的,今乃独责主任,大有问罪之意;曾经与议的教员们,或则先去,或则诿为不知,甚或有出席师生联席会议,反颜诘责者。幸而学校已经领了一点款,可以借此转圜,校长应允回校,先仍由三主任负责,于是从明天(十三)起上课了,但另一消息,则说校长决不回来,不过姑允回校,使学生照常上课,免得扰嚷,以便易于引退,实"以进为退"也云。这使我很恐惧,倘她不回校,教育厅又不即派继任人物,则三主任负责无期,而且我还有被荐,或被派为新校长的危险,因为先前即有此说,经我竭力拒绝了的。我现在已知道此校病根极深,甚难挽救,一作校长,非随波逐流,即自己吃苦。我只愿意做点小事情,所谓"长"者,实在一听到就令人不寒而栗,我现在只好设法力劝校长早日回校，以免自己遭殃，否则便即走开，你说是不是呢？

你常往上海带书，可否替我买一本《文章作法》，开明书店出版，价七角，能再买一本《与谢野晶子论文集》〔1〕则更佳。现已十二月中旬，再过三十多天便可见面，书籍寄得太慢，或在人到之后，不如留待自己带来，且可免遗失或损坏。香港已经通船了，你来也不必定转汕头，且带着许多书籍，车上恐怕也不如船上之方便。

从明天起上课，事情又多起来了。省妇女部立的妇女运动人员训练所〔2〕，要我担任讲“妇女与经济政治之关系”，为时三周，每周二小时，在晚上，地点是中山大学。我推却而不能，已答应了，但材料还未搜得多少，现正在准备中。我自思甚好笑，自己实无所长，而时机迫得我硬干，真是苦恼。倘不及早设法倒下来，怕就要像厂甸〔3〕的轻气球一样，气散而自己掉下来了，一点也没有法子想。

你的手有点抖，好了没有？

YOUR H. M.　十二月十二日午一时。

*　　*　　*

〔1〕《文章作法》 夏丏尊、刘薰宇著。《与谢野晶子论文集》，日本女作家与谢野晶子著，张娴译。两书都于1926年由开明书店出版。

〔2〕 妇女运动人员训练所　由国民党广东省党部与中山大学特别党部联合举办，所址在中山大学西讲堂，每期学习三个月，第一期于1926年10月11日开学（据国民党广东省党部《关于妇女运动的

报告》)。

〔3〕 厂甸　北京地名,位于和平门外琉璃厂。旧俗夏历正月初一至十五传统的庙会期间,设有各种商摊,出售玩具、食品及杂货等。

九五

广平兄:

昨(十三日)寄一信,今天则寄出期刊一束,怕失少,所以挂号,非因特别宝贵也。束中有《新女性》一本,大作在内,又《语丝》两期,即登着我之发牢骚文,盖先为未名社截留,到底又被小峰〔1〕夺过去了,所以仍在《语丝》上。

慨自寄了二十三日之信,几乎大不得了,伟大之钉子,迎面碰来,幸而上帝保佑,早有廿九日之信发出,声明前此一函,实属大逆不道,应即取消,于是始蒙褒为"傻子",赐以"命令",作善者降之百祥〔2〕,幸何如之。

现在对于校事,已悉不问,专编讲义,作一结束,授课只余五星期,此后便是考试了。但离校恐当在二月初,因为一月份薪水,是要等着拿走的。

中大又有信来,催我速去,且云教员薪水,当设法增加,但我还是只能于二月初出发。至于伏园,却在二十左右要走了,大约先至粤,再从陆路入武汉。今晚语堂饯行,亦颇有活动之意,而其太太则大不谓然,以为带着两个孩子,常常搬家,如何是好。其实站在她的地位上来观察,的确也困苦的,旅行式的家庭,教管理家政的女性如何措手。然而语堂殊激昂。后事如何，只得“且听下回分解”了。

狂飙中人一面骂我，一面又要用我了。培良要我在厦门或广州寻地方，尚钺[3]要将小说编入《乌合丛书》去，并谓前系误骂，后当停止，附寄未发表的骂我之文稿，请看毕烧掉云。我想，我先前的种种不客气，大抵施之于同年辈或地位相同者，而对于青年，则必退让，或默然甘受损失。不料他们竟以为可欺，或纠缠，或奴役，或责骂，或诬蔑，得步进步，闹个不完。我常叹中国无“好事之徒”，所以什么也没有人管，现在看来，做“好事之徒”实在也大不容易，我略管闲事，就弄得这么麻烦。现在是方针要改变了，地方也不寻，丛书也不编，文稿也不看，也不烧，回信也不写，关门大吉，自己看书，吸烟，睡觉。

《妇女之友》第五期上，有沄沁[4]给你的一封公开信，见了没有？内中也没有什么，不过是对于女师大再被毁坏的牢骚。我看《世界日报》[5]，似乎程干云仍在校，罗静轩[6]却只得滚出了，报上有一封她的公开信，说卖文也可以过活，我想，怕很难罢。

今天白天有雾，器具都有点潮湿。蚊子很多，过于夏天，真是奇怪。叮得可以，要躲进帐子里去了，下次再写。

十四日灯下。

天气今天仍热，但大风，蚊子忽而很少了，不知道是怎么一回事。于是编了一篇讲义。印泥已从上海寄来，此刻就在《桃色的云》上写了几个字，将那“玻璃”印和印泥都第一次用在这上面，豫备等《莽原》第二十三期到来时，一同寄出。因为天气热，印泥软，所以印得不大好，但那也不要紧。必须如此办理，才觉舒服，虽被斥为“多事”，亦不再辩，横竖受攻击惯了的，听点申斥又算得什么。

本校并无新事发生。惟山根先生仍是日日夜夜布置安插私人；白果从北京到了，一个太太，四个小孩，两个用人，四十件行李，大有“山河永固”之意。不知怎地我忽而记起了“燕巢危幕”〔7〕的故事，看到这一大堆人物，不禁为之凄然。

十五夜。

十二日的来信，今天（十六）就到了，也算快的。我看广州厦门间的邮信船大约每周有二次。假如星期二，五开的罢，那么，星期一，四发的信更快，三，六发的就慢了，但我终于研究不出那船期是星期几。

贵校的情形，实在不大高妙，也如别的学校一样，恐怕不过是不死不活，不上不下。一沾手，一定为难。倘使直截痛快，或改革，或被打倒，爽快，或苦痛，那倒好了。然而大抵不如此。就是办也办不好，放也放不下，不爽快，也并不大苦痛，只是终日浑身不舒服，那种感觉，我们那里有一句俗话，叫作“穿湿布衫”，就是恰如将没有晒干的小衫，穿在身体上。我所经历的事情，几乎无不如此，近来的作文印书，即是其一。我想接手之后，随俗敷衍，你一定不能；改革呢，能办到固然好，即使自己因此失败也不妨，但看你来信所说，是恐怕没有改革之望的。那就最好是不接手，倘难却，则仿“前校长”的老法子：躲起来。待有结束后，再出来另觅事情做。

政治经济，我晓得你是没有研究的，幸而只有三星期。我也有这类苦恼,常不免被逼去做“非所长”,“非所好”的事。然而往往只得做,如在戏台下一般,被挤在中间,退不开去了,不但于己有损,事情也做不好。而别人见你推辞,却以为谦虚或偷懒,仍然坚执要你去做。这样地玩“杂耍”一两年,就只剩下些油滑学问,失了专长,而也逐渐被社会所弃,变了“药渣”了,虽然也曾煎熬了请人喝过汁。一变药渣,便什么人都来践踏,连先前喝过汁的人也来践踏,不但践踏,还要冷笑。

牺牲论究竟是谁的“不通”而该打手心,还是一个疑问。人们有自志取舍,和牛羊不同,仆虽不敏,是知道的。然而这“自志”又岂出于本来,还不是很受一时代的学说和别人的言动的影响的么?那么,那学说的是否真实,那人的是否确当,就是一个问题,我先前何尝不出于自愿,在生活的路上,将血一滴一滴地滴过去,以饲别人,虽自觉渐渐瘦弱,也以为快活。而现在呢,人们笑我瘦弱了,连饮过我的血的人,也来嘲笑我的瘦弱了。我听得甚至有人说:“他一世过着这样无聊的生活,本早可以死了的,但还要活着,可见他没出息。”于是也乘我困苦的时候,竭力给我一下闷棍,然而,这是他们在替社会除去无用的废物呵!这实在使我愤怒,怨恨了,有时简直想报复。我并没有略存求得称誉,报答之心,不过以为喝过血的人们,看见没有血喝了就该走散,不要记着我是血的债主,临走时还要打杀我,并且为消灭债券计,放火烧掉我的一间可怜的灰棚。我其实并不以债主自居,也没有债券。他们的这种办法,是太过的。我近来的渐渐倾向个人主义,就是为此;常常想到像我先前那样以为“自所甘愿,即非牺牲”的人,也就是为此；常常劝别人要一并顾及自己，也就是为此。但这是我的意思，至于行为，和这矛盾的还很多，所以终于是言行不一致，恐怕不足以服足下之心，好在不久便有面谈的机会，那时再辩论罢。

我离厦门的日子，还有四十多天，说“三十多”，少算了十天了，然则心粗而傻，似乎也和“傻气的傻子”差不多，“半斤八两相等也”。伏园大约一两日内启行，此信或者也和他同船出发。从今天起，我们兼包饭菜了，先前单包饭的时候，每人只得一碗半（中小碗），饭量大的人，兼吃两人的也不够，今天是多一点了，你看厨子多么利害。这里的工役，似乎都与当权者有些关系，换不掉的，所以无论如何，只好教员吃苦，即如这个厨子，原是国学院听差中之最懒而最狡猾的，兼士费了许多力，才将他弄走，而他的地位却更好了。他那时的主张，是：他是国学院的听差，所以别人不能使他做事。你想，国学院是一所房子，会开口叫他做事的么？

我向上海买书很便当，那两本当即去带，并遵来命，年底面呈。

迅。十六日下午。

*　　*　　*

〔1〕 小峰　即李小峰（1897—1971），江苏江阴人，北京大学哲学系毕业，曾参加新潮社和语丝社，当时是上海北新书局主持人。

〔2〕 作善者降之百祥　语出《尚书·伊训》：“惟上帝不常，作善降之百祥，作不善降之百殃。”

〔3〕 尚钺（1902—1982） 号宗武，一作钟吾，河南罗山人，历史学家。早期参加莽原社，后为狂飙社成员。这里所说“小说”指《斧背》，后列为《狂飙丛书》之一，1928年5月上海泰东图书局出版。

〔4〕 沄沁 即吕云章（1891—1974），字倬人，别名沄沁，山东蓬莱人，女师大国文系毕业。她在《妇女之友》第五期（1926年11月）上发表的《寄景宋的公开信》，谈及许广平离开女师大后，林素园率领军警武装接收女师大等情形。《妇女之友》，半月刊，1926年9月创刊于北京。

〔5〕 《世界日报》 1925年2月创刊于北京，成舍我主办。1926年9月21日该报刊登“女师大领得俄款”的消息中说：“女师大应得款项六千余元，由前总务长程干云代领”，所以鲁迅说程干云“似乎仍在校”。

〔6〕 罗静轩（1896—1979） 湖北红安人。北京女子高等师范学校毕业，当时任北京女子学院舍务主任。因学校失火，烧死学生事引咎辞职。1926年12月6日，她在《世界日报》上发表致北京女子学院教职员及全体同学公开信，其中有“静轩虽不才，鬻文为生，尚足养母”等语。

〔7〕 “燕巢危幕” 语出《左传》襄公二十九年：“夫子之在此也，犹燕之巢于幕上。”

九六

广平兄：

十六日得十二日信后，即复一函，想已到。我猜想一两日内当有信来，但此刻还没有，就先写几句，豫备明天发出。

伏园前天晚上走了，昨晨开船。现在你也许已经看见过。

中大有无可做的事,我已托他探问,但不知结果如何。上遂南归,杳无消息,真是奇怪,所以他的事情也无从计划。

我这里是什么事也没有发生,不过前几天很阔了一通,将伏园的火腿用江瑶柱〔1〕煮了一大锅,吃了。我又从杭州带来茶叶两斤,每斤二元,喝着。伏园走后,庶务科便派人来和我商量,要我搬到他所住过的半间小屋子里去。我即和气的回答他:一定可以,不过可否再缓一个多月的样子,那时我一定搬。他们满意而去了。

其实,教员的薪水,少一点倒不妨的,只是必须顾到他的居住饮食,并给以相当的尊重。可怜他们全不知道,看人如一把椅子或一个箱子,搬来搬去,弄不完,幸而我就要搬出,否则,恐怕要成为旅行式的教授的。

朱山根已经知道我必走,较先前安静得多了,但听说他的"学问"好像也已讲完,渐渐讲不出来,在讲堂上愈加装口吃。田千顷是只能在会场上唱昆腔,真是到了所谓"俳优蓄之"〔2〕的境遇。但此辈也正和此地相宜。

我很好,手指早已不抖,前信已经声明。厨房的饭又克减了,每餐复归于一碗半,幸而我还够吃,又幸而只有四十天了。北京上海的信虽有来的,而印刷物多日不到,不知其故何也。再谈。

迅。十二月二十日午后。

现已夜十一时,终不得信,此信明天寄出罢。

二十日夜。

*　　　*　　　*

〔1〕 江瑶柱　俗名干贝，海贝干制品。

〔2〕 “俳优蓄之”　语出《汉书·严助传》：“（东方）朔、（枚）皋不根持论，上颇俳优蓄之。”

九七

MY DEAR TEACHER：

十六日寄上一信，告诉你此后通信的地址。这日我就告病（伪的）回家去住了。但又不放心，总想到学校去看看。昨晚往校，果见你十三寄的信，这信的第一句就是“今天早上寄了一封信”，而早上的一封我却没有收到，不知是否因为我有几天不在校内的缘故。

学校的事，昨晚回校，始知校长确不再来，教务总务也都另得新职，决去此校，所不知这消息的，只有我一个。我幸而请着病假，但已迟了几天，多做几天傻子了，因即致函校长，辞去职务。惟又闻校长辞呈中，曾举一李女士[1]和我，请教育厅选一人继任云云。不过我是决计不干的，我现在想休息休息了，一面慢慢地找事做。

厦大几时放寒假？我现在闲着了，来的日期可先行通知，最好托客栈招呼，或由我豫先布置，总以豫知为便，好在我是闲着的。

我在家里，是做做缝纫的事（缝工价贵），改造旧衣，或编织绒物（人托做的），或看书，并不闷气，可无须挂念。

这信是在校内写的,不久又要回家去了。再谈罢。

YOUR H. M. 十二月十九日下午五时。

* * *

〔1〕 指李雪英,广东人,日本留学生,当时任广东女子师范学校教员。

九八

广平兄:

十九日信今天到,十六的信没有收到,怕是遗失了,所以终于不知寄信的地方。此信也不知能收到否?我于十二上午寄一信,此外尚有十六,廿一两信,均寄学校。

前日得郁达夫及逢吉信,十四日发的,似于中大颇不满,都走了。次日又得中大委员会十五来信,言所定"正教授"只我一人,催我速往。那么,恐怕是主任了。不过我仍只能结束了学期再走,拟即复信说明,但伏园大概已经替我说过。至于主任,我想不做,只要教教书就够了。

这里一月十五考起,阅卷完毕,当在廿五左右,等薪水,所以至早恐怕要在一月廿八才可以动身[1]罢。我想先住客栈,此后如何,看情形再说,现在可以不必豫先酌定。

电灯坏了。洋烛所余无几,只得睡了。倘此信能收到,可告我更详确的地址,以便写信面。

迅。十二月廿三夜。

怕此信失落,另写一封寄学校。

*　　*　　*

〔1〕 鲁迅离开厦门赴广州的实际日期为1927年1月16日。

九九

广平兄：

今日得十九来信，十六日信终于未到，所以我不知你住址，但照信面所写的发了一信，不知能到否？因此另写一信，挂号寄学校，冀两信中有一信可到。

前日得郁达夫及逢吉信，说当于十五离粤，似于中大颇不满。又得中大委员会信，十五发，催我速往，言正教授只我一人。然则当是主任。拟即作复，说一月底才可以离厦，但也许伏园已经替我说明了。

我想不做主任。只教书。

厦校一月十五考试，阅卷及等候薪水等，恐至早须廿八九才得动身。我想先住客栈，此后则看情形再定。

我除十二，十三，各寄一信外，十六，二十一，又俱发信，不知收到否？

电灯坏了，洋烛已短，又无处买添，只得睡觉，这学校真是不便极了！

此地现颇冷，我白天穿夹袍，夜穿皮袍，其实棉袍已够，而我懒于取出。

迅。十二月廿三夜。

告我通信地址。

一〇〇

MY DEAR TEACHER:

以前七晨，午，十二各寄一信，想必都到在此信之先了。这封信是向你发牢骚的，因为只有向你可以尽量发，但既能发，则非怒气冲天可知了，所以也还是等于送戏目给你看。

昨日我校的总务主任辞职了。今晨我到校办公，阅报及听庶务员说，才知道教务主任也要往中大当秘书去，无意于此了。那个庶务员就取笑我，说：已并校长及三主任，四职萃于一身了！我才恍然大悟，做了傻子，人们找好事情，溜之大吉，而我还打算等有了交代再走，将来岂不要人都跑光，校长又不回来，只剩我一个独受学生的闷气，教职员的催逼么？我急跑去找校长面辞，并陈述校中情状，正说之间，那个教务主任也到了，他不承认有辞职之事，说是只因为忙，所以未到，明天是可以到校的云云，我也不知道的确与否。

至于学生间的纠纷，则今日（十五）中央，省，市，青年部来宣布两派学生会同时停止，另由学生会改选新会员，结果是和以前一样。总而言之，坏的学生狠猾而猖獗，好一点的学生则老实而胆怯，只会腹诽，惮于开口，真没奈何。教职员既非一心，三主任又去其二，校长并不回来，也不决绝，明日有筹备学生选举会事，我也打算不做傻子了，即使决意要共患难，也没有可共之人，我何必来傻冲锋呢？现已写好两信，一致校长，辞赴筹备会，一致教务主任，告诉他我请病假（装假），而无日数，拟即留信回家，什么都不闻不问了。在家里静静的过几天之后，再到学校去收拾行李。你以后寄信，暂寄“广州高第街中约”便妥，倘有改动，当再通知。

我身体是好的。校事早了，也早得安心。勿念。

YOUR H. M. 十二月十五晚。

一〇一

广平兄：

昨（廿三）得十九日信，而十六日信待至今晨还没有到，以为一定遗失的了，因写两信，一寄高第街，一挂号寄学校，内容是一样的，上午发出，想该有一封可以收到。但到下午，十六日发的一封信竟收到了，一共走了九天，真是奇特的邮政。

学校现状，可见学生之无望，和教职员之聪明，独做傻子，实在不值得，还不如暂逃回家，不闻不问。这种事我也遇到过好几次，所以世故日深，而有量力为之，不拚死命之说，因为别人太巧，看得生气也。伏园想早到粤，已见过否？他曾说要为你向中大一问。

郁达夫已走，有信来。又听说成仿吾也要走。创造社中人，似乎和中大有什么不对似的，但这不过是我的猜测。达夫逢吉则信上确有愤言。我且不管，旧历年底仍往粤。算起来只有一个多月了。

现在在这里还没有什么不舒服，因为横竖不远要走，什么都心平气和了。今晚去看了一回电影。川岛[1]夫妇已到,他们还只看见山水花木的新奇。我这里常有学生来,也不大能看书;有几个还要转学广州,他们总是迷信我,真是无法可想。

玉堂恐怕总弄不下去,但国学院是一时不会倒的,不过不死不活,“学者”和白果,已在联络校长了,他们就会弄下去。然而我们走后,不久他们也要滚出的。为什么呢,这里所要的人物,是:学者皮而奴才骨。他们却连皮也太奴才了,这又使校长看不起,非走不可。

再谈。

迅。十二月二十四日灯下。(电灯修好了。)

*　　*　　*

〔1〕 川岛　章廷谦(1901—1981),字矛尘,笔名川岛,浙江绍兴人。北京大学哲学系毕业,《语丝》撰稿人。曾在北京大学任教,当时来厦门大学任国学院出版部干事兼图书馆编辑。其妻孙斐君(1897—1990),黑龙江安达人,北京女子高等师范学校毕业,1924年与章廷谦结婚。

一〇二

广平兄:

廿五日寄一函,想已到。今天以为当得来信,而竟没有,别的粤信,都到了。伏园已寄来一函,今附上,可借知中大情形。上遂与你的地方，大概都极易设法。我已写信通知上遂，他本在杭州，目下不知怎样。

看来中大似乎等我很急，所以我想就与玉堂商量，能早走则早走。况且我在厦大，他们并不以为必要，为之结束学期与否，不成什么问题也。但你信只管发，即我已走，也有人代收寄回。

厦大我只得抛开了，中大如有可为，我还想为之尽一点力，但自然以不损自己之身心为限。我来厦门，虽是为了暂避军阀官僚“正人君子”们的迫害。然而小半也在休息几时，及有些准备，不料有些人遽以为我被夺掉笔墨了，不再有开口的可能，便即翻脸攻击，想踏着死尸站上来，以显他的英雄，并报他自己心造的仇恨。北京似乎也有流言，和在上海所闻者相似，且云长虹之拚命攻击我，乃为此。这真出我意外，但无论如何，用这样的手段，想来征服我，是不行的，我先前对于青年的唯唯听命，乃是退让，何尝是无力战斗。现既逼迫不完，我就偏又出来做些事，而且偏在广州，住得更近点，看他们躲在黑暗里的诸公其奈我何。然而这也许是适逢其会的借口，其实是即使并无他们的闲话，我也还是要到广州的。

再谈。

迅。十二月廿九日灯下。

一〇三

MY DEAR TEACHER：

今日（廿三）下午往学校去一看，得你十六日的来信，大约是到了好几天的，因为我今天才到校，所以耽搁了一些时候了。

你来信说寄给我刊物的有好些次，但除十一月廿一寄的一束之外，什么也没有收到。那个号房不是好人。画报（图书馆定的）寄到，他常常扣留住，但又不能明责他，因为他进过工会，一不小心，就可以来包围。所以此后一切期刊及书籍，还是自己带来，较为妥当，倘是写字盖章的，寄失就更可惜。至于家里，则数百人合用的一个门房，更可想而知了。

也是今日回校时候，同信一起在寝室桌上见有伏园名片，写着廿二日来校，现住广泰来栈，我打算明日上午去看他，但不想问他中大的事。日前有一个旧同学问我省立中学缺少职员，愿去否？我答愿意。职员我是做厌了，不过如无别处可去，我想也只得姑且混混。不知你以为何如？

也还是今日在学校里，见沄沁寄来的《妇女之友》共五期，这才看见了你所说的那篇给我的公开信，既是给我，又要公开，先前全是公开，现在见了这一份，总算终于给我了，一笑。

妇女讲习所里，昨晚已去讲了二小时，下星期三再去一次就完事。学生老幼不齐，散学时在街上大喊，高谈，秩序颇纷乱，我是只讲几小时的，所以没有去说她们。

有谁能够不受"一时代的学说和别人的言动的影响"呢？文学就离不开这一层。

你那些在厦门购置的器具，如不沉重，带来用用也好。此地的东西，实在太贵，而且我也愿意看看那些用具，由此来推见你在厦门的生活。

二月初大约是旧历十二月末，到粤即度岁了。也只好耐着。

YOUR H. M. 十二月廿三晚。

一〇四

广平兄：

自从十二月廿三，四日得十九，六日信后，久不得信，真是好等，今天（一月二日）上午，总算接到十二月廿四的来信了。伏园想或已见过，他到粤后所问的事情，我已于三十日函中将他的信附上，收到了罢。至于刊物，则十一月廿一之后，我又寄过两次，一是十二月三日，恐已遗失，一是十四日，挂号的，也许还会到，门房连公物都据为己有，真可叹，所以工人地位升高的时候，总还须有教育才行。

前天，十二月卅一日，我已将正式的辞职书提出，截至当日止，辞去一切职务。这事很给学校当局一点苦闷：为虚名计，想留我，为干净，省事计，愿放走我，所以颇为难。但我和厦大根本冲突，无可调和，故无论如何，总是收得后者的结果的。今日学生会也举代表来留。自然是具文而已。接着大概是送别会，有恭维和愤慨的演说。学生对于学校并不满足，但风潮是不会有的，因为四年前曾经失败过一次。[1]

上月的薪水，听说后天可发；我现在是在看试卷，两三天即完。此后我便收拾行李，至迟于十四五以前，离开厦门。但其时恐怕已有转学的学生同走了，须为之交涉安顿。所以此信到后，不必再寄信来，其已经寄出的，也不妨，因为有人代收。至于器具，我除几种铝制的东西和火酒炉而外，没有什么，当带着，恭呈钧览。

想来二十日以前，总可以到广州了。你的工作的地方，那时当能设法，我想即同在一校也无妨，偏要同在一校，管他妈的。

今天照了一个相，是在草莽丛中，坐在一个洋灰的坟的祭桌上的，但照得好否，要后天才知道。

迅。一月二日下午。

*　　*　　*

〔1〕 指1924年厦门大学学生反对校长林文庆之事，参看本书第218页注〔1〕。

一〇五

广平兄：

伏园想已见过了。他于十二月廿九日给我一封信，今裁出一部分附上〔1〕，未知以为何如？我想，助教是不难做的，并不必讲授功课，而给我做助教尤其容易，我可以少摆教授架子。

这几天，"名人"做得太苦了，赴了几处送别会，都要演说，照相。我原以为这里是死海，不料经这一搅，居然也有了些波动，许多学生因此而愤慨，有些人颇恼怒，有些人则借此来攻击学校或人们，而被攻击者是竭力要将我之为人说得坏些，以减轻自己的伤害。所以近来谣言颇多，我但袖手旁观，煞是有趣。然而这些事故，于学校是仍无益处的，这学校除全盘改造之外，没有第二法。

学生至少有二十个也要走。我确也非走不可了，因为我在这里，竟有从河南中州大学转学而来的，而学校的实际又是这模样，我若再帮同来招徕，岂不是误人子弟？所以我一面又做了一篇《通信》〔2〕，去登《语丝》，表明我已离开厦门。我好像也已经成了偶像了，记得先前有几个学生拿了《狂飙》来，力劝我回骂长虹，说道：你不是你自己的了，许多青年等着听你的话！我曾为之吃惊，心里想，我成了大家的公物，那是不得了的，我不愿意。还不如倒下去，舒服得多。

现在看来，还得再硬做“名人”若干时，这才能够罢手。但也并无大志，只要中大的文科办得还像样，我的目的就达了，此外都不管。我近来改变了一点态度，诸事都随手应付，不计利害，然而也不很认真，倒觉得办事很容易，也不疲劳。

此信以后，我在厦门大约不再发信了。

迅。一月五日午后。

*　　*　　*

〔1〕 孙伏园在信中转达朱家骅的意见，希望聘鲁迅为中山大学唯一的正教授，月薪五百毫洋，并表示可以设法安排许广平担任鲁迅的助教，但她要辞去其他兼差。

〔2〕 指《厦门通信(三)》,后收入《华盖集续编》。

一〇六

MY DEAR TEACHER:

昨廿六日我到学校去,将什物都搬回高第街了。原想等你的来信能寄到高第街后,再去搬取什物的,但前天报上载有校长辞职呈文,荐一位姓李的和我自代,我所以赶紧搬开,以示决绝。并向门房说明,信件托他存起,当自去取,或由叶姓表姊转交,言次即赠以孙总理遗像一幅(中央银行钞票),此君唯唯,想必不至于作殷洪乔了。

现在我住在嫂嫂家里,她甚明达,待我亦好,惟孩子吵嚷,不是用功之所。但有一点好处,就是我从十六回家至廿六日,不过住了十天,而昨天到校,看见的人都说我胖了,精神也好得多了。胖瘦之于我,虽然无甚关系,但为外观计,也许还是胖些的好罢。睡也很多,往往自晚九点至次早十点,有十多个钟头了。你看这样懒法。如何处置呢?

廿四日晨我往广泰来栈访孙伏园老,九点多到,而他刚起身,说是昨日中酒,睡了一天,到粤则在冬至之夜云。客栈工人因为要求加薪,正在罢工,不但连领路也不肯,且要伏园立刻搬出,我劝他趁早设法,因为他们是不留情面的。略坐后我们即到海珠公园一游,其次是一同入城,在一家西菜馆吃简便的午餐,听他所说的意思,好像是拟在广州多住些时,俟有旅伴,再由陆路往武汉似的。但我想,也许他虽初到,却已觉到此地党派之纷歧，又一时摸不着头脑，因此就徘徊起来，要多住些时，看个清楚，然后来定去就，也未可料。

实在，这里的派别之纷繁和纠葛，是决非久在北京的简单的人们所能豫想的。即如我在女师，见有一部分人，觉学校之黑暗，须改革，同此意见，于是大家来干一下而已。弄到后来，同事跑散了，校长辞职了，只剩我不经世故，以为须有交代才应放手的傻子，白看了几天学校，白挨了几天骂。这还是小事情，后来竟听说有一个同事，先前最为激烈，发动之初，是他坚持对旧派学生不可宽容，总替革新派的学生运筹帷幄的人，却在说我是共产党了。他说我误以他们为同志，引为同调，今则已知其非，他们也已知我为共党，所以不合作了，云云。你看，这多么可怕，我于学校，并无一二年以上久栖之心，其所以竭力做事，无非仍以为不如此对不起学校，对不起叫我回去做事的人，我几个月以来，日夜做工，没有一刻休息，做的事都是不如教务总务之有形式可见，而精神上之烦琐，可说是透顶了，风潮初起，乃有人以校长位置诱我同情旧派学生，我仍秉直不顾，有些学生恨而诬我共党，其论理推断是：廖仲恺〔1〕先生是共党，所以何香凝〔2〕是共党，廖先生之妹冰筠校长也是共党，我和他们一气，故我亦是共党云。这种推论，固不值识者一笑，而不料共同一气办事的人，竟也会和他所反对的旧派一同诬说！我之非共，你所深知，即对于国民党，亦因在北京时共同抵抗过黑暗势力，感其志在革新，愿尽一臂之力罢了，还不到做到这么诡秘程度。他们这样说，固然也许是因为失败之后，嫁祸于人，或者因为自己变计，须有借口之故，然而这么阴险,却真给了我一个深刻的教训,使我做事也没有勇气了。现在离开了那个学校,没有事体,心中泰然了。一鼓之气已消,我只希望教几点钟书,每月得几十元钱,自己再有几小时做些愿做的事,就算十分幸福了。

我前信不是说你十二的信没有收到么,昨天到学校去,在办公桌的抽斗里发见了,一定是我在请假时,不知谁藏在那里面的。你说在盼信,但现必已陆续收到,不成问题。

此刻是午十二时半,我要到街上去,下次再谈罢。

YOUR H. M. 十二月廿七日。

*　　*　　*

〔1〕 廖仲恺(1877—1925)　原名恩煦,广东归善(今惠阳)人。早年参加同盟会,曾任广东财政厅长,协助孙中山确定联俄联共扶助农工的三大政策。1924年国民党改组后,任中央执行委员会常务委员、黄埔军官学校党代表,以及广东省长、财政部长等职。1925年8月在广州被国民党右派暗杀。

〔2〕 何香凝(1879—1972)　广东南海人,廖仲恺夫人。早年参加同盟会,随同孙中山从事辛亥革命。民国成立后支持孙中山的革命纲领和改组国民党。当时任国民党中央执行委员、妇女部部长等职。

一〇七

MY DEAR TEACHER:

昨廿九日由表姊从学校带到你廿一的信,或者耽搁了些时，但未遗失，已足满意了。

昨接伏园信，说："关于你辞去女师职务以后的事，我临走时鲁迅先生曾叫我问一声骝先，我现在已经说过了，就请你作为鲁迅先生之助教。鲁迅先生一到之后，即送聘书。鲁迅先生处我已写信去通知了。现在特通知您一声。"作为你的助教，不知是否他作弄我？跟着你研究自然是好的，不过听说教授要多编讲义而助教则多任钟点，我能讲得比你强么？这是我所顾虑的地方。又，他说聘书待你到后再发，临时不至于中变么？现在外间对于中大，有左倾之谣，而我自女师风潮以后，反对者或指为左派，或斥为共党。我虽无所属，而辞职之后，立刻进了"左"的学校去了，这就能使他们证我之左，或直目为共，你引我为同事，也许会受些牵连的。先前听说有一个中学缺少职员，这回我想去打听一下，倘能设法，或者不如到那边去的好罢。

饭菜不好，我希望你多吃些别的好东西。冬天没有蚁了，何妨买些点心吃。

我住在这里，地方狭窄（这是说没有可以使我静心读书的地方），所以不能多看书，我的脾气是怕嘈杂的，这里又正和我相反。早上起来，看看报，帮些家常琐事，就过了一上午；下午这个时候（二时）算是静一会，侄辈一放学，就又热闹起来了。现在我在打算搬到外面去，必须搬走，这才能够有规则的用功。

昨晚我到中大去上讲习所的课，上完，就完事了。去看伏园，房门锁着，没有见到。

“又幸而只有”三“十天了”。书籍还未收到,以后切勿寄来,免得遗失。

YOUR H. M. 十二月卅午后二时。

一〇八

MY DEAR TEACHER:

十六日信是告诉你寄信的地址的,十九日信面上就没有详写。但你廿四的信封上光写高第街,却居然也寄到了。我住的是街中间,叫作“高第街中约”,倘加上“旧门牌一七九号”,就更为妥当。

你十六,廿一的信,都收到了,惟寄校之另一封未见,我想是就会到的,因我已托人代收,或不致失少。

现在是下午六时,快要晚餐;八时还要外出,稍缓再详谈罢。

祝你新年。

YOUR H. M. 十二月三十下午六时。

一〇九

广平兄:

五日寄一信,想当先到了。今天得十二月卅日信,所以再来写几句。

中大拟请你作助教,并非伏园故意谋来,和你开玩笑的,看我前次附上的两信便知，因为这原是李逢吉的遗缺，现在正空着。北大和厦大的助教，平时并不授课，厦大的规定是教授请假半年或几月时，间或由助教代课，但这样的事是很少见的，我想中大当不至于特别罢。况且教授编而助教讲，也太不近情理，足下所闻，殆谣言也。即非谣言，亦有法想，似乎无须神经过敏。未发聘书，想也不至于中变，其于上遂亦然。我想中学职员可不必去做，即有中变，我当托人另行设法。

至于引为同事，恐因谣言而牵连自己，——我真奇怪，这是你因为碰了钉子，变成神经过敏，还是广州情形，确是如此的呢？倘是后者，那么，在广州做人，要比北京还难了。不过我是不管这些的，我被各色人物用各色名号相加，由来久矣，所以被怎么说都可以。这回去厦，这里也有各种谣言，我都不管，专用徐大总统〔1〕哲学：听其自然。

我十日以前走不成了，因为上月的薪水，至今还没有付给我，说是还得等几天。但无论怎样，我十五日以前总要动身的。我看这是他们的一点小玩艺，无非使我不能早走，在这里白白的等几天。不过这种小巧，恐怕反而失策了：校内大约要有风潮，现正在酝酿，两三日内怕要爆发。这已由挽留运动转为改革学校运动〔2〕，本已与我不相干，不过我早走，则学生少一刺戟，或者不再举动，但拖下去可不行了。那时一定又有人归罪于我，指为“放火者”，然而也只得“听其自然”，放火者就放火者罢。

这几天全是赴会和饯行，说话和喝酒，大概这样的还有两三天。这种无聊的应酬，真是和生命有仇，即如这封信，就是夜里三点钟写的,因为赴席后回来是十点钟,睡了一觉起来,已是三点了。

那些请吃饭的人,蓄意也种种不同,所以席上的情形,倒也煞是好看。我在这里是许多人觉得讨厌的,但要走了却又都恭维为大人物。中国老例,无论谁,只要死了,挽联上不都说活着的时候多么好,没有了又多么可惜么?于是连白果也称我为“吾师”了,并且对人说道,“我是他的学生呀,感情当然很好的。”他今天还要办酒给我饯行,你想这酒是多么难喝下去。

这里的惰气,是积四五年之久而弥漫的,现在有些学生们想借我的四个月的魔力来打破它,我看不过是一个幻想。

迅。一月六日灯下。

* * *

〔1〕 指徐世昌(1855—1939),字卜五,号菊人,天津人。清宣统时曾任内阁协理大臣,1918 年 10 月至 1922 年 6 月任北洋政府总统。“听其自然”是他常说的处世方法的一句话。

〔2〕 *改革学校运动* 厦门大学学生自治会得知鲁迅辞职的消息后,于 1927 年 1 月 2 日派代表前往挽留。当他们知道鲁迅去志已定时,就组织罢课风潮委员会,于 1 月 7 日召开全校学生大会,发动停课罢考,张贴打倒校长亲信刘树杞的标语和传单。据《福建青年》第四期(1927 年 2 月 15 日)《集美停办与厦大风潮之再起》一文说:“这次风潮的目的就是:一、求整个的——学生、教员、学校——的生机。二、拯救闽南衰落的文化。三、培植福建的革命气息。”

一一〇

MY DEAR TEACHER：

现在过了新年又五天了，日子又少了五天。你十二月廿五的信，于四日收到；廿四日寄学校的挂号信，亦于二日由叶表姊交来，我似乎即复一函，但在我简单的日记上没有登载，不知确曾寄去与否，但你寄来的那一封挂号信，则确已收到了。

我住在家里，总不能专心的看书，做事。有时想做一件事，但看见嫂嫂忙着做饭，就少不得放下去帮帮忙。在嘈杂中，连慢慢的写一张信的机会也很少，现在是九点多，孩子们都上学去了，我就趁这时光来写几句。

新年于我没有什么，我并且没有发一张贺年片，除了前校长寄一张红片来，报以我的名片，写上几个字外。一日晚上我又去看提灯会，与前次差不多，后来又到一个学校看演戏；白天则到住在河南[1]的一家旧乡亲那里，看看田家风景，玩了好半天。昨四日也玩了一天，是和陈姓的亲戚游东山。晚上去看伏园，并带着四条土鲮鱼去请他吃，不凑巧他不在校，等了一点多钟，也不见回来，我想这也何必呢，就带着回家，今天要自己受用了。

不知道是学校门房作怪，还是邮政作怪，昨天我亲自到学校去问，门房说什么刊物也没有。记得你说寄印刷物有好几次，别的没有法子了，那挂号的一束，还可以追问么？

自郭沫若做官后，人皆说他左倾，有些人且目之为共党，这在广州也是排斥人的一个口头禅，与在北京无异。创造社中人的连翩而去[2]，不知是否为了这原因。你是大家认为没有什么色采的，不妨姑且来作文艺运动，看看情形，不必因为他们之去而气馁。但中大或较胜于厦大，却不能优于北大；盖介乎二者之间，现在可先作如是想，则将来便不至于大失所望了。

昨天遇见一个熟悉学界情形的人，我就问他中大助教是怎样的。他说，先前的文科助教，等于挂名，月薪约一百元，却没有什么事做，也能暗暗的到他校兼课，可算是一个清闲的好位置。助教二年可升讲师，再升……云云。末一节和我不相干，因我未必能至二年也。但现在你做教授，我就要替你抄写，查书，即已非挂名可比，你也不要自以为给了我"好位置"罢，而且在一处做事，易生事端，也应该留意的。

YOUR H. M. 一月五日。

*　　*　　*

〔1〕 河南　指广州珠江南岸地区。

〔2〕 创造社中人连翩而去　指郭沫若、成仿吾、郁达夫等相继离穗。郭沫若于1926年7月辞去广东大学文学院院长职务，参加北伐；成仿吾在此期间也辞去广东大学文科教授，去黄埔军校任兵器处科技正；郁达夫于1926年12月辞去中山大学（前身即广东大学）教授及出版部主任，去上海主持创造社出版部工作。

一一一

MY DEAR TEACHER：

昨五日接到十二月卅日挂号信；现在是七日了，早上由叶家表姊自己送来你十二月二日及十二日发的印刷品共二束，一是隔了一月余，一是隔了廿多日，这样的邮政，真是慢得出奇。

两束刊物我大略翻了一下，除《莽原》的《琐记》和《父亲的病》没有看外，我觉得《阶级与鲁迅》[1]这篇没有大意思，《厦门通信》写得不算好，我宁可看“通信广州”了。但《坟》的《题记》，你执笔可真是放恣了起来，你在北京时，就断不肯写出“倒不尽是为了我的爱人，大大半乃是为了我的敌人”这样的句子，有一次做文章，写了似乎是“……的人”，也终于改了才送出去的。这一次可是放恣了，然而有时也含蓄，如“至于不远的踏成平地……”等就是。至于《写在〈坟〉后面》说的“人生多苦辛，而人们有时却极容易得到安慰，又何必惜一点笔墨，给多尝些孤独的悲哀呢”这话，就是你“给来者一些极微末的欢喜”的本意么？你之对于“来者”，所抱的是博施于众，而非独自求得的心情么？末段真太凄楚了。你是在筑台，为的是要从那上面跌下来么？我想，那一定是有人在推你，那是你的对头，也就是“枭蛇鬼怪”，但绝不是你的“朋友”，希望你小心防制它！恐怕它也明知道要伤害你的，然而是你的对头，于是就无法舍弃这一个敌手。总之，你这篇文章的后半，许多话是在自画招供了，是在自己走出壕堑来了，我看了感到一种危机，觉得不久就要爆发，因为都是反抗的脾气，不被攻击固然要做，被攻击就愈要做的。

卅日的来信说"北京似乎也有流言"，这大约是克士先生告诉你的罢？又，同日挂号信上，像是说要不管考试，就赴中大，但中大表面上不似那么急速组织的样子，惟内容则不知。倘为别的原因，也可以无须这么亟亟。

这几天除不得已的事情外，我不想多到外面去，恐怕有特别消息送到。

YOUR H. M.　一月七日下午六时。

*　　　*　　　*

〔1〕《阶级与鲁迅》　参看本书第192页注〔1〕。

一一二

广平兄：

五日与七日的两函，今天（十一）上午一同收到了。这封挂号信，却并无要事，不过我因为想发几句议论，倘被遗失，未免可惜，所以宁可做得稳当些。

这里的风潮似乎还在蔓延，但结果是决不会好的。有几个人已在想利用这机会高升，或则向学生方面讨好，或则向校长方面讨好，真令人看得可叹。我的事情大致已了，本可以动身了，今天有一只船，来不及坐，其次，只有星期六有船，所以于十五日才能走。这封信大约要和我同船到粤，但姑且先行发出。我大概十五日上船，也许要到十六才开，则到广州当在十九或二十日。我拟先住广泰来栈，待和学校接洽之后，便暂且搬入学校，房子是大钟楼，据伏园来信说，他所住的一间就留给我。

助教是伏园出力，中大聘请的，俺何敢“自以为给”呢？至于其余等等，则“爆发”也好，发爆也好，我就是这么干，横竖种种谨慎，也还是重重逼迫，好像是负罪无穷。现在我就来自画招供，自卸甲胄，看看他们的第二拳是怎样的打法。我对于“来者”，先是抱着博施于众的心情，但现在我不，独于其一，抱了独自求得的心情了。（这一段也许我误解了原意，但已经写下，不再改了。）这即使是对头，是敌手，是枭蛇鬼怪，我都不问；要推我下来，我即甘心跌下来，我何尝高兴站在台上？我对于名声，地位，什么都不要，只要枭蛇鬼怪够了，对于这样的，我就叫作“朋友”。谁有什么法子呢？但现在之所以还只（！）说了有限的消息者：一，为己，是总还想到生计问题；二，为人，是可以暂借我已成之地位，而作改革运动。但要我兢兢业业，专为这两事牺牲，是不行了。我牺牲得不少了，而享受者还不够，必要我奉献全部的性命。我现在不肯了，我爱对头，我反抗他们。

这是你知道的，单在这三四年中，我对于熟识的和初初相识的文学青年是怎么样，只要有可以尽力之处就尽力，并没有什么坏心思。然而男的呢，他们自己之间也掩不住嫉妒，到底争起来了，一方面于心不满足，就想打杀我，给那方面也失了助力。看见我有女生在座，他们便造流言。这些流言，无论事之有无，他们是在所必造的，除非我和女人不见面。他们大抵是貌作新思想者，骨子里却是暴君酷吏，侦探，小人。如果我再隐忍，退让，他们更要得步进步，不会完的。我蔑视他们了。我先前偶一想到爱，总立刻自己惭愧，怕不配，因而也不敢爱某一个人，但看清了他们的言行思想的内幕，便使我自信我决不是必须自己贬抑到那么样的人了，我可以爱！

那流言，是直到去年十一月，从韦漱园的信里才知道的。他说，由沈钟社里听来，长虹的拚命攻击我是为了一个女性，《狂飙》上有一首诗，太阳是自比，我是夜，月是她。〔1〕他还问我这事可是真的，要知道一点详细。我这才明白长虹原来在害"单相思病"，以及川流不息的到我这里来的原因，他并不是为《莽原》，却在等月亮。但对我竟毫不表示一些敌对的态度，直待我到了厦门，才从背后骂得我一个莫名其妙，真是卑怯得可以。我是夜，则当然要有月亮的，还要做什么诗，也低能得很。那时就做了一篇小说〔2〕，和他开了一些小玩笑，寄到未名社去了。

那时我又写信去打听孤灵〔3〕，才知道这种流言，早已有之，传播的是品青，伏园，玄倩，微风，宴太〔4〕。有些人又说我将她带到厦门去了，这大约伏园不在内，是送我上车的人们所流布的。白果从北京接家眷来此，又将这带到厦门，为攻击我起见，便和田千顷分头广布于人，说我之不肯留居厦门，乃为月亮不在之故。在送别会上，田千顷且故意当众发表，意图中伤。不料完全无效，风潮并不稍减，因为此次风潮，根柢甚深，并非由我一人而起，而他们还要玩些这样的小巧，真可谓"至死不悟”了。

现在是夜二时,校中暗暗的熄了电灯,帖出放假布告,当即被学生发见,撕掉了。此后怕风潮还要扩大一点。

我现在真自笑我说话往往刻薄,而对人则太厚道,我竟从不疑及玄倩之流到我这里来是在侦探我,虽然他的目光如鼠,各处乱翻,我有时也有些觉得讨厌。并且今天才知道我有时请他们在客厅里坐,他们也不高兴,说我在房里藏了月亮,不容他们进去了。你看这是多么难以伺候的大人先生呵。我托令弟〔5〕买了几株柳,种在后园,拔去了几株玉蜀黍,母亲很可惜,有些不高兴,而宴太即大放谣诼,说我在纵容着学生虐待她。力求清宁,偏多滓秽,我早先说,呜呼老家,能否复返,是一问题,实非神经过敏之谈也。

但这些都由它去,我自走我的路。不过这次厦大风潮之后,许多学生,或要同我到广州,或想转学到武昌去,为他们计,在这一年半载之中,是否还应该暂留几片铁甲在身上,此刻却还不能骤然决定。这只好于见到时再商量。不过不必连助教都怕做,同事都避忌,倘如此,可真成了流言的囚人,中了流言家的诡计了。

迅。一月十一日。

*　　*　　*

〔1〕　指高长虹发表于《狂飙》第七期(1926年11月21日)题为《给——》的诗,其中有“月儿我交给他了,我交给夜去消受。……夜是阴冷黑暗,他嫉妒那太阳,太阳丢开他走了,从此再未相见”等句。

〔2〕 指《奔月》。后收入《故事新编》。

〔3〕 孤灵 原信作川岛。

〔4〕 玄倩 原信作衣萍。即章衣萍(1900—1946),名鸿熙,字衣萍,安徽绩溪人,北京大学毕业,《语丝》周刊撰稿人。微风,原信作小峰。宴太,原信作二太太,指周作人之妻、日本人羽太信子(1888—1962)。

〔5〕 令弟 原信作羡苏(1901—1986),浙江绍兴人,许钦文四妹。1924年北京女子师范大学数理系毕业。鲁迅离京南下后,她随鲁迅母亲居住西三条胡同二十一号故寓,帮助料理家事,直至1930年3月离京到河北大名任教。

一一三

广平兄:

现在是十七夜十时,我在"苏州"船中,泊香港海上。此船大约明晨九时开,午后四时可到黄埔,再坐小船到长堤,怕要八九点钟了。

这回一点没有风浪,平稳如在长江船上,明天是内海,更不成问题。想起来真奇怪,我在海上,竟历来不遇到风波,但昨天也有人躺下不能起来的,或者我比较的不晕船也难说。

我坐的是唐餐间〔1〕,两人一房,一个人到香港上去了,所以此刻是独霸一间。至于到广州后,住那一家客栈,现在不能决定。因为有一个侦探性的学生跟住我。此人大概是厦大当局所派,探听消息的,因为那边的风潮未平,他怕我帮助学生,在广州活动。我在船上用各种方法拒斥,至于恶声厉色,令他不堪,但是不成功,他终于嬉皮笑脸,谬托知己,并不远离。大约此后的手段是和我住同一客栈,时时在我房中,打听中大情形。我虽并不怀挟秘密,而尾随着这么一个东西,却也讨厌,所以我当相机行事,能将他撇下便撇下,否则再设法。

此外还有三个学生,是广东人,要进中大的,我已通知他们一律戒严,所以此人在船上,也探不到什么消息。

迅。

*　　　*　　　*

〔1〕 唐餐间　指供应中餐的船舱,相当于二等舱。旧时外国人称中国人为唐人。《明史·外国传·真腊》:"唐人者,诸番呼华人之称也。凡海外诸国尽然。"

第　三　集

北平—上海

一九二九年五月至六月

一一四

B. EL：[1]

今天是我们到上海后，你出门去了的第一天，现在是下午六点半，查查铁路行车时刻表，你已经从浦口动身，开车了半小时了。想起你一个人在车上，一本德文法不能整天捧在手里看，放下的时候就会空想。想些什么呢？复杂之中，首先必以为我在怎么过活着，与其幻想，不如由我直说罢——

别后我回到楼上剥瓜子，太阳从东边射在躺椅上，我坐着一面看《小彼得》[2]一面剥，绝对没有四条胡同[3]，因为我要用我的魄力来抵抗这一点，我胜利了。此后睡了一会，醒来正午，邮差送到一包书，是未名社挂号寄来的韦丛芜著的《冰块》[4]五本。午饭后收拾收拾房子，看看文法，同隔壁的大家谈谈天，又写了一封给玉书[5]的信。下午到街上去散步，买些水果回来，和大家一同吃。吃完写信，写到这里，正是"夕方"[6]时候了。夜饭还未吃过呢，再有什么事，待续写下去罢。

十三，六时五十分。

EL.，现在是十四日午后六时二十分，你已经过了崮山，快到济南了。车是走得那么快，我只愿你快些到北京，免得路中挂念。今天听说京汉路不大通，津浦大约不至如此。你到后，在回来之前，倘闻交通不便，千万不要冒险走，只要你平安的住着，我也可以稍慰的。

昨夜稍稍看书，九时躺下，我总喜欢在楼上，心地比较的舒服些。今天六时半醒来，九时才起，仍是看书和谈天。午后三时午睡，充分休养，如你所嘱，勿念。只是我太安闲，你途中太辛苦了，共患难的人，有时也不能共享一样的境遇，奈何！

今日收到殷夫的投《奔流》的诗稿〔7〕，颇厚，先放在书架上了，等你回来再看。

祝你安好。

H. M. 五月十四日下午六时三十分。

*　　*　　*

〔1〕 B. EL　B. 是德语 Bruder（兄弟）或英语 Brother（兄弟）的缩写；EL 是德语 Elefant 或英语 Elephant（象）的缩写。意为“象兄”。林玉堂（语堂）曾在《鲁迅》一文中形容鲁迅在厦门大学“实在是一只（令人担忧的）白象，与其说是一种敬礼，毋宁说是一种累物”。（原文为英文，光落译，载 1929 年《北新》第三卷第一期。）许广平认为这是赞颂鲁迅“难能可贵”，故戏称鲁迅为“象兄”。

〔2〕 《小彼得》　童话集，德国女作家至尔·妙伦著，许广平据日译本重译，鲁迅校改。1929 年上海春潮书局出版。

〔3〕 四条胡同　鲁迅用以取笑女性的哭泣，戏指两条眼泪，两条鼻涕。

〔4〕 《冰块》　诗集，韦丛芜著。1929 年 4 月北京未名社出版。

〔5〕 玉书　即常瑞麟。参看本书第 127 页注〔1〕。

〔6〕“夕方”　日语：日暮、黄昏。

〔7〕般夫(1909—1931)　原名徐柏庭，又名徐祖华，笔名白莽、殷夫等，浙江象山人，诗人，共产党员。1931年2月7日，被国民党当局杀害于上海龙华。这里所说向《奔流》的投稿，当指所译奥地利作家德涅尔斯的《彼得斐·山陀尔行状》，后刊于《奔流》第二卷第五期(1929年12月)，署名白莽。《奔流》，文艺月刊，鲁迅、郁达夫合编，1928年6月在上海创刊，1929年12月停刊，共出十五期。

一一五

EL. DEAR：

昨夜(十四)饭后，我往邮局发了给你的一封信，回来看看文法，十点多睡下了。早上醒来，推想你已到天津了；午间知道你应该已经到了北京，各人一见，意外的欢喜，你也不少的高兴罢。

今天收到《东方》[1]第二号，又有金溟若[2]的一封挂号厚信，想是稿子，都放在书架上。

我这两天因为没甚事情做，睡得多，吃的也多，你回来一定会见得我胖了。下午同王老太太等大小五六个往新雅喝茶，因为是初次，她们都很高兴；回来已近五点，略翻《东方》，一天又快过去了。我记着你那几句话，所以虽是一个人，也不寂寞。但这两天天快亮时都醒，这是你要睡的时候，所以我仍照常的醒来，宛如你在旁豫备着要睡，又明知你是离开了，这古怪的心情，教我如何描写得出来呢？好在转瞬间天真个亮了，过些时我也就起来了。

十五日下午五时半写。

EL. DEAR：

昨天（十五）夜饭后，我在楼上描桌布的花样，又看看文法，到十一点睡下，但四点多又照例的醒来了，一直没有再睡熟。今天上午我在楼下缝衣服，且看报，就得到你的来电，人到依时，电到也快，看发电时是十三，四〇，想是十五日下午一时四十分发出的。阅电后非常快慰，虽然明知道是必到的，但愈是如此就愈加等待，这真是奇怪。

阿菩〔3〕当你去的第一天吃夜饭的时候，叫我下去了，却还不肯罢休，一定要把你也叫下去，后来大家再三开导她，也不肯走，她的母亲说是你到街上去了，才不得已的走出，这小囡真有趣。上海已经入了梅雨天，总是阴沉沉的，时雨时晴，怪讨人厌的天气。你到北平，熟人都已见过了么？太师母等都好？替我问候。

愿眠食当心。

H. M. 五月十六日下午二时十五分。

*　　*　　*

〔1〕《东方》 指《东方杂志》，综合性刊物，上海商务印书馆发行，1904 年 3 月创刊，1948 年 12 月停刊。

〔2〕金溟若（1906—1970） 浙江瑞安人，早年留居日本，后归国。《奔流》投稿者。

〔3〕阿菩 周建人二女周瑾的乳名。

一一六

H. M. D[1]：

在沪宁车上，总算得了一个坐位，渡江上了平浦通车，也居然定着一张卧床。这就好了。吃过夜饭，十一点睡觉，从此一直睡到第二天十二点，醒来时，不但已出江苏境，并且通过了安徽界蚌埠，到山东界了。不知道你可能如此大睡，恐怕不能这样罢。

车上和渡江的船上，遇见许多熟人，如幼渔[2]之侄，寿山[3]之友，未名社的人物，还有几个阔人，自说是我的学生，但我不认识他们了。

今天午后到前门站，一切大抵如旧，因为正值妙峰山香市[4]，所以倒并不冷静。正大风，饱餐了三年未吃的灰尘。下午发一电，我想，倘快，则十六日下午可达上海了。

家里一切也如旧；母亲精神容貌仍如三年前，但关心的范围好像减小了不少，谈的都是邻近的琐事，和我毫不相干的。以前似乎常常有客来住，久至三四个月，连我的日记本子也都翻过了，这很讨厌，大约是姓车的男人[5]所为，莫非他以为我一定死在外面，不再回家了么？

不过这种情形，我倒并不气恼，自然也不喜欢；久说必须回家一趟，现在是回来了，了却一件事，总是好的。此刻是夜十二点，静得很，和上海大不相同。我不知道她睡了没有？我觉得她一定还未睡着，以为我正在大谈三年来的经历了，其实并未大谈，却在写这封信。

今天就是这样罢，下次再谈。

EL 五月十五夜。

* * *

〔1〕 D 英语 Dear 的宿写，意为“亲爱的”。

〔2〕 幼渔 即马裕藻（1878—1945），字幼渔，浙江鄞县人。曾留学日本，后任浙江教育司视学和北京大学中文系主任、北京女子师范大学教授等。

〔3〕 寿山 即齐宗颐（1881—1965），字寿山，河北高阳人。曾留学德国，后任北洋政府教育部佥事、视学。

〔4〕 妙峰山香市 妙峰山位于北京西郊，山上多寺庙，旧俗每年夏历四月初一至十五日举行庙会，远近朝山进香者甚众。庙会期间专卖香烛的集市，称妙峰山香市。

〔5〕 姓车的男人 指车耕南（1888—1967），浙江绍兴人，鲁迅二姨之婿，当时在铁道部门任职。

一一七

H. D：

昨天寄上一函，想已到。今天下午我访了未名社一趟，又去看幼渔，他未回，马珏[1]是因病进了医院许多日子了。一路所见，倒并不怎样萧条，大约所减少的不过是南方籍的官僚而已。

关于咱们的事，闻南北统一后，此地忽然盛传，研究者也颇多,但大抵知不确切。我想,这忽然盛传的缘故,大约与小鹿[2]之由沪入京有关的。前日到家,母亲即问我害马为什么不一同回来,我正在付车钱,匆忙中即答以有些不舒服,昨天才告诉她火车震动,不宜于孩子的事,她很高兴,说,我想也应该有了,因为这屋子里早应该有小孩子走来走去了。这种"应该"的理由,虽然和我们的意见很不同,但总之她非常高兴。

这里很暖,可穿单衣了。明天拟去访徐旭生[3],此外再看几个熟人,别的也无事可做。尹默凤举,[4]似已倾心于政治,尹默之汽车,昨天和电车相撞,他臂膊也碰肿了,明天也想去看他,并还草帽。静农为了一个朋友,听说天天在查电码,忙不可当。林振鹏[5]在西山医胃病。

附笺一纸,可交与赵公[6]。又通知老三,我当于日内寄书一包(约四五本)给他,其实是托他转交赵公的,到时即交去。

我的身体是好的,和在上海时一样,勿念。但 H. 也应该善自保养,使我放心。我相信她正是如此。

迅。五月十七夜。

*　　*　　*

〔1〕 马珏(1910—1994) 浙江鄞县人,马幼渔之女,原是北京孔德学校学生,当时在北京大学预科学习。

〔2〕 小鹿 原信作陆晶清。参看本书第55页注〔8〕。

〔3〕 徐旭生(1888—1976) 名炳昶,河南唐河人,曾任北京大学

哲学系教授、《猛进》周刊主编。

〔4〕 尹默　即沈尹默(1883—1971),浙江吴兴人,曾留学日本,后任北京大学等校教授。在北京女子师范大学任教期间曾签名支持学生的革命运动。当时任河北省政府委员兼教育厅厅长。凤举,即张定璜(1895—?),江西南昌人,曾留学日本,后任北京大学、北京女子师范大学教授,当时受聘为国立北平艺术专科学校校长,后未到任。

〔5〕 林振鹏　原信作林卓凤,广东澄海人,曾与许广平在北京女子师范大学同学。

〔6〕 赵公　指柔石。

一一八

D. H:

听说上海北平之间的信件,最快是六天,但我于昨天(十八)晚上姑且去看看信箱——这是我们出京后新设的——竟得到了十四日发来的信,这使我怎样意外地高兴呀。未曾四条胡同,尤其令我放心,我还希望你善自消遣,能食能睡。

母亲的记忆力坏了些了,观察力注意力也略减,有些脾气颇近于小孩子了。对于我们的感情是很好的。也希望老三回来,但其实是毫无事情。

前天幼渔来看我,要我往北大教书,当即婉谢。同日又看见执中[1],他万不料我也在京,非常高兴。他们明天在来今雨轩结婚,我想于上午去一趟,已托羡苏买了绸子衣料一件,作为贺礼带去。新人是女子大学学生,音乐系。

昨晚得到你的来信后,正在看,车家的男女突然又来了,见我已归,大吃一惊,男的便到客栈去,女的今天也走了。我对他们很冷淡,因为我又知道了车男住客厅时,不但乱翻日记,并且将书厨的锁弄破,并书籍也查抄了一通。

以上十九日之夜十一点写。

二十日上午,你十六日所发的信也收到了,也很快。你的生活法,据报告,很使我放心。我也好的,看见的人,都说我精神比在北京时好。这里天气很热,已穿纱衣,我于空气中的灰尘,已不习惯,大约就如鱼之在浑水里一般,此外却并无什么不舒服。

昨天往中央公园贺李执中,新人一到,我就走了。她比执中短一点,相貌适中。下午访沈尹默,略谈了一些时;又访兼士,凤举,耀辰,徐旭生,都没有会见。就这样的过了一天。夜九点钟,就睡着了,直至今天七点才醒。上午想择取些书籍,但头绪纷繁,无从下手,也许终于没有结果的,恐怕《中国字体变迁史》〔2〕也不是在上海所能作罢。

今天下午我仍要出去访人,明天是往燕大演讲。我这回本来想决不多说话,但因为有一些学生渴望我去,所以只得去讲几句。我于月初要走了,但决不冒险,千万不要担心。《冰块》留下两本,其余可分送赵公们。《奔流》稿可请赵公写回信寄还他们,措辞和上次一样。

愿你好好保养,下回再谈。

以上二十一日午后一时写。

ELEF.〔3〕

* * *

〔1〕 执中 原信作秉中,即李秉中。

〔2〕《中国字体变迁史》 鲁迅拟撰写的学术著作,后未完成。

〔3〕 ELEF 德语 Elefant(象)的缩写。

一一九

EL. D:

这是第三封信了,告诉一声,俾可以晓得我很高兴写,虽然你到北平今天也不过第三天,料想你也高兴收到信罢。

今天大清早老太婆开了后门不久的时候,达夫先生拿着两本第五期的《大众文艺》〔1〕送来,人们只听得老太婆诺诺连声,我急起来看时,他早已跑掉了。

午后得钦文〔2〕寄你的信,并不厚,今附上。内山书店也送来《厨川白村全集》一本,第二卷,文学论下,我就也存放在书架上。

昨夜九时睡,至今早七点多才起来,忽然大睡,呆头呆脑得很。连日毛毛雨,不大出门。你的情形如何?没有什么报告了,下次再谈罢。

H. M. 五月十七日下午四时。

* * *

〔1〕《大众文艺》 文艺月刊,郁达夫、夏莱蒂编辑,1928 年 9 月 20 日在上海创刊,后为"左联"机关刊物之一,1930 年 6 月停刊。

〔2〕 钦文　即许钦文(1897—1984),浙江绍兴人,作家。著有短篇小说集《故乡》等,当时在浙江杭州高级中学任教。

一二〇

EL. DEAR:

今天下午刚发一信,现在又想执笔了。这也等于我的功课一样,而且是愿意做的那一门,高兴的就简直做下去罢,于是乎又有话要说出来了——

这时是晚上九点半,我想起今天是礼拜五,明天是礼拜六,一礼拜又快过去了,此信明天发,免得日曜〔1〕受耽搁。料想这信到时,又过去一礼拜了,得到你的回信时,又是一礼拜,那么总共就过去三个礼拜了,那是在你接到此信,我得了你回复此信的时候的话。虽然这还很有些时光,但不妨以此先自快慰。话虽如此,你如没有功夫,就不必每得一信,即回一封,因为我晓得你忙,不会挂念的。

生怕记起的又即忘记了,先写出来罢:你如经过琉璃厂,不要忘掉了买你写日记用的红格纸,因为已经所余无几了。你也许不会忘记,不过我提起一下,较放心。

我寄你的信,总要送往邮局,不喜欢放在街边的绿色邮筒中,我总疑心那里会慢一点。然而也不喜欢托人带出去,我就将信藏在衣袋内,说是散步,慢慢的走出去,明知道这绝不是什么秘密事,但自然而然的好像觉得含有什么秘密性似的。待到走到邮局门口,又不愿投入挂在门外的方木箱,必定走进里面，放在柜台下面的信箱里才罢。那时心里又想：天天寄同一名字的信，邮局的人会不会诧异呢？于是就用较生的别号，算是挽救之法了。这种古怪思想，自己也觉得好笑，但也没有制服这个神经的神经，就让他胡思乱想罢。当走去送信的时候，我又记起了曾经有一个人，在夜里跑到楼下房外的信筒那里去，我相信天下痴呆盖无过于此君了，现在距邮局远，夜行不便，此风万不可长，宜切戒之!!!!

今日下午也缝衣，出去寄信时又买些水果，回来大家分吃了。你带去的云腿吃过了没有？还可口么？我身体精神都好，食量也增加，不过继续着做一种事情，稍久就容易吃力，浑身疲乏。我知道这个道理，所以时而做些事，时而坐坐，时而睡睡，坐睡都厌了就到马路上来回走一个短路程，这样一调节，也就不致吃苦了。

时局消息，阅报便知，不多述了，有时北报似更详悉。听说现在津浦路还照常，但来时要打听清楚才好。

YOUR H. M. 五月十七夜十时。

*　　*　　*

〔1〕 日曜　即星期日。

一二一

D. H. M：

二十一日午后发了一封信，晚上便收到十七日来信，今天上午又收到十八日来信，每信五天，好像交通十分准确似的。但我赴沪时想坐船，据凤举说，日本船并不坏，二等六十元，不过比火车为慢而已。至于风浪，则夏期一向很平静。但究竟如何，还须俟十天以后看情形决定。不过我是总想于六月四五日动身的，所以此信到时，倘是廿八九，那就不必写信来了。

我到北平，已一星期，其间无非是吃饭，睡觉，访人，陪客，此外什么也不做。文章是没有一句。昨天访了几个教育部旧同事，都穷透了，没有事做，又不能回家。今天和张凤举谈了两点钟天，傍晚往燕京大学讲演[1]了一点钟，照例说些成仿吾徐志摩之类，听的人颇不少——不过也不是都为了来听讲演的。这天有一个人对我说：燕大是有钱而请不到好教员，你可以来此教书了。我即答以我奔波了几年，已经心粗气浮，不能教书了。D. H.，我想，这些好地方，还是请他们绅士们去占有罢，咱们还是漂流几时的好。沈士远[2]也在那里做教授，听说全家住在那里面，但我没有工夫去看他。

今天寄到一本《红玫瑰》[3]，陈西滢和凌叔华的照片都登上了。胡适之的诗载于《礼拜六》[4]，他们的像见于《红玫瑰》，时光老人的力量，真能逐渐的显出"物以类聚"的真实。

云南腿已将吃完，很好，肉多，油也足，可惜这里的做法千篇一律，总是蒸。带回来的鱼肝油也已吃完，新买了一瓶，价钱是二元二角。

云章未到西三条来，所以不知道她住在何处，小鹿也没有来过。

北平久不下雨，比之南方的梅雨天，真有“霄壤之别”。所有带来的夹衣，都已无用，何况绒衫。我从明天起，想去医牙齿，大约有一星期，总可以补好了。至于时局，若以询 人，则因其人之派别，而所答不同，所以我也不加深究。总之，到下月初，京津车总该是可走的。那么，就可以了。

这里的空气真是沉静，和上海的烦扰险恶，大不相同，所以我是平安的。然而也静不下，惟看来信，知道你在上海都好，也就暂自宽慰了。但愿能够这样的继续下去，不再疏懈才好。

L. 五月廿二夜一时。

*　　*　　*

〔1〕 往燕京大学讲演　讲题为《现今的新文学概观》。后收入《三闲集》。

〔2〕 沈士远(1881—1957)　浙江吴兴人，当时任北平大学、女子师范学院讲师，燕京大学国文系教授。

〔3〕《红玫瑰》　鸳鸯蝴蝶派刊物之一，严独鹤、赵苕狂编辑，1924 年 7 月创刊，初为周刊，自第四年起改为旬刊，1932 年 1 月停刊，上海世界书局发行。该刊 1929 年第五卷第八期(4 月 21 日)刊登题为“文学家陈源及其夫人凌叔华女士”的照片，黄梅生摄。

〔4〕《礼拜六》　指 1923 年出版的报纸型综合性周刊，鸳鸯蝴蝶派刊物之一。由上海礼拜六报馆发行。1929 年 5 月该刊第五十五、五十六期曾连刊《礼拜六汇集第一集》(第一期至五十期)的要目广告，其中列有胡适的诗《叔永回四川》。

一二二

D. H. M：

此刻是二十三日之夜十点半，我独自坐在靠壁的桌前，这旁边，先前是有人屡次坐过的，而她此刻却远在上海。我只好来写信算作谈天了。

今天上午，来了六个北大国文系学生的代表，要我去教书，我即谢绝了。后来他们承认我回上海，只要豫定下几门功课，何时来京，便何时开始，我也没有答应他们。他们只得回去，而希望我有一回讲演，我已约于下星期三去讲。

午后出街，将寄给你的信投入邮箱中。其次是往牙医寓，拔去一齿，毫不疼痛，他约我于廿七上午去补好，大约只要一次就可以了。其次是走了三家纸铺[1]，集得中国纸印的信笺数十种，化钱约七元，也并无什么妙品。如这信所用的一种，要算是很漂亮的了。还有两三家未去，便中当再去走一趟，大约再用四五元，即将琉璃厂略佳之笺收备了。

计到北平，已将十日，除车钱外，自己只化了十五元，一半买信笺，一半是买碑帖的。至于旧书，则仍然很贵，所以一本也不买。

明天仍当出门，为士衡[2]的饭碗去设设法；将来又想往西山看看漱园，听他朋友的口气，恐怕总是医不好的了。韦丛芜却长大了一点。待廿九日往北大讲演后，便当作回沪之准备，听说日本船有一只名“天津丸”的，是从天津直航上海，并不绕来绕去，但不知在我赴沪的时候，能否相值耳。

今天路过前门车站，看见很扎着些素彩牌坊了，但这些典礼〔3〕，似乎只有少数人在忙。

我这次回来，正值暑假将近，所以很有几处想送我饭碗，但我对于此种地位，总是毫无兴趣。为安闲计，住北平是不坏的，但因为和南方太不同了，所以几乎有"世外桃源"之感。我来此虽已十天，却毫不感到什么刺戟，略不小心，确有"落伍"〔4〕之惧的。上海虽烦扰，但也别有生气。

下次再谈罢。我是很好的。

L. 五月二十三日。

* * *

〔1〕 三家纸铺 指北京琉璃厂的静文斋、宝晋斋、淳菁阁。

〔2〕 士衡 原信作侍桁，即韩侍桁（1908—1987），又名云浦，天津人，当时在日本留学。《语丝》投稿者。鲁迅曾请马幼渔等为他谋职。

〔3〕 典礼 1929年5月26日，孙中山的灵柩由北京西山墓地移往南京紫金山中山陵，这次的移灵仪式称"奉安典礼"。

〔4〕 "落伍" 《文化批判》创刊号（1928年1月）所载冯乃超的《艺术与社会生活》一文中，说鲁迅作品"反映的只是社会变革期中的落伍者的悲哀"。

一二三

D. EL：

昨天夜里写好的信，是今早发出的。吃过早粥后，见天气晴好,就同蕴如姊到大马路买些手巾之类,以备他日应用,一则乘此时闲空,二则还容易走动之故。约下午二时回家,吃面后正在缝衣,见达夫先生和密斯王〔1〕来访,知你不在后,坐下略作闲谈,见我闲寂,又约我出外散步,盛意可感。时已四时多,不久就是晚饭时候,我怕累他们破费,婉谢不去,他们又坐了一会,见我终于不动,乃辞去,说往看白薇〔2〕去了。

下午,三先生送来一本 A History of Woodengraving by Douglas Percy Bliss〔3〕,是从英国带来的。又收到金溟若信一封,想是询问前次寄稿之事,我搁下了;另一信是江绍平〔4〕先生的,并不厚,今即附上,此公颇怪气也。

夜饭后,王公〔5〕送来《朝花》〔6〕第二十期,问要不要合订本子。我说且慢,因那些旧的放在那里,不易找也。他遂即回去。

十八夜八时十分写。

又,同夜八时半,有人送来文稿数件共一束,老太婆说不出他的姓名,看看封上的几个字,好像"迹余"〔7〕笔迹。我也先放在书架上,待你回来再说罢。

EL. DEAR:

昨夜我差不多十时就睡了,至一时左右醒来,就不大能睡熟,这大约是有了习惯之故。天亮时,扫街人孩子大哭,其母大打,打后又大诉说一通;稍静合眼,醒来已经九时了。午后得李霁野信,无甚要事,且与你已能见面,故不转寄。下午仍做缝纫,并看看书报。晚上至马路散步,买得广东螃蟹一只,携归在火酒灯上煮熟,坐在躺椅上缓缓食之。你说有趣没有呢?现时是吃完执笔,时在差十分即十点钟也。你日来可好?

为念。不尽欲言。

H. M. 五月十九夜九时五十分。

*　　*　　*

〔1〕 密斯王　即王映霞(1908—2000),浙江杭州人,郁达夫夫人。

〔2〕 白薇(1894—1987)　原名黄彰,字素如,笔名白薇,湖南资兴人,女作家。

〔3〕 英语:道格拉斯·珀西·布利斯所著《木刻史》。1928 年由伦敦登特(J. M. Dent)书店和纽约达顿(E. P. Dutton)书店出版,附有插图一二〇幅。现藏北京鲁迅博物馆。

〔4〕 江绍平　原信作江绍原(1898—1983),安徽旌德人,民俗学研究者。曾留学美国。回国后任北京大学、中山大学教授。《语丝》周刊撰稿人之一。

〔5〕 王公　指王方仁(1905—1946),浙江镇海人,原为厦门大学文科国文系学生,后随鲁迅转赴广州、上海。当时曾参加朝花社的一些活动。

〔6〕《朝花》　文艺刊物,鲁迅、柔石编辑,1928 年 12 月 6 日在上海创刊。初为周刊,至 1929 年 5 月共出二十期;6 月改出旬刊,同年 9 月出至第十二期停刊。

〔7〕“迹余”　原信作徐诗荃(1909—2000),笔名冯珧、迹余、梵澄,湖南长沙人,《语丝》、《奔流》投稿者。

一二四

EL. D:

你十五夜写的信,今天上午收到了。信必是十六发的,五天就到，邮局懂事得很。那么，我十四发的信，你自然也一定收到在今天之前。我先以为见你的信，总得在廿二三左右，因为路上有八天好停顿的，不料今日就见信，这真使我意外的欢喜，不可以言语形容。

路上有熟人遇见，省得寂寞，甚好；能睡，更好。我希望你在家时也挪出些功夫来睡觉，不要拚命的写，做，干，想……

家里人杂，东西乱翻，你不妨检收停当，多带些要用的南来，难得的书籍，则或锁起，或带来，以免失落难查。客来是无法禁阻的，你回去暂时，能不干涉最好，省得淘气，倘自伤精神，就更不合算了。

我这几天经验下来，夜间不是一二时醒，就是三四时醒，这是由于习惯的，但醒过几夜，第三夜即可睡至天明补足，如昨夜至今晨就是。我写给你的信，将生活状况一一叙述，务求其详，大体是好的，即或少睡，也是偶然，并非天天如此。你切不可于言外推测，如来信云我在十二时尚未睡，其实我十二时是总在熟睡中的。

上海这两天晴，甚和暖，但一到下雨，却又相差二十多度了。

H. M. 五，廿，下午二时。

一二五

H. D：

昨天上午寄上一函，想已到。十点左右有沉钟社的人来访我，至午邀我至中央公园去吃饭，一直谈到五点才散。内有一人名郝荫潭[1]，是女师大学生，但是新的，我想你未必认识罢。中央公园昨天是开放的，但到下午为止，游人不多，风景大略如旧，芍药已开过，将谢了，此外则“公理战胜”的牌坊[2]上，添了许多蓝地白字的标语。

从公园回来之后，未名社的人来访我了，谈了一点钟。他们去后，就接到你的十九，二十所写的两函。我毫不“拚命的写，做，干，想，……”至今为止，什么也不想，干，写……。昨天因为说话太多了，十点钟便睡觉，一点醒了一次，即刻又睡，再醒已是早上七点钟，躺到九点，便是现在，就起来写这信。

绍平的信，吞吞吐吐，初看颇难解，但一细看，就知道那意思是想将他的译稿，由我为之设法出售，或给北新，或登《奔流》，而又要居高临下，不肯自己开口，于是就写成了那样子。但我是决不来做这样傻子的了，莫管目前闲事，免惹他日是非。

今天尚无客来，这信安安静静的写到这里，本可以永远写下去，但要说的也大略说过了，下次再谈罢。

L. 五月廿五日上午十点钟。

＊　＊　＊

〔1〕 郝荫潭（1904—1952） 河北平山人，北京女子师范大学国文系学生，沉钟社成员。

〔2〕 “公理战胜”的牌坊 1918年11月第一次世界大战结束后，英法为首的协约国宣称他们打败德、奥等同盟国是“公理战争强权”，并

立碑纪念。北洋政府于1917年8月宣布参加协约国一方对德宣战，属于战胜国，也在北京中央公园（今中山公园）建立“公理战胜”的牌坊（按1953年已将这四个字改为“保卫和平”）。

一二六

H. D：

此刻是二十五日之夜的一点钟。我是十点钟睡着的，十二点醒来了，喝了两碗茶，还不想睡，就来写几句。

今天下午，我出门时，将寄你的一封信投入邮筒，接着看见邮局门外帖着条子道：“奉安典礼放假两天。”那么，我的那一封信，须在二十七日才会上车的了。所以我明天不再寄信，且待“奉安典礼”完毕之后罢。刚才我是被炮声惊醒的，数起来共有百余响，亦“奉安典礼”之一也。

我今天的出门，是为士衡寻地方去的，和幼渔接洽，已略有头绪；访凤举却未遇。途次往孔德学校，去看旧书，遇金立因〔1〕，胖滑有加，唠叨如故，时光可惜，默不与谈；少顷，则朱山根叩门而入，见我即踟蹰不前，目光如鼠，终即退去，状极可笑也。他的北来，是为了觅饭碗的，志在燕大，否则清华，人地相宜，大有希望云。

傍晚往未名社闲谈，知燕大学生又在运动我去教书，先令宗文〔2〕劝诱，我即谢绝。宗文因吞吞吐吐说，彼校教授中，本有人早疑心我未必肯去，因为在南边有唔唔唔……。我答以原因并不在“在南边有唔唔唔……”，那非大树，不能迁移，那是也可以同到北边的，但我也不来做教员，也不想说明别的原因之所在。于是就在混沌中完结了。

明天是星期日，恐怕来访之客必多，我要睡了。现在已两点钟，遥想你在“南边”或也已醒来，但我想，因为她明白，一定也即睡着的。

二十五夜。

星期日上午，因为葬式的行列，道路几乎断绝交通，下午可以走了，但只有紫佩〔3〕一人来谈，所以我能够十分休息。夜十点入睡，此刻两点又醒了，吸一枝烟，照例是便能睡着的。明天十点要去镶牙，所以就将闹钟拨在九点上。

看现在的情形，下月之初，火车大概还可以走，倘如此，我想坐六月三日的通车回上海，即使有耽误之事，六日总该可以到了罢——倘若不去访上遂。但这仍须临时再行决定，因为距今还有十天，变化殊不可测也。

明天想当有信来，但此信我当于上午先行发出。

二十六夜二点半。

ELEF.

*　　　*　　　*

〔1〕　金立因　原信作钱玄同。

〔2〕　宗文　原信作韦丛芜（1905—1978），安徽霍丘人，燕京大学毕业，未名社成员。译有陀思妥耶夫斯基的小说《穷人》、《罪与罚》，著有诗集《君山》。

〔3〕　紫佩　即宋琳（1887—1952），字紫佩，又作子佩，浙江绍兴

人，鲁迅在浙江两级师范学堂任教时的学生。时为北京图书馆职员，兼任《华北日报》编辑。

一二七

EL：L.！

昨天正午得到你十五日的信，我读了几遍，愈读愈想在那里面找出什么东西似的，好似很清楚，又似很模胡，恰如其人的声音笑貌，在离开以后的情形一样。打开信来，首先看见的自然是那三个通红的枇杷[1]。这是我所喜欢的东西，即如昨天去寄信，也带了许多回来，大家大吃了一通。阿菩昨天身热得很厉害，什么都不要吃，见了枇杷，才高兴起来，连吃几个，随后研究出她是要出牙齿了的缘故，到今天还在痛，在吃苦。然而那时枇杷的力量却如此其大，我也是喜欢的人，你却首先选了那种花样的纸寄来了。其次是那两个莲蓬，并题着的几句[2]，都很好，我也读熟了。你是十分精细的，那两张纸必不是随手检起就用的。

你的日记也被人翻过了么？因记起前月已从隔壁的木匠那里租了空屋，也许因为客房不够住，要将不大使用的东西送到那里去存放罢。倘如此，则无人照管，必易失落，要先事豫防才好。是否应该先行声明一下，说将来你的书籍不要挪动，我想说过总比不说要好一些，未知你以为何如？

我昨夜睡得很好，今日也醒得并不早，以后或者会照此下去也不可知。今天仍在做生活，是织小毛绒背心，快成功了。

你近来比初到时安静些么？你千万要想起我所希望的意思，自己好好地。

H. M. 五月廿一下午四时十分。

* * *

〔1〕 三个通红的枇杷 此笺纸印有三个枇杷，并一首诗：“无忧扇底坠金丸，一味琼瑶沁齿寒。黄珍似梅甜似橘，北人曾作荔枝看。”

〔2〕 题着的几句 此笺纸画有莲蓬，并题诗一首：“并头曾忆睡香波，老去同心住翠窠。甘苦个中侬自解，西湖风月味还多。”

一二八

D. H. M：

今天——二十七日——下午，果然收到你廿一日所发信。我十五日信所用的笺纸，确也选了一下，觉得这两张很有思想的，尤其是第二张。但后来各笺，却大抵随手取用，并非幅幅含有义理，你不要求之过深，百思而不得其解，以致无端受苦为要。

阿菩如此吃苦，实为可怜，但既是出牙，则也无法可想，现在必已全好了罢。我今天已将牙齿补好，只花了五元，据云将就一二年，即须全盘做过了。但现在试用，尚觉合式。晚间是徐旭生张凤举等在中央公园邀我吃饭，也算饯行，因为他们已都相信我确无留在北平之意。同席约十人。总算为士衡寻得了一个饭碗。

旭生说，今天女师大因两派对于一教员之排斥和挽留，发生冲突，〔1〕有甲者，以钱袋击乙之头，致乙昏厥过去，抬入医院。小姐们之挥拳，在北平似以此为嚆矢云。

明天拟往东城探听船期，晚则幼渔邀我夜饭；后天往北大讲演；大后天拟赴西山看韦漱园。这三天中较忙，也许未必能写什么信了。

计我回北平以来，已两星期，除应酬之外，读书作文，一点也不做，且也做不出来。那间灰棚，一切如旧，而略增其萧瑟，深夜独坐，时觉过于森森然。幸而来此已两星期，距回沪之期渐近了。新租的屋，已说明为堆什物及住客之用，客厅之书不动，也不住人。

此刻不知你睡着还是醒着。我在这里只能遥愿你天然的安眠，并且人为的保重。

L. 五月廿七夜十二时。

*　　　*　　　*

〔1〕　据1929年5月28日北京《新晨报》记载：原女师大史地系学生因系主任王谟去留问题分为两派。5月27日王到校授课，遭到反对派学生段瑾思的质问，当即有拥王的阮某等五人拥上，“包围质问之人，墨盒、杌凳一齐飞下，将段某打得背青头肿”。

一二九

D. H：

廿一日所发的信，是前天到的，当夜写了一点回信，于昨天寄出。昨今两天，都未曾收到来信，我想，这一定是因为葬式的缘故，火车被耽搁了。

昨天下午去问日本船，知道从天津开行后，因须泊大连两三天，至快要六天才到上海。我看现在，坐车还不妨，所以想六月三日动身，顺便看看上遂，而于八日或九日抵沪。倘到下月初发见不宜于坐车，那时再改走海道，不过到沪又要迟几天了。总之，我当择最妥当的方法办理，你可以放心。

昨天又买了些笺纸，这便是其一种，北京的信笺搜集，总算告一段落了。

晚上是在幼渔家里吃饭，马珏还在生病，未见，病也不轻，但据说可以没有危险。谈了些天，回寓时已九点半。十一点睡去，一直睡到今天七点钟。

此刻是上午九点钟，闲坐无事，写了这些。下午要到未名社去，七点起是在北大讲演。讲毕之后，恐怕还有尹默他们要来拉去吃夜饭。倘如此，则回寓时又要十点左右了。

D. H. ET D. L.，我是好的，很能睡，饭量和在上海时一样，酒喝得极少，不过一小杯蒲陶酒而已。家里有一瓶别人送的汾酒，连瓶也没有开。倘如我的豫计，那么，再有十天便可以面谈了。D. H.，愿你安好，并保重为要。

EL. 五月廿九日。

一三〇

D. EL.，D. L.！

现时是廿二夜九时三刻，晚饭后我收拾收拾东西，看看文法，想到写，就写一些。但不知你此时饭后是在谈天，还是在做什么的。今天我很盼望信，虽然明知道你没得闲空，并且说过信会隔得长久些，写得简单些，但我总觉得他话虽如此，其实是一有功夫，总会写的，因此就难免有所希望了。而况十五来信之后，你的情形也十分令人挂念，会不会颓唐廿多天呢！……

昨日下午四时发信后，收到韩君从东京寄来的《近代英文学史》一本，矢野峰人〔1〕著。今天又收到一张明信片，是西湖艺术院〔2〕在沪展览，请参观的。

昨今上午，我都照常做生活，起居如常。下半天到大马路一趟，买了些粗布之类。自你去后，化钱不少，都是买那些小东西用的，东西买来不多，用款不少，真难为人也。

廿二日十时。

D. EL. ，D. B. ！

今天又候了一天信。其实你十五那封信，我廿日收到，到现在还不过三天，但不知何故我总在盼望着。你近日精神可好？我的信总不知不觉的带些伤感的成分，会不会使你难受？D. EL. ，我真记挂你。但你莫以为全因那封信的情形之故，其实无论如何，人不在眼前，总是要记挂的。

李执中君五月廿日在北平中山公园来今雨轩结婚，喜柬今天寄到了。不知道你在北平遇见了他没有？昨天你是否忙着吃喜酒去，要是你们已经遇见了的话。今日又收到《北新》第八号一本。

昨夜十时写完上面的几个字，就睡下了。夜里阿菩因为嘴痛，哭得很利害，但我醒不多久便又睡去，不似前几天从两三点一直醒到天亮的那么窘了。早上总起得早，大抵是七点多。日间在楼下做些活计，夜里看书，平常多是关起门来，较为清净，这是我向来的脾气，倒也耐得过去，何况日子也过去了三分之一了呢。中山灵榇南下期间，我想，津浦路总该平安的，此后就难说。你南来时，务必斟酌而行为要。

祝你安善。

H. M. 五月廿三下午六时。

* * *

〔1〕 矢野峰人 原名禾积，东京都立大学教授，英国文学研究者。著有《近代英国文学史》、《近英文艺批评史》。

〔2〕 西湖艺术院 后改名为国立杭州艺术专科学校。1928 年春，由蔡元培倡议、国民党政府大学院创办。设有绘画、雕塑、图案、音乐及美术建筑等科，学制三年。

一三一

D. EL：

我盼了两天信，计期应该会到了，果然，今天收到你十七夜写的信。如果照十五夜那信一样快，我这两天的苦不至于吃了，原因是在前一信五天到，快得喜出望外，这回七天到，就觉着不应该了，都是邮局的作弄，以后我当耐心地等候。至于你，则不必连睡也不睡来执笔的。

明天是礼拜六，这是第二个礼拜了，过得似乎也快，又似乎慢。

北平并不萧条，倒好，因为我也视它如故乡的，有时感情比真的故乡还要好，还要留恋，因为那里有许多使我记念的经历存留着。

上海也还好，不过太喧嚗了，这几天天已晴，颇热，几如过夏，蚊子也多起来了，围着坐处要吃人。昨夜八时多，忽然鞭爆声大作，有似度岁，又似放枪，先不知其故，后见邻居仍然歌舞升平，吃食担不绝于门外，知是无事。今日看报，才知月蚀，其社会可知矣。

我眠食都好，日间仍编衣服，赵公送来《奇剑及其他》〔1〕十本，信已转交。闻下星期一，章公与程公将对簿于公庭〔2〕云。

H. M. 五月廿四夜九时卅分。

*　　*　　*

〔1〕《奇剑及其他》 短篇小说集，鲁迅、柔石等译，共收东、北欧作品十三篇，1929年4月出版。为朝花社《近代世界短篇小说集》之一，鲁迅为作《小引》。

〔2〕 当时安徽大学文学院长程演生，聘请章衣萍至该校任教，已签订聘约，后因校方单方面毁约，章、程间引起争执，章衣萍拟向法庭起诉。

一三二

D. H：

此刻是二十九夜十二点，原以为可得你的来信的了，因为我料定你于廿一日的信以后，必已发了昨今可到的两三信，但今未得，这一定是被奉安列车耽搁了，听说星期一的通车，也还没有到。

今天上午来了一个客。下午到未名社去，晚上他们邀我去吃晚饭，在东安市场森隆饭店，七点钟到北大第二院演讲一小时，听者有千余人，大约北平寂寞已久，所以学生们很以这类事为新鲜了。八时，尹默凤举等又为我饯行，仍在森隆，不得不赴，但吃得少些，十一点才回寓。现已吃了三粒消化丸，写了这一张信，即将睡觉了，因为明天早晨，须往西山看韦漱园去。

今天虽因得不到来信，稍觉怅怅，但我知道迟延的原因，所以睡得着的，并祝你在上海也睡得安适。

L. 二十九夜。

三十日午后二时，我从西山访韦漱园回来，果然得到你的廿三及廿五日两封信，彼此都为邮局寄递之忽迟忽早所捉弄，真是令人生气。但我知道你已经收到我的信，略得安慰，也就借此稍稍自慰了。

今天我是早晨八点钟上山的，用的是摩托车，霁野等四人同去。漱园还不准起坐，因日光浴，晒得很黑，也很瘦，但精神却好，他很喜欢，谈了许多闲天。病室壁上挂着一幅陀斯妥夫斯基[1]的画像,我有时瞥见这用笔墨使读者受精神上的苦刑的名人的苦脸,便仿佛记得有人说过,漱园原有一个爱人,因为他没有全愈的希望,已与别人结婚;接着又感到他将终于死去——这是中国的一个损失——便觉得心脏一缩,暂时说不出话,然而也只得立刻装出欢笑,除了这几刹那之外,我们这回的聚谈是很愉快的。

他也问些关于我们的事,我说了一个大略。他所听到的似乎还有许多谣言,但不愿谈,我也不加追问。因为我推想得到,这一定是几位教授所流布,实不过怕我去抢饭碗而已。然而我流宕三年了,并没有饿死,何至于忽而去抢饭碗呢,这些地方,我觉得他们实在比我小气。

今天得小峰信,云因战事,书店生意皆不佳,但由分店划给我二百元。不过此款现在还未交来。

你廿五的信今天到,则交通无阻可知,但四五日后就又难说,三日能走即走,否则当改海道,不过到沪当在十日前后了。总之,我当选一最安全的走法,决不冒险,千万放心。

L. 五月卅日下午五时。

*　　*　　*

〔1〕　陀思妥夫斯基(1821—1881)　通译陀思妥耶夫斯基,俄国作家。曾因参加革命团体被判死刑,后改为流放西伯利亚,作品带有悲观色彩。著有小说《穷人》、《被侮辱与被损害的》、《罪与罚》等。

一三三

D. EL：

今早八点多起来，阿菩推开门交给我你廿一写的信，另外一封是玉书的，又一份《华北日报》[1]。

我前回太等信了，苦了两天，这回廿四收过信，安心些了，而今天又得信，也是“使我怎样意外地高兴呀”。

前天发你信后，得到通知，知道冯家姑母已到上海，要见见面，早粥后我就往南方中学去，谈了大半天。昨天她又来看我。她过些时又要往庐山去了，今天她来，我也许同她到外面去吃一餐夜饭。

星六（廿五）收到锌版十块，连书一并交给赵公了。昨日收到《良友》[2]一，《新女性》一，又《一般》[3]三本，并不衔接的。

母亲高年，你回去不多几天，最好多同她谈谈，玩玩，使她欢喜。

看来信，你似很忙于应酬，这也是没法的事，久不到北平，熟人见见面，也是好的，而且也借此可消永昼。我有时怕你跑来跑去吃力，但有时又愿意你到外面走走，既可变换视听，又可活动身体，你实在也太沉闷了。这两种意思正相矛盾，颇可笑，但在北平的日子少，或者还不如多到外面走走罢。

上海当阴雨时，还穿绒线衫，出了太阳，才较热。北京的天气却已经如此热了么？幸而你衣服多带了几件去，否则真有些窘了。书能带,还是理出些好,自己找书较易。小峰无消息。《奔流》稿没有来。

H. M. 廿七上午十时十分。

* * *

〔1〕《华北日报》 国民党在华北地区的机关报,1929年1月创刊于北平,1937年7月卢沟桥事变后停刊。

〔2〕《良友》 画刊,上海良友图书印刷公司编辑发行。1926年2月创刊,1945年10月停刊。

〔3〕《一般》 综合性月刊,上海立达学会编辑。1926年9月5日在上海创刊,1929年12月停刊,开明书店发行。

一三四

D. EL:

昨早发了一信,回来看看报。午饭后不多久,姑母临寓,教我整衣,同往南翔去。先雇黄包车至北站,买火车票不过两角多,十五分到真茹,停五分,再十多分钟就到南翔了。其地完全是乡村景象,田野树木,举目皆是,居民大有上古遗风,淳厚之至。人家较杭州所见尤为乡气,门户洞开,绝无森严紧张状态。有居沪之外人,于此立别墅者,星期日来,去后门加锁键,一隔多日,了无变故。且交通便利,火车之外,小河四通八达。鱼虾极新鲜,生活便宜,酒菜一席不过六元,已堪果腹。地价每亩只三百金,再加数百建筑费,便成住宅,故房租亦廉,每室二元，每一幢房，有花园及卧室甚大，也不过十余或二十元；至三十元，则是了不得的大房子了。将来马路修成，长途汽车由真茹通至此地，也许顿成闹市，但现在却极为清幽。我们缓步游赏，时行时息，择一饭店吃菜，面，灌汤包子等，用钱二元，四人已食之不尽，有带走的，比起上海来，真可谓便宜之至了。六时余回车站，候八时车，而车适误点，过了九时始到，回沪已经十点多钟了。此行甚快活，近来未有的短期惬意小旅行也。归寓稍停即睡，亦甚安。今天上午代姑母写了几封信，并略谈数年经历，她甚快慰，谓先前常常以我之孤孑独立为念，今乃如释重负矣，云云。她待我是出心的好，但日内就要往九江去了。今日三先生送来《东方》，《新女性》各一本。昨日又收到季先生[1]由巴黎寄来的木刻画集两本，并有信，恐怕寄失，留着待你回来再看罢。

H. M.　五月廿八晚九时差十分。

＊　　＊　　＊

〔1〕　季先生　指季志仁（1902—?），江苏常熟人，当时在法国留学，鲁迅曾托他购买有关美术的书籍和画册，所寄木刻画集为《Le Nouveau Spectateur》（《新观察家》）二本。

一三五

D. L. ET D. H. M：

现在是三十日之夜一点钟，我快要睡了。下午已寄出一信，但我还想讲几句话，所以再写一点——

前几天，春菲[1]给我一信，说他先前的事，要我查考鉴察。他的事情，我来“查考鉴察”干什么呢，置之不答。下午从西山回，他却已等在客厅中，并且知道他还先曾向母亲房里乱闯，大家都吓得心慌意乱，空气甚为紧张。我即出而大骂之，他竟毫不反抗，反说非常甘心。我看他未免太无刚骨，而他自说其实是勇士，独对于我，却不反抗。我说，我是愿意人对我反抗，不合则拂袖而去的。他却道正因为如此，所以佩服而愈不反抗了。我只得为之好笑，乃送而出之大门之外，大约此后当不再来缠绕了罢。

晚上来了两个人，一个是忙于翻检电码之静农，一个是帮我校过《唐宋传奇集》之建功[2]，同吃晚饭，谈得很为畅快，和上午之纵谈于西山，都是近来快事。他们对于北平学界现状，似俱不欲多言，我也竭力的避开这题目。其实，这是我到此不久，便已感觉了出来的：南北统一后，“正人君子”们树倒猢狲散，离开北平，而他们的衣钵却没有带走，被先前和他们战斗的有些人拾去了。未改其原来面目者，据我所见，殆惟幼渔兼士而已。由是又悟到我以前之和“正人君子”们为敌，也失之不通世故，过于认真，所以现在倒非常自在，于衮衮诸公之一切言动，全都漠然。即下午之呵斥春菲，事后思之，也觉得大可不必。因叹在寂寞之世界里，虽欲得一可以对垒之真敌人，亦不易也。

这两星期以来，我一点也不颓唐，但此刻想到你之采办布帛之类，先事经营，却实在觉得一点凄苦。这种性质，真是怎么好呢？我应该快到上海，去约制她。

三十日夜一点半。

D. H.，三十一日晨被母亲叫醒，睡眠时间缺少了一点，所以晚上九点钟便睡去，一觉醒来，此刻已是三点钟了。泡了一碗茶，坐在桌前，想起 H. M. 大约是躺着，但不知道是睡着还是醒着。五月卅一这一天，没有什么事，只在下午有三个日本人〔3〕来看我所搜集的关于佛教石刻拓本，以为已经很多，力劝我作目录，这是并不难的，于学术上也许有点用处，然而我此刻也并无此意。晚间紫佩来，已为我购得车票，是三日午后二时开，他在报馆里，知道车还可以坐，至多，不过误点（迟到）而已。所以我定于三日启行，有一星期，就可以面谈了。此信发后，拟不再寄信，如果中途去访上遂，自然当从那里再发一封。

EL. 六月一日黎明前三点。

D. S：

写了以上的几行信以后，又写了几封给人的回信，天也亮起来了，还有一篇讲演稿要改，此刻大约是不能睡的了，再来写几句——

我自从到此以后，总计各种感受，知道弥漫于这里的，依然是"敬而远之"和倾陷，甚至于比"正人君子"时代还要分明——但有些学生和朋友自然除外。再想上去，则我的创作和编著一发表，总有一群攻击或嘲笑的人们，那当然是应该的，如果我的作品真如所说的庸陋。然而一看他们的作品，却比我的还要坏；例如小说史罢，好几种出在我的那一本之后，而陵乱错误，更不行了。这种情形，即使我大胆阔步，小觑此辈，然而也使我不复专于一业，一事无成。而且又使你常常担心，“眼泪往肚子里流”。所以我也对于自己的坏脾气，时时痛心，想竭力的改正一下。我想，应该一声不响，来编《中国字体变迁史》或《中国文学史》了。然而那里去呢？在上海，创造社中人一面宣传我怎样有钱，喝酒，一面又用《东京通信》〔4〕诬栽我有杀戮青年的主张，这简直是要谋害我的生命，住不得了。北京本来还可住，图书馆里的旧书也还多，但因历史关系，有些人必有奉送饭碗之举，而在别一些人即怀来抢饭碗之疑，在瓜田中，可以不纳履，而要使人信为永不纳履是难的，除非你赶紧走远。D. H.，你看，我们到那里去呢？我们还是隐姓埋名，到什么小村里去，一声也不响，大家玩玩罢。

D. H. M. ET D. L.，你不要以为我在这里时时如此呆想，我是并不如此的。这回不过因为睡够了，又值没有别的事，所以就随便谈谈。吃了午饭以后，大约还要睡觉。行期在即，以后也许要忙一些。小米（H. 吃的），椰子面〔5〕（同上），果脯等，昨天都已买齐了。

这封信的下端，是因为加添两张，自己拆过的。

L. 六月一日晨五时。

*　　*　　*

〔1〕　春菲　原信作董秋芳（1897—1977），笔名冬芬，浙江绍兴人，翻译工作者。

〔2〕　建功　指魏建功（1901—1980），江苏海安人，语言文字学

家。当时在北京大学任教。

〔3〕　三个日本人　指塚本善隆(1898—?),日本京都大学人文科学研究所教授;水野清一(1905—1971),当时在北京大学从事考古研究;仓石武四郎(1897—1975),日本京都大学文学教授,当时在我国从事语言研究。据鲁迅1929年5月31日日记:“塚本善隆,水野清一,仓石武四郎来观造象拓本。”

〔4〕　《东京通信》　指杜荃(郭沫若)发表在《创造月刊》第二卷第一期(1928年1月)上的《文艺战线上的封建余孽》一文。其中说:“杀哟!杀哟!杀哟!杀尽一切可怕的青年,而且赶快,这是这位‘老头子’(按指鲁迅)的哲学。”

〔5〕　梆子面　即棒子面,京津地区方言,对玉米粉的俗称。